Chères lectrices,

Imaginez un livre... Un livre qu'on glisse dans une valise. Direction la plage : le sable blond, le bruit du ressac, et sur son corps la caresse du soleil... Ou bien la montagne : neiges éternelles sur fond d'azur, odeurs de sapins et de foin coupé, au loin le chant léger des clarines... Ou encore la campagne : le bourdonnement des insectes dans les sous-bois, le glouglou des ruisseaux cachés dans les herbes hautes...

Hmm ! Les vacances ! Le repos, le calme, la sieste... Le moment idéal pour vous plonger dans votre premier roman de l'été. Mais à qui donner la préférence parmi les héroïnes et héros de ce mois de juillet ? A Rainbow, la femme amnésique amoureuse du shérif qui lui a sauvé la vie (N° 783) ? A Roslyn Baines qui à la suite d'un héritage inattendu va lever le voile sur des secrets de famille jalousement gardés (N° 781) ? A Rafaël Ortiz, le flic de choc qui se retrouve, du jour au lendemain, père célibataire et obligé de fuir pour protéger son bébé (n° 782) ? A moins que vous ne brûliez de dévorer le deuxième volume du Destin des MacKade : *La rage au cœur*, l'histoire d'une rencontre explosive, celle de Jared, l'aîné des quatre frères, et de Savannah Morningstar, une jeune femme très indépendante qui porte en elle les blessures d'un passé énigmatique.

Le choix va être difficile. Heureusement, le temps des vacances s'étire paresseusement et laisse de longues plages de tranquillité propices à la lecture...

Bonnes vacances à toutes !

La responsable de collection

Au nom de l'espoir

RACHEL LEE

Au nom de l'espoir

AMOURS D'AUJOURD'HUI

Si vous achetez ce livre privé de tout ou partie de sa couverture, nous vous signalons qu'il est en vente irrégulière. Il est considéré comme « invendu » et l'éditeur comme l'auteur n'ont reçu aucun paiement pour ce livre « détérioré ».

Cet ouvrage a été publié en langue anglaise sous le titre :
INVOLUNTARY DADDY

Originally published by SILHOUETTE BOOKS,
division of Harlequin Enterprises Ltd.
Toronto, Canada

Illustration de couverture
Homme et bébé dans les bras : © MASTERFILE / M. WILEY

83-85, boulevard Vincent-Auriol, 75013 Paris — Tél. 01 42 16 63 63
Service Lectrices — Tél 01 45 82 47 47
ISBN 2-280-07785-X — ISSN 1264-0409

Prologue

De sa démarche nonchalante, Rafe Ortiz pénétra dans les locaux de la DEA, l'agence de lutte contre les stupéfiants. Ses cheveux très courts et son brillant dans l'oreille gauche lui donnaient l'air d'un mauvais garçon, ses manches de chemise roulées jusqu'aux coudes, son pantalon froissé et ses mocassins de bateau, l'allure d'un plaisancier en balade.

Il était 8 heures du matin et cela faisait presque quarante-huit heures qu'il n'avait pas dormi. Rafe, en cet instant, n'avait qu'une hâte : retrouver son lit. Mais au terme d'une mission spéciale qui avait duré six mois, c'était à peine s'il se souvenait encore de son adresse. Il se sentait comme déconnecté de la réalité. Une fois de plus, il avait l'impression d'avoir oublié jusqu'à son nom.

Il passait sa vie à changer d'identité, à jouer la comédie. En temps normal, il ne s'en plaignait pas, mais quand il était fatigué, tout s'embrouillait dans sa tête, comme les pièces d'un puzzle qu'il n'arriverait pas à mettre en place.

Il manquait de sommeil. L'arrestation musclée d'Henry LeVon, quelques heures plus tôt, l'avait vidé de son énergie. Dès qu'il aurait fait son rapport, réglé les points de détail, il filerait. Dans une heure, deux maximum, il pourrait enfin rentrer chez lui, redécouvrir cet appartement où il n'avait pas mis les pieds depuis six mois.

— Rafe ?

La réceptionniste lui souriait. Il n'arrivait jamais à se souvenir de son nom, mais il aurait reconnu entre mille son sourire ravageur. De toute évidence, elle lui faisait du charme, espérant sans doute secrètement dîner avec lui, un de ces soirs. Elle pouvait toujours attendre : Rafe n'avait pas de temps à perdre à ces frivolités.

— Oui ?

— Il y a eu un coup de fil de l'hôpital Seton pour vous. L'une de vos connaissances serait dans un état grave et vous réclame.

Rafe se figea et passa en revue la liste des agents avec lesquels il travaillait. A sa connaissance, aucun n'était malade ni blessé. Les coéquipiers qui l'avaient aidé à coincer Henry LeVon se portaient tous à merveille lorsqu'il les avait quittés.

— Qui est-ce ? demanda-t-il, vaguement intrigué.

— Raquel Molina.

Il aurait voulu accuser le coup sans ciller, mais son cœur, malgré lui, manqua un battement. Immédiatement cependant, il déclara :

— Je la connais à peine.

— Tout ce que je sais, c'est qu'elle vous réclame. Qui est cette fille ?

— La sœur d'Eduardo Molina.

La réceptionniste haussa ses sourcils à l'arc trop parfait.

— Le type que vous avez arrêté le printemps dernier ? Un sacré coup de filet, hein ?

Rafe ne répondit pas.

— Elle a peut-être un tuyau pour vous, quelque chose qu'elle veut vous confier avant de mourir.

Il jeta un bref regard à la jeune femme. Bizarrement, il avait l'impression d'avoir du sable dans les yeux.

— Oui, c'est possible.

Pivotant sur ses talons, il se dirigea vers la sortie.

— Dites ! cria-t-elle, comme il s'éloignait. Vous voulez que je prévienne Kate Keits ?

Au diable le chef de service ! songea Rafe sur le pas de la porte.

— Inutile, j'en ai pour deux petites heures ! lança-t-il par-dessus son épaule.

— Je suis désolée, monsieur Ortiz.

La jeune femme en blouse bleue avait l'air aussi exténué que lui.

— Mlle Molina est morte, il y a une heure.

Ne sachant que dire, il restait planté là à regarder le médecin fixement, comme s'il attendait d'elle des explications.

— Blessure par balle, dit-elle enfin. La police vous donnera toutes les précisions. Nous avons fait le maximum.

Il continuait à la dévisager, en proie à un vertigineux sentiment de vide. Il déglutit avec peine tant sa gorge était sèche.

— Je la connaissais à peine, s'entendit-il articuler.

Le médecin fronça les sourcils.

— Ah bon ? Elle vous a pourtant chargé d'une mission délicate.

— Quelle mission ?

A son tour, elle le regarda avec des yeux ronds.

— Elle comptait sur vous pour emmener l'enfant loin de Miami, loin de sa famille.

— L'enfant ?

Raquel n'avait pas d'enfant ou si elle en avait un, il n'était pas au courant.

— Quel enfant ? répéta-t-il.

Le médecin lui jeta un regard glacial.

— Le vôtre, monsieur Ortiz... Juste avant de mourir, Mlle Molina a accouché d'un petit garçon de 3,850 kilos, dont vous êtes le papa.

1.

Assis en face de Kate Keits, Rafe Ortiz s'impatientait. Des chefs, il en avait eu de bien pires que Kate, mais là, elle commençait vraiment à l'énerver. Mince et élégante, toujours tirée à quatre épingles, elle donnait l'impression d'avoir une vie bien réglée, parfaitement ordonnée, tandis que lui, depuis deux mois, menait une vie de fou.

— Etes-vous sûr, au moins, que ce gosse est bien le vôtre ? demanda-t-elle sans détour. Avec les Molina, il faut s'attendre à tout. Cela leur ressemblerait assez d'essayer de faire ainsi pression sur l'un d'entre nous. Surtout sur vous. Vous avez fait coffrer pratiquement toute la famille.

— Evidemment que j'en suis sûr !

— Comment pouvez-vous être aussi affirmatif ?

— Vous me prenez pour un imbécile, Kate. J'ai fait pratiquer un test ADN, si vous voulez le savoir. Les résultats sont formels. Cet enfant est bien le mien. C'est donc bel et bien *mon* problème.

— Sacré problème, oui ! Il va falloir que vous vous trouviez une nounou, sinon, je serai obligée de me passer de vos services.

Il le savait. Il avait parfaitement conscience du fait qu'il ne pouvait pas partir en mission avec un gosse sur les bras. Mais il ne connaissait personne qui puisse se charger du bébé à temps plein pendant plusieurs mois d'affilée. Personne, en tout cas, en qui il eût suffisamment confiance.

— Vous n'auriez jamais dû vous commettre avec un suspect.

Cela aussi, il le savait.

— Je me suis laissé entraîner.

Tu parles d'une excuse ! Il n'avait aucune excuse.

— Vous avez pensé à l'adoption ?

Quelle question ! se dit Rafe, de plus en plus exaspéré.

— Oui, évidemment.

Dix fois au moins, il avait envisagé de faire adopter l'enfant. Mais chaque fois qu'il s'était mis en route pour l'agence, il avait rebroussé chemin avant d'entreprendre la moindre démarche, et regagné son appartement — ou plutôt la cage à lapin qui lui servait de pied-à-terre entre deux missions. Jamais il ne s'y était senti aussi à l'étroit. Le berceau et les paquets de couches-culottes avaient investi son espace vital, qui empestait la lotion pour bébé et le lait aigre. Voilà à quoi ressemblait sa vie depuis deux mois.

— Et qu'avez-vous décidé ? insista Kate, implacable.

— Il est hors de question que je l'abandonne. Ce gosse n'a que moi. Je suis sa seule famille, en dehors des Molina. Et on sait ce qu'ils valent...

Il eut la désagréable impression que Kate Keits réprimait un sourire. De quoi pouvait-elle bien rire ? Ce qui lui arrivait n'avait vraiment rien de drôle.

— Qu'allez-vous faire, alors ? insista-t-elle, d'un ton agacé qui ressemblait presque à un avertissement. Si vous ne pouvez pas reprendre le travail, il va falloir que je vous fasse remplacer. Réfléchissez bien, Rafe.

Comme s'il l'avait attendue pour le faire ! Kate le sous-estimait, décidément ! Après moult réflexion, il avait enfin trouvé la solution. Le problème allait être réglé en un tournemain.

— J'ai de la famille dans le Wyoming, déclara-t-il après un court silence. Donnez-moi un mois de congé. J'emmène le gosse là-bas et si je peux le laisser, le tour est joué.

— Cela me paraît une bonne idée. Demande de congé accordée, donc. Vous avez quartier libre à partir de vendredi.

C'était assurément une bonne idée, songeait-il en quittant le bureau de son chef de service. Mais ce qu'il n'avait pas dit, c'était que la « famille » en question consistait, en tout et pour tout, en un frère qu'il n'avait jamais vu et qui n'avait même pas connaissance de son existence. Ce frère était flic, d'après ce qu'il avait entendu dire, mais cela ne prouvait rien. Il n'en était peut-être pas moins ce genre de type à qui il ne viendrait à l'idée de personne de confier un enfant — surtout quand il s'agissait du sien.

Rafe, bien sûr, n'avait pas vraiment le choix. L'assistance publique, il savait ce que c'était. Il était lui-même passé par là. Pas question, non plus, de livrer le gosse aux Molina. A quatre ans, ils en auraient déjà fait un trafiquant.

Il ne restait que lui, et peut-être ce frère, dans le Wyoming. Rafe espérait vraiment que c'était un honnête homme, un bon chrétien qui allait à la messe chaque dimanche et se portait toujours volontaire pour la quête. Ce gosse, il ne pouvait quand même pas le confier à n'importe qui.

En rentrant chez lui, ce soir-là, il commença par aller récupérer le bébé à la crèche, puis il s'arrêta au supermarché pour acheter quelques boîtes de lait maternisé et un atlas routier. Avant de se lancer sur les routes, il avait besoin de savoir où se trouvait exactement Gannet County, et combien de temps il mettrait, pour aller jusque là-bas. Que d'heures de conduite en perspective ! Si seulement le bébé pouvait faire ses nuits...

Ce bébé, il avait un nom, bien sûr. Raquel l'avait appelé Rafaël, comme lui. Mais si ce prénom lui allait, à lui, comme un gant, il n'était en revanche pas du tout adapté à ce petit être braillard qui ne faisait que dormir et manger. C'était un prénom beaucoup trop lourd à porter pour un bébé, aussi Rafe l'avait-il surnommé « Junior ».

Par miracle, Junior ne s'était pas réveillé, au supermarché. Comme d'habitude, pourtant, toutes les commères alentour s'étaient penchées sur lui, caquetant à qui mieux mieux, et jetant à Rafe des regards de convoitise qui l'auraient presque fait rougir.

Le bébé se réveilla pendant le trajet du retour et se mit à brailler si fort que Rafe regretta de ne pas avoir de boules Quiès sous la main.

Nul besoin d'avoir une longue expérience de père pour savoir interpréter ces pleurs. Chaque fois qu'il se réveillait, Junior réclamait quelque chose à se mettre dans le bec ou alors un change sec.

— Patiente un peu, mon vieux ! dit-il en criant pour couvrir les vagissements. Encore deux pâtés de maisons, et nous y sommes.

Encore deux pâtés de maisons et il lui faudrait débarrasser le bébé de sa couche sale et lui donner son biberon. Mais qu'est-ce qu'elles avaient donc toutes à vouloir des bébés ?

Rafe était passé maître dans l'art de jongler avec les paquets de couches et les boîtes de lait, aussi n'eut-il aucun mal à tout monter à la fois : le bébé, les sacs qui allaient avec, et l'atlas. Mais Junior était dans tous ses états et semblait en vouloir à la terre entière.

Parant au plus pressé, Rafe se précipita dans la salle de bains, le bébé sous le bras. Sur la table à langer improvisée, il avait tout à portée de la main : l'opération change ne lui prit pas plus de trois minutes. De jour en jour, il améliorait son record.

Il n'eut pas le temps de s'en réjouir car les pleurs se muèrent bientôt en hoquets pathétiques.

— D'accord, bonhomme ! Je te prépare ton biberon.

Rafe se demandait comment le bébé pouvait avaler ce truc infâme qu'était le lait maternisé. Et à toute vitesse, par-dessus le marché ! Après le biberon, venait l'incontournable rot, puis il fallait recommencer l'opération change. Junior regagnait ensuite son berceau.

Dans le fond, ce n'était pas très compliqué de s'occuper d'un bébé. C'était après que cela devait se corser, quand il grandissait.

Pour l'instant, Rafe n'avait pas à se plaindre : Junior dormait comme un ange, ce qui signifiait qu'il avait devant lui deux à trois heures de tranquillité. Il allait enfin pouvoir se faire réchauffer une pizza surgelée, se servir un verre de lait et se plonger dans la lecture passionnante du guide du Dr Spock, à l'usage des jeunes parents.

Au moment d'attaquer la deuxième moitié de la pizza, et le chapitre consacré aux coliques du nourrisson, Rafe s'endormit dans son fauteuil. Ses rêves furent peuplés de montagnes de couches sales baignant dans des mares de lait poisseux. Tiré de son sommeil par les cris du bébé, il se réveilla encore plus fatigué qu'avant et éprouva un moment d'intense découragement.

Change... Biberon... Pris dans le feu de l'action, Rafe ne tarda pas à recouvrer son entrain. Junior étant en pleine forme, il lui fit des mimiques, bêtifia et s'amusa à suivre son regard, rivé sur le diamant qui ornait le lobe de son oreille gauche. Puis il le posa par terre, sur une couverture, et l'observa tandis qu'il gigotait, s'agitait comme un beau diable, apparemment heureux de son sort.

Peut-être y avait-il une leçon à en tirer...

Un coup frappé à la porte le fit sursauter. Qui cela pouvait-il être, à une heure aussi tardive ?

Il n'était pas en mission et n'attendait la visite d'aucun de ses contacts. Que diable lui voulait-on ?

Et si c'était un voyou qu'il avait envoyé en prison ? Un dealer venu lui faire la peau ? Le sang battait dans ses tempes à une cadence assourdissante, son cœur galopait plus vite que ses pensées.

Machinalement, il alla chercher son revolver, posé sur le guéridon, à côté du téléphone et de ses clés de voiture. Il fit sauter le cran de sûreté et gagna la porte. Son arme au poing, il se plaqua au mur et tendit la main vers la poignée. Mais il se ravisa. Un éclair de lucidité le fit se retourner vers le bébé. Pour la première fois, en près de dix ans de carrière, il allait risquer une autre vie que la sienne. Et pour la première fois, il avait peur.

— Qui est-ce ? demanda-t-il.

— Manny Molina.

Miséricorde ! Rafe se figea sur place, incapable d'articuler un son... Manuel était le seul des Molina qu'il n'eût jamais réussi à épingler. Son métier de restaurateur lui servait de couverture, et il demeurait insaisissable.

— Tu es seul ?

— Absolument. J'ai à te parler.

Rafe saisit la poignée, puis il ouvrit la porte brutalement. Manny était bien seul.

— Comment as-tu eu mon adresse ?

— Comment fais-tu, toi, pour savoir où les gens habitent ? Je t'ai fait suivre, pardi !

Rafe sentit ses cheveux se hérisser sur sa nuque.

— Pourquoi ?

— A cause du gosse. Je suis venu juste pour ça, je te le jure. Et si tu crois que je vais te balancer, tu te trompes, Ortiz. Je ne voudrais pas qu'il arrive malheur à mon neveu.

— Voilà qui me semble raisonnable, dit Rafe, qui se forçait à rester impassible malgré sa peur.

Manny haussa les épaules.

— Je n'ai rien contre toi. Mon frère n'a eu que ce qu'il méritait. J'ai des gosses, moi aussi, et je ne tiens pas à ce que cette saleté de drogue circule plus longtemps dans les rues ou dans les écoles. Raquel ne le voulait pas plus que moi.

Rafe le savait pertinemment, mais la loi était la loi, et son rôle était de la faire respecter. Pour être sûr de ne pas s'encombrer de sentiments, il s'interdisait tout état d'âme. Raquel lui avait permis de faire inculper Eduardo. C'était tout ce qui comptait.

— Bon, dit Manny, on ne va pas discuter sur le palier. J'entre ou tu sors ?

— Qu'est-ce que tu veux, Manny ?

— Voir le gosse. Le fils de ma pauvre sœur. Quel mal y a-t-il à ça ?

Les doigts crispés sur la crosse de son revolver, Rafe s'effaça pour laisser entrer Manny. En costume cravate, l'homme avait vraiment fière allure.

Il traversa la pièce en deux enjambées et s'agenouilla par terre, à côté du bébé.

— Il te ressemble, décréta-t-il d'un ton sans appel.

Junior gazouilla et se mit à gigoter allégrement. S'étant assuré que personne ne se cachait sur le palier ou dans la montée d'escalier, Rafe referma la porte et poussa le verrou.

Lorsqu'il se retourna, Manny s'apprêtait à prendre le bébé dans ses bras. Il fut tenté de s'interposer, pris de panique, mais il se contenta finalement de s'adosser au battant de la porte.

Si Manny avait l'intention d'enlever Junior, il faudrait d'abord qu'il lui passe sur le corps.

— Il est vraiment mignon, dit Manny en câlinant le bébé et en lui chatouillant le menton.

Soudain, il se releva, Junior dans les bras, et se mit à

arpenter nerveusement la pièce. Rafe le suivait des yeux, son sang battant à ses oreilles. Impossible de tirer sur l'homme tant qu'il avait le bébé dans les bras.

— Qu'est-ce que tu veux, Manny ?

— Voir le petit. J'ai toujours adoré les gosses. Mais je n'ai que les miens. Eduardo ne risque pas d'en avoir, puisqu'il est en prison jusqu'à la fin de ses jours. Quant à Thomas, mon frère cadet, il n'aime pas les femmes. Je n'aurai probablement pas d'autre neveu que celui-là, alors ce gosse, je voudrais bien le voir de temps en temps. Ma mère aussi. C'est son petit-fils.

— Raquel a insisté pour que le bébé soit tenu à l'écart de la famille.

Manny émit un grognement.

— Pas de maman et de moi.

— De vous comme des autres. Elle n'a pas fait d'exception.

— Elle n'est plus là pour dire le contraire. Ce gosse, c'est tout ce qui nous reste d'elle. Si tu ne veux pas nous l'amener, nous viendrons le voir. Ici ou dans un jardin public. Comme tu voudras ! Du moment qu'on peut le voir... Et puis, comment vas-tu faire, quand tu seras en mission ? Pourquoi ne laisserais-tu pas le petit à maman ?

Rafe avait compris, à la seconde même où il avait découvert Manny sur le seuil de sa porte, qu'il ne pourrait plus désormais infiltrer les milieux interlopes de Miami, qu'il devrait faire une croix sur ce type de missions, mais il s'abstint de tout commentaire. Il tenait à se débarrasser au plus vite de l'importun.

— On verra ça, dit-il. Je vais y réfléchir.

Manny hocha la tête.

— D'accord. Mais réfléchis vite. Maman a vraiment hâte de voir le petit. Il s'appelle comment, au fait ?

— Raquel l'a prénommé Rafaël.

— Comme toi, hein ?

Manny considérait pensivement le bébé.

— Elle a eu le cœur brisé quand tu as fait arrêter Eduardo.

Comme Rafe ne répondait pas, il hocha la tête et reposa précautionneusement le bébé sur la couverture.

— Je ne demande pas la lune. Juste de nous laisser voir le petit. Il faut qu'il sache qu'il a une famille : un oncle, une grand-mère, des cousins. On ne lui fera aucun mal.

— Je vais y réfléchir.

— O.K., je repasse demain soir.

Manny prit enfin congé. Rafe attendit qu'il eût disparu pour rentrer et refermer la porte, qu'il verrouilla à double tour. Il se rendit compte alors que son dos ruisselait de sueur.

Il avait eu chaud, mais Dieu merci, tout allait bien. Junior s'endormait sur sa couverture, et Manny était parti.

Il décrocha le téléphone et dérangea Kate Keits, qui regardait le dernier journal télévisé.

— Vous savez l'heure qu'il est, Rafe ? Qu'est-ce qui vous prend de m'appeler aussi tard ?

— Je viens d'avoir la visite de Manny Molina.

Il comprit à son silence qu'elle avait déjà mesuré toutes les implications de cette déclaration.

— Comment a-t-il eu votre adresse ?

— Il m'a fait suivre.

Elle lâcha un juron, un mot de cinq lettres qu'il n'avait encore jamais entendu dans sa bouche.

— Que veut-il ?

— Le gosse. Sa mère demande à le voir. Du moins, c'est ce qu'il prétend.

— Vous lui faites confiance ?

— Bien sûr que non.

— Moi non plus. Il s'agit d'une menace voilée, Rafe.

— Il faut que je parte. Le plus vite possible.

— Et comment ! Vous n'avez pas vraiment le choix. Bouclez vos valises et filez. Je m'occupe de tout ; vous n'aurez pas d'ennuis.

Elle marqua une pause.

— Cette fois, vous êtes grillé, Rafe. Fini les missions d'infiltration ! Vous avez un talon d'Achille, à présent. Et si les Molina eux-mêmes sont prêts à se servir de leur propre neveu contre vous, les autres le feront encore plus volontiers.

Un agent secret n'a pas souvent l'occasion de dépenser l'argent qu'il gagne. C'est l'un des avantages du métier. Aussi Rafe pouvait-il se permettre de partir léger. Il avait les moyens de racheter en cours de route tout ce qu'il laissait sur place.

Il fourra dans le sac à langer quelques tenues de rechange, une dizaine de couches, du lait et des biberons : de quoi tenir à peu près une journée. Le reste, il viendrait le chercher plus tard. De toute façon, rien de tout cela n'avait vraiment d'importance. Il fallait avant tout qu'il protège sa fuite. Personne ne devait savoir qu'il partait.

Ils prirent la route juste avant l'aube, à une heure où la circulation, dans les rues de Miami, était encore relativement fluide. Il put ainsi s'assurer que personne ne le suivait. Après avoir tourné sans but un petit moment, et constaté qu'il n'était pas filé, il fit une chose qui l'étonna. Au lieu de sortir de la ville, il prit la direction du cimetière.

Il n'y avait jamais mis les pieds, mais une fois devant, il n'hésita pas longtemps. Il savait où se trouvait la tombe de Raquel. Un mois plus tôt, sans trop savoir pourquoi, il y avait envoyé un ami en reconnaissance. Il l'avait fait pour le gosse, bien sûr. A lui, cela lui était complètement égal, mais il valait quand même mieux qu'il sache où la mère du petit était enterrée. Un jour, Junior lui poserait la question.

Comme un automate, Rafe sortit de sa voiture avec le bébé et s'engagea dans les allées du cimetière. Il trouva sans aucun mal la tombe de Raquel.

Les Molina avaient opté pour une pierre tombale surmontée d'un agneau. Ce choix lui parut incongru, étant donné le tempérament fougueux et exalté de la jeune femme. L'herbe avait déjà poussé sur la tombe, qui n'était là que depuis deux mois.

Rafe restait planté devant, le bébé dans les bras, tandis qu'un vide étrange et presque douloureux se faisait en lui. Il n'arrivait pas à se décider. Il savait pourtant qu'il devait le faire, s'il voulait avoir encore le courage de se regarder dans une glace sans rougir.

— Voilà, dit-il d'un ton solennel. Je t'amène le petit. Il va bien, Rocky.

Dans sa bouche, le diminutif sonnait étrangement creux.

Seigneur ! Dire qu'il s'adressait à un bloc de pierre et à un carré de gazon !

Les yeux grands ouverts, Junior le fixait intensément, comme s'il comprenait le sens de ses paroles.

— Tu vois, Rocky, je l'emmène loin d'ici, comme tu l'as souhaité. Manny essaie de mettre le grappin dessus. Ses intentions sont peut-être bonnes, mais il ne m'inspire aucune confiance. Alors Junior et moi, on s'en va. Quand le gosse sera plus grand, je te le ramènerai.

Sur ces mots, qui avaient des allures de serment, Rafe, mal à l'aise et étrangement bouleversé, regagna d'un pas lourd le parking du cimetière.

— Je suis désolé, mon bonhomme, dit-il à Junior, lové

contre lui. Je suis vraiment navré que ta maman ait été tuée. Je sais que je ne pourrai jamais la remplacer, mais pour l'instant, je n'ai pas mieux à te proposer.

Il allait devoir faire avec. Mais au volant de sa voiture, tandis qu'il filait sur l'autoroute de l'ouest, Rafe était plutôt optimiste. Cinq jours de route et le Wyoming serait en vue. Cinq jours...

Une autre vie les attendait.

Angela Jaynes se rangea le long du trottoir, à l'ombre d'un séquoia majestueux, et coupa le contact. Gannet County n'avait presque pas changé, en cinq ans. Avec ses murs blancs et ses volets noirs, la maison d'Emma, elle aussi, était toujours la même, depuis la dernière fois qu'elle y était venue.

Un pâle soleil était en train de disparaître à l'horizon, et la brise d'octobre soulevait les feuilles mortes qui jonchaient les jardins et les trottoirs. Cela sentait déjà l'hiver. Angela songea que c'était mieux ainsi. Elle n'aurait pas aimé arriver par beau temps.

S'extirpant de sa voiture, elle étira ses muscles ankylosés par le trajet interminable depuis l'Iowa, et balaya du regard les maisons qui s'alignaient de part et d'autre de la rue, derrière des jardins soigneusement entretenus, plantés d'arbres centenaires. Non, décidément, rien n'avait changé depuis sa dernière visite. Elle retrouvait Gannet County tel qu'elle l'avait laissé, et s'y sentait chez elle, bien qu'en réalité, elle n'y eût jamais vraiment vécu.

Pendant de longues minutes, elle contempla le paysage, debout sur le trottoir, frêle silhouette blonde aux yeux bleus empreints d'une indicible tristesse.

Une nouvelle rafale de vent lui rappela qu'il pouvait faire très froid, dans la région. Avant de sortir ses valises du coffre, elle préférait s'assurer qu'Emma était bien chez elle, car elle n'avait pas pu lui préciser l'heure de son arrivée.

Elle traversa la rue et s'avança jusqu'à la véranda, si accueillante avec sa balancelle et ses fauteuils en osier. Angela remarqua qu'ils étaient flambant neufs. Depuis qu'elle était mariée, Emma vivait sur un autre pied. Elle n'était plus obligée, comme par le passé, de prendre des pensionnaires pour compléter son maigre salaire de bibliothécaire.

Pourvu qu'elle soit là ! pria secrètement Angela avant de frapper à la porte. Il fallait de toute urgence qu'elle contrôle son sucre sanguin. Elle n'avait rien mangé depuis un bon bout de temps et certains signes avant-coureurs l'avertissaient de l'imminence d'un malaise. Elle gardait toujours dans son sac un paquet de bonbons, mais elle ne les sortait qu'en dernier recours car au bout du compte, les bonbons lui faisaient presque plus de mal que de bien.

Elle fut vite rassurée. La porte s'ouvrit en grand sur une Emma souriante qui lui tendit les bras. Angela s'y réfugia avec joie. Il y avait si longtemps qu'on ne lui avait pas témoigné une telle affection...

— C'est si bon de te revoir ! s'exclama Emma.

Angela embrassa son amie sur les deux joues et s'écarta un peu pour la voir en pied.

— Tu as grossi ! dit-elle en riant. Ça te va bien.

— J'ai pris quatre kilos, figure-toi ! Gage dit que c'est parce que je suis heureuse. Il doit avoir raison.

A son tour, Emma détailla Angela.

— Tu es toujours aussi belle, mais tu n'as pas bonne mine, dit-elle en secouant sa crinière auburn. Ça ne va pas, Angela ? Tu veux manger quelque chose ?

— Eh bien, à vrai dire...

Angela n'eut pas besoin d'aller plus loin. La prenant

par la main, Emma l'entraîna dans la cuisine. Au passage, Angela jeta un coup d'œil à son reflet, dans le miroir de l'entrée. Elle était pâle comme un linge et ses yeux paraissaient immenses dans son visage émacié. Ses cheveux blonds avaient besoin d'un bon coup de brosse, et une retouche à son maquillage n'aurait pas été superflue.

— Assieds-toi, dit Emma en lui présentant l'une des chaises qui entouraient la table ronde en chêne massif.

Des odeurs alléchantes s'échappaient du four.

— J'ai préparé un rôti de porc boulangère, expliqua Emma. Mais il est loin d'être cuit. Qu'est-ce que je te donne, en attendant ? Quelques crackers ? Un verre de lait ?

— Je veux bien les deux. Mais avant, il faut que j'aille chercher mon kit de voyage, dans la voiture.

— Ne bouge pas ; je vais y aller.

Emma posa devant elle une assiette de crackers et un grand verre de lait et s'éclipsa.

Ce qu'Angela supportait le plus mal dans le fait d'être diabétique, c'était d'être esclave des horaires. Elle devait manger à heures fixes, contrôler régulièrement sa glycémie, se faire ses injections d'insuline quatre fois par jour — et ne jamais, au grand jamais, s'écarter de cette ligne de conduite. Ce qu'elle avait eu tendance à oublier, ces derniers temps...

Emma revint quelques instants plus tard avec le précieux matériel.

— Tu veux que je mette l'insuline au frigo ?

— Oui, s'il te plaît, répondit Angela en ouvrant son kit.

Se piquer le bout du doigt pour contrôler le taux de sucre contenu dans son sang était devenu un geste si routinier qu'elle l'accomplissait machinalement. La présence d'Emma ne lui occasionnait aucune gêne. Pendant toutes leurs études, elles avaient partagé la même chambre, à la résidence universitaire, si bien qu'Emma en savait presque autant qu'elle sur la maladie et ses contraintes.

Mais ce geste n'en était pas moins astreignant. Angela acceptait mal ce diabète qu'elle vivait comme un handicap, et ne supportait pas de devoir s'injecter de l'insuline quatre fois par jour.

Le résultat du test était mauvais. Sans être catastrophique. Il fallait juste qu'elle mange un peu. Un peu, mais pas trop.

Emma s'assit en face d'elle.

— Ça va? demanda-t-elle en la voyant ranger son matériel.

— Deux ou trois crackers et tout rentrera dans l'ordre. Rien d'alarmant, je t'assure.

— Au téléphone, l'autre jour, tu n'avais pas l'air en forme.

— Disons que j'ai eu un passage à vide. Je me suis un peu laissée aller.

— Il faudra que tu me rappelles les heures auxquelles tu dois contrôler ta glycémie et faire tes piqûres. J'ai un peu oublié, depuis le temps.

— Oui, bien sûr. Mais laissons cela pour l'instant. J'en ai par-dessus la tête du diabète.

Emma se mit à rire.

— Ça se comprend... Alors, raconte : tu es en congé, ou tu as vraiment démissionné?

— J'ai démissionné, répondit Angela d'un ton qu'elle eût aimé plus désinvolte. Je ne supportais plus de vivre du malheur des autres. Déposséder les gens de leur voiture parce qu'ils n'arrivent plus à payer leurs traites est une chose, mais les exproprier de leur ferme en est une autre. Plus jamais je ne ferai ce métier, je préfère encore devenir caissière dans un supermarché!

Angela détourna un instant les yeux, puis elle regarda son amie et demanda :

— Tu es sûre que cela n'embête pas ton mari que je reste un mois ? Il risque de me trouver encombrante, non ?

— Mais non, voyons ! Il est très impatient de faire ta connaissance. Depuis le temps que je lui parle de toi...

Angela sourit et prit un troisième cracker.

— Moi aussi, j'ai hâte de le rencontrer. Ce doit être un type bien pour avoir réussi à te faire surmonter ta peur des hommes, après tout ce que tu as...

La fin de sa phrase mourut dans le silence de la pièce. Evoquer cette soirée tragique, au cours de laquelle Emma avait été agressée par une bande d'étudiants éméchés et laissée sur le carreau, leur était toujours aussi pénible, même après toutes ces années.

— Oui, c'est vraiment un type bien, dit Emma avec tendresse. C'est quelqu'un comme lui qu'il te faudrait.

Angela eut un sourire triste.

— Oh, moi, tu sais, je suis mieux seule...

Elle avait déjà elle-même tant de mal à vivre avec sa propre maladie qu'elle ne voyait pas quel homme accepterait de partager avec elle ce calvaire. Elle avait eu la bêtise, une fois, de croire la chose possible. Et elle avait perdu son fiancé en même temps que son bébé. Quel homme voudrait d'une femme atteinte d'une maladie transmissible ? D'une femme qu'il fallait hospitaliser à tout bout de champ et qui passait son temps à se faire des piqûres d'insuline ? D'une femme qui risquait de mourir du jour au lendemain ? Aucun, hélas ! Il y avait déjà longtemps qu'elle s'était faite à cette idée.

Juste à ce moment-là, Gage Dalton arriva par la porte de derrière. Il était tel que sur la photo de mariage qu'Emma lui avait envoyée. En un peu moins mince, peut-être, et surtout, moins sévère. A l'époque, il ne portait que du noir, d'après ce que lui avait dit Emma. Le jean lui allait bien.

Il sourit à Angela.

— Content de vous voir, Angela, dit-il d'un ton aussi chaleureux que son sourire. Il y avait longtemps que j'attendais cette visite.

Il prit la main qu'elle lui tendait et la serra avec vigueur.

— C'est vraiment très gentil de votre part de m'accueillir chez vous un mois entier.

— Vous êtes la bienvenue, dit-il en fixant sur elle ses yeux noisette, pétillant de bonté et de compréhension. Vous savez, on se connaît tous, ici. Cela ne fait pas de mal de voir une tête nouvelle, de temps en temps. A propos, dit-il, en se tournant vers Emma. Avons-nous encore une chambre libre ?

— Oui, pour qui ?

— Un gars de la DEA avec qui j'ai eu l'occasion de travailler, il y a quelques années. Je l'ai rencontré dans la rue. Il est venu voir Nate et loge au motel. Le problème, c'est qu'il a son fils avec lui, un bébé de deux mois.

— Quoi ? Le Lazy Rest n'est pas un endroit pour un enfant de cet âge, déclara Emma. Propose-lui de venir s'installer ici. Il y a assez de place.

Elle se tourna vers Angela.

— A moins que cela ne te gêne ? Le bébé risque de t'empêcher de te reposer, s'il pleure beaucoup.

— Non, pas du tout. J'adore les enfants. Cela ne me dérange pas le moins du monde.

Angela était même ravie qu'il y eût un autre invité car elle avait horreur de monopoliser toute l'attention. Elle était malade, soit, mais elle détestait qu'on le lui rappelle à chaque instant.

— Parfait, dit Gage. Je vais lui passer un coup de téléphone.

— Pourrais-tu aussi monter les valises d'Angela ? Après un aussi long voyage, elle a sûrement envie de se reposer.

Moins de dix minutes plus tard, Angela était confortablement installée dans la chambre qu'elle occupait toujours quand elle venait voir Emma. Elle y avait ses repères. Depuis la dernière fois, la pièce avait été repeinte, et la literie remplacée, mais cela mis à part, rien n'avait changé.

La jeune femme soupira d'aise. Quelle joie de retrouver Emma et de revoir Gannet County ! Elle était si contente qu'elle en oublia sa fatigue et décida de se doucher.

Détendue et habillée de propre, elle s'allongea ensuite sur son lit... et s'assoupit. A un moment, elle eut vaguement conscience d'un bruit de bottes dans l'escalier et des pleurs d'un nourrisson. L'ami de Gage était arrivé.

Pris au dépourvu, Rafe hésita à accepter l'invitation de Gage. Mais en pensant à l'exiguïté de sa chambre de motel, au lit de Junior coincé entre la commode et son propre lit, aux boîtes de lait et aux biberons entassés sur le bureau, et aux couches sales qui s'amoncelaient dans la corbeille à papier, il se laissa tout de même convaincre.

Ne s'attendant pas à rencontrer à Gannet County quelqu'un qu'il connaissait, Rafe n'avait pu se défendre d'une certaine méfiance. Il avait également été un peu contrarié de devoir renoncer à passer incognito. Cela lui rendait la tâche plus difficile.

Depuis de nombreuses années, il agissait dans l'ombre, enquêtait, recueillait des renseignements sans jamais rien révéler de lui-même, toute sa force résidant dans sa discrétion. Cette fois, bien sûr, c'était différent. Il agissait à titre privé. S'inquiéter parce qu'il avait rencontré quelqu'un qui savait qu'il travaillait à la DEA relevait purement et simplement de la paranoïa.

Paranoïa ou pas, Rafe n'aimait pas du tout cela et se tenait sur ses gardes.

D'autant plus que cette méfiance chronique lui avait déjà plus d'une fois sauvé la vie. Et que de toute façon, il n'allait pas changer du jour au lendemain.

Son premier souci, après sa rencontre avec Gage, avait été de faire un saut au bureau du shérif. Il avait vu Nathan Tate, mais il ne lui avait pas dit qu'ils étaient frères. Quand il repensait à la conversation qu'il avait eue avec lui, Rafe avait honte.

Il s'était planté devant Tate et lui avait déclaré tout à trac :

— Je suis à Gannet County pour quelques jours et je tenais à ce que vous sachiez que je suis un agent de la DEA et que je suis armé.

Seigneur ! Le shérif avait vraiment dû le prendre pour un fou.

— Vous pensez qu'il va y avoir du grabuge ? avait demandé Nate après l'avoir longuement regardé.

Il faisait son boulot, après tout et c'était normal qu'il s'informe. Il paraissait moins que son âge et ne correspondait guère à l'idée que Rafe se faisait d'un homme d'une cinquantaine d'années. De plus, il semblait compétent et efficace, et à en juger par les piles de paperasses qui encombraient son bureau, il devait passer plus de temps le stylo à la main que le revolver au poing. Cela parlait en sa faveur. Rafe avait au moins l'assurance que son frère n'était pas un minable. Encore que... Des tordus, il en avait rencontré partout. Même chez les flics.

En tout cas, ils ne se ressemblaient pas, et Tate, comme lui, ne ressemblait pas à leur mère. Comme le montrait la seule photo qu'il avait de lui, Rafe tenait de son père, ce cow-boy à la manque qui lui avait donné le jour. Quant à Tate, il devait tenir du sien...

Ce qu'ils avaient en commun, en revanche, c'était d'être tous les deux entrés dans la police. Quelle ironie du sort, quand on savait qu'ils avaient l'un et l'autre été conçus par des hommes sans foi ni loi !

Tout comme lui, Tate avait sans doute eu envie, après une jeunesse un peu mouvementée, de faire régner l'ordre et de respecter la loi.

Le seul moyen de le savoir aurait été pour Rafe d'abattre ses dernières cartes, mais le moment n'était pas encore venu de tout révéler à Tate. Rafe voulait d'abord tâter le terrain et se forger une opinion sur l'homme à qui il envisageait de confier son enfant.

Justement, il allait commencer par quitter ce motel miteux et Gage Dalton pourrait sûrement lui donner de précieux renseignements sur le shérif.

Il n'eut aucun mal à trouver la maison des Dalton et gara son break Chevrolet derrière la Toyota bleue stationnée juste en face. A peine était-il descendu de voiture que la porte de la maison s'ouvrit en grand. Un sourire aux lèvres, Gage Dalton se porta à sa rencontre. Derrière lui, une splendide jeune femme rousse se tenait sur le seuil.

— Tu veux un coup de main ? proposa Gage.

Rafe ouvrit le hayon et sortit les bagages qu'il avait achetés en cours de route ainsi que le lit pliant de Junior.

— Prends ce que tu veux ; je me charge du petit. Merci, Gage.

Le siège auto sous un bras, le sac à langer et le paquet de couches sous l'autre, Rafe se dirigea vers la maison.

— Bonjour, dit la jeune femme en s'effaçant pour le laisser passer. Je suis Emma Dalton.

— Rafe Ortiz. Et voici mon fils, Rafaël, surnommé Junior.

Emma souleva un coin de la couverture qui recouvrait le bébé et poussa une exclamation admirative.

Encore une! songea Rafe. Mais qu'est-ce qu'elles avaient donc toutes avec ce bébé? Que lui se préoccupe de son fils, c'était normal. Mais il ne lui serait jamais venu à l'idée d'aller regarder le gosse d'un autre. Les femmes étaient vraiment bizarres, parfois...

— Comme il est mignon! dit Emma, attendrie.

— Et pas embêtant pour deux sous, précisa Rafe. C'est vraiment gentil à vous de nous accueillir sous votre toit.

Emma lui décocha un sourire éblouissant.

— Vous ne pouviez pas dormir au motel. Pas avec un bébé. Votre chambre se trouve à l'étage, au bout du couloir. Nous dînons dans une heure environ; cela vous laisse le temps de vous installer.

Gage, une valise dans chaque main, le rejoignit au pied de l'escalier.

— Nous avons une autre invitée, l'informa-t-il. Elle est arrivée tout à l'heure. Une jeune femme charmante.

Sapristi! Il ne manquait plus que ça! Les femmes, Rafe les fuyait comme la peste. Il ne se sentait à l'aise qu'avec les voleuses, les trafiquantes et les femmes flics. Celles-là ne lui posaient pas de problèmes. Les autres, avec leurs jolis sourires, finissaient toujours par lui donner des maux d'estomac. Et il y en avait deux dans la maison! Il posa le siège auto sur le lit en songeant qu'il n'avait vraiment pas de chance.

— Tu veux que je descende les boîtes de lait et les biberons dans la cuisine? proposa Gage obligeamment.

— Oui, c'est une bonne idée.

Mais Junior se réveilla et se mit à pleurer pendant qu'il était en train de sortir les biberons du sac.

Les deux hommes échangèrent un regard résigné.

— On verra plus tard, Gage. Il faut que je m'occupe de lui.

— D'accord. Si tu as besoin d'aide, n'hésite pas. J'ai eu des gosses... à une époque.

Une ombre passa sur le visage de Gage, qui fit de toute évidence un effort sur lui-même pour se ressaisir.

— Changer un bébé au milieu de la nuit, lui donner son biberon et le bercer pour le rendormir, ça me connaît ! déclara-t-il d'un ton encore un peu nostalgique. Tu m'appelles et j'accours tout de suite.

— Merci, vieux. C'est vraiment sympa.

Gage parti, Rafe prit Junior dans ses bras, et les pleurs se calmèrent instantanément.

— Tu te rends compte, bonhomme ? dit-il à son fils. Un autre type s'y est laissé prendre lui aussi.

Plongeant son regard dans les yeux bleus du bébé, Rafe songea qu'il aurait fallu avoir un cœur de pierre pour résister.

Junior n'ayant manifestement pas sommeil, Rafe décida de descendre rejoindre leurs hôtes. Auparavant, il défit une partie de ses valises, afin de ne pas être de pris de court au beau milieu de la nuit, lorsqu'il lui faudrait changer le bébé et lui donner son biberon. Il déplia le lit et l'installa dans un coin de la pièce. Puis il transforma le dessus de la commode en table à langer.

— Voilà ! dit-il en considérant son œuvre d'un air satisfait. On va être drôlement bien, ici !

Couché par terre sur une couverture, Junior approuva en gazouillant et en gigotant de plus belle.

— Mais il faut qu'on descende, maintenant. J'aimerais bien en apprendre un peu plus sur ton oncle Nate.

Comme c'était bizarre ! Lui qui avait déjà du mal à se faire à l'idée qu'il était devenu père concevait difficilement qu'un étranger puisse être l'oncle du petit.

Depuis la mort de Raquel, il ne savait plus très bien où il en était. Tant de bouleversements en si peu de temps !

Lorsqu'il arriva dans la salle de séjour, tenant Junior dans les bras, Emma et Gage étaient en pleine conversation. Rafe craignit de les déranger mais ils se chargèrent vite de le mettre à l'aise.

Cédant à leurs instances, il s'assit avec eux. Pendant quelques instants, ils ne surent pas quoi se dire. Leurs regards convergèrent alors vers le bébé.

— Il est bien réveillé, fit remarquer Emma.

— Oui, il dort beaucoup moins qu'au début, expliqua Rafe.

Le silence retomba. Rafe cherchait désespérément quelque chose à ajouter.

— Alors, si j'ai bien compris, tu es en vacances ? dit Gage.

— Oui, en quelque sorte.

Sur le plan administratif, il était effectivement en congé, même si jusque-là, Rafe n'avait pas vraiment eu l'impression d'être en vacances.

Gage hocha la tête, hésitant de toute évidence à lui poser d'autres questions.

Rafe, qui n'avait pas pour habitude de tourner autour du pot, décida de dire tout de suite aux Dalton ce qu'ils brûlaient de savoir.

— La mère du petit est morte en couches.

— Nous sommes désolés, dirent-ils de concert.

Rafe haussa les épaules. Voilà, c'était dit. Il n'avait pas envie de s'appesantir sur le sujet.

— Bref, Junior et moi, nous avons dû prendre le large. Nous cherchons un coin perdu où nous serons tranquilles pendant quelque temps. Pas vrai, bonhomme ?

Junior eut l'air d'approuver.

— Gannet County est l'endroit idéal, déclara Emma. Comme trou perdu, on ne fait pas mieux, croyez-moi !

— Je confirme, dit Gage.

— Et moi également, dit une voix féminine derrière lui.

Lorsque, sacrifiant aux convenances, Rafe voulut se lever, Gage lui mit la main sur l'épaule et le pria de rester assis.

— Angela, voici Rafe Ortiz et son fils. Rafe, je te présente Angela Jaynes.

La jeune femme lui tendit la main. Il la serra, surpris de sentir des doigts aussi fins et une peau aussi douce, lui qui était habitué aux poignées de main vigoureuses. Elle lui sourit mais il devina à son expression un peu indécise qu'elle ne voyait pas tous les jours des hommes avec des cheveux aussi courts et une boucle d'oreille.

Puis elle se pencha sur Junior et, pour une fois, Rafe ne songea pas à critiquer l'attirance irrépressible de la gent féminine pour les bébés. Il était troublé par l'expression de son visage, sur lequel le temps semblait avoir laissé la trace d'une ineffable blessure.

— Quel amour ! murmura-t-elle.

Comme elle tendait la main vers lui, Junior, sans crier gare, agrippa son index, ce qui la fit éclater de rire. Cet éclat de rire spontané, le son clair et argentin de cette voix mélodieuse les firent tous sourire.

— Quelle poigne ! s'exclama-t-elle.

— Il a une force incroyable, affirma Rafe, soudain très fier de son rejeton.

— J'espère qu'il va lâcher prise, dit Angela, amusée. Comment s'appelle-t-il ?

— Rafaël, comme moi, mais je l'appelle Junior.

Un sourire entendu aux lèvres, elle les regarda tous les trois et dit :

— Alors, si je comprends bien, nous sommes tous ici pour fuir le vaste monde ?

Rafe se contenta de sourire.

— Gage m'a dit que vous travailliez à la DEA, continua Angela. Que faites-vous, au juste ?

C'était une question anodine, Rafe le savait. Mais elle le mit mal à l'aise.

— Je traque les trafiquants de drogue, confia-t-il de mauvaise grâce.

— Sous une fausse identité ?

— Dans certains cas.

Angela ouvrit de grands yeux effarés.

— Ce doit être... effrayant.

Effrayant ? Pas spécialement. La plupart du temps, c'était très amusant. Ou bien fastidieux et peu glorieux. Mais il ne pouvait pas nier qu'il avait eu peur quand Manny avait débarqué chez lui pour voir le bébé.

— Et vous, que faites-vous ? demanda-t-il, moins par curiosité que parce qu'il avait hâte de changer de sujet.

— Je travaillais dans une banque, au service des prêts.

Elle fit la grimace et son regard s'assombrit. Rafe se demanda pourquoi elle faisait cette tête d'enterrement, mais il se garda bien de poser la moindre question.

— Je gagnais ma vie en harcelant les pauvres gens.

Il hocha lentement la tête.

— On est bien obligé de travailler pour vivre, dit-il, formulant à voix haute ce qu'il ne cessait de se répéter intérieurement depuis bientôt dix ans.

— Sans aucun doute. Mais cela, en tout cas, je ne le ferai plus.

Elle grimaça un sourire et se tourna vers Emma.

— Tu veux que je mette la table ?

— Volontiers. Nous allons dîner dans la salle à manger, nous aurons plus de place qu'à la cuisine.

Les femmes se levèrent pour mettre le couvert et Rafe et Gage se retrouvèrent seuls en tête à tête.

— Tu as quelqu'un à tes trousses ? demanda Gage à mi-voix.

— Oui, ça se pourrait bien.

Gage parut réfléchir.

— Tu es ici chez toi, mon vieux. Tu peux rester autant que tu veux.

— Merci. J'apprécie beaucoup ton hospitalité mais j'aimerais mieux ne pas en abuser. Avant une ou deux semaines, tout devrait être réglé.

Probablement avant, même. Une fois qu'il saurait si Tate était prêt à prendre Junior, et si lui était prêt à le laisser...

Mais il ne pouvait rien prévoir : tant que le petit n'était pas casé, il était coincé. Croisant le regard droit, si déconcertant, du bébé couché dans ses bras, Rafe se demanda ce qu'il pouvait bien penser de tout cela.

— Tes enfants sont grands, je suppose ? demanda-t-il à Gage.

A ces mots, Gage se ferma comme une huître. Son visage marqué trahissait une profonde souffrance.

— Que veux-tu dire ?

— Tu as des enfants, d'après ce que j'ai compris. Ils ont déjà quitté la maison ou tu as divorcé ?

La réponse de Gage ne se fit pas attendre.

— Ils ont été tués dans un attentat à la voiture piégée.

Rafe se serait giflé, tant il s'en voulait d'avoir fait une gaffe pareille. Il eut soudain la sensation que sa langue s'était collée à son palais.

— C'était donc toi..., murmura-t-il. Je suis vraiment désolé.

A l'époque, l'affaire avait fait grand bruit. Tout le monde, à l'agence, avait entendu parler du gars dont toute la famille avait péri dans une explosion criminelle, juste avant Noël. Bon sang, il aurait dû faire le rapprochement ! Cela expliquait la balafre sur la joue de Gage, et sa voix cassée. Il paraît que fou de douleur, il avait hurlé pendant des jours et des jours.

— Je suis désolé, répéta Rafe, lamentablement. Je ne savais pas que c'était toi.

Gage esquissa un geste de la main, comme s'il voulait tirer un trait sur toute cette tragédie.

Rafe contempla alors le petit être qu'il tenait dans ses bras. Et il eut peur.

— En cas de pépin, dit Gage après un long silence, tu peux compter sur moi.

Rafe savait que ce n'étaient pas des paroles en l'air. Pour la première fois depuis bien longtemps, il sentit qu'il pouvait avoir confiance. Il en éprouva une espèce de gêne, comme quand le bébé le regardait droit dans les yeux. Que diable lui arrivait-il ? Il ne se reconnaissait plus depuis quelque temps.

— Je te demanderai juste de ne rien dire à Emma et à Angela, ajouta Gage. Inutile de les inquiéter. Angela a besoin de repos...

— Pas de problème. Je ne suis pas du genre à raconter ma vie.

Gage éclata de rire.

— Déformation professionnelle, dit-il. Tu devrais peut-être penser à te recycler, Rafe.

Pourquoi pas ? songea Rafe en regardant de nouveau son fils. Oui, pourquoi pas ?

2.

Victime du décalage horaire, Junior réclama à minuit son biberon de 2 heures du matin, ce qui arrangea Rafe, qui ne dormait pas encore.

Mais par malchance, la boîte de lait qu'il avait laissée sur la commode se révéla être inutilisable.

Le bébé hurlait à pleins poumons, son petit visage tout congestionné. Il avait faim et ne supportait pas d'attendre. Cette fois, il allait pourtant bien falloir qu'il prenne son mal en patience.

Rafe prit le bébé dans ses bras et descendit dare-dare dans la cuisine. Pourvu qu'il ne réveille pas toute la maisonnée ! songeait-il dans l'escalier. Soudain, il fut pris d'un horrible pressentiment. Et si les autres boîtes de lait étaient dans le même état ? Elles avaient toutes été achetées dans une petite pharmacie de Kansas City. Rafe serait alors dans de beaux draps, car il n'avait aucune chance de trouver un magasin ouvert, en pleine nuit, dans cette ville minuscule.

La cuisine était allumée. Un rai de lumière filtrait sous la porte fermée. Il y avait au moins une personne, dans la maison, que Junior ne risquait pas de réveiller.

Attablée devant une assiettée de crackers et un verre de lait, Angela Jaynes, vêtue d'un peignoir en éponge, eut l'air embarrassé, comme si elle s'était fait prendre la main dans le pot de confiture.

— Désolé, dit Rafe en s'arrêtant sur le seuil. Je ne voulais pas vous déranger.

— Vous ne me dérangez pas, affirma-t-elle avec un sourire. Vous avez un problème, on dirait ?

— Oui, il a faim. La boîte de lait que j'avais prévu de lui donner est bonne à mettre à la poubelle. Mais il y en a d'autres dans le réfrigérateur.

— Je vais vous en sortir une. Voulez-vous que je verse le lait dans le biberon ?

— Oui, je veux bien. Mais rincez-le bien d'abord.

Il avait oublié de descendre l'ouvre-boîtes, aussi Angela dut-elle en chercher un, fouillant fébrilement tiroirs et range-couverts. Pendant ce temps, Rafe faisait les cent pas dans la cuisine en tapotant le derrière du bébé pour essayer de le calmer.

— Quelle quantité dois-je verser ? demanda la jeune femme lorsque, enfin, la boîte fut ouverte.

— A peu près cent cinquante millilitres. S'il ne boit pas tout, ça n'a pas d'importance.

— Ah bon ? Il n'est pas nécessaire de mesurer exactement ce qu'il prend ?

Rafe n'avait pas l'habitude de jouer les spécialistes. La plupart du temps, les femmes l'abreuvaient de conseils sur la manière de tenir et de nourrir le bébé.

— Non. Il n'y a lieu de s'inquiéter que s'il perd l'appétit.

— Quelle chance !

— Que voulez-vous dire ? demanda Rafe, qui n'avait pas compris le sens de sa remarque.

Angela eut l'air déstabilisé. Mais peut-être était-ce l'effet de son imagination ?

Le biberon à la main, elle demanda :

— Que dois-je faire, maintenant ?

— Il faut le passer quelques instants sous le robinet d'eau chaude pour le tiédir un peu.

Elle obtempéra, puis contrôla la température du lait sur l'intérieur de son poignet, comme une vrai pro.

— Ça devrait aller, déclara-t-elle en lui tendant le biberon.

Junior s'empara goulûment de la tétine. Après les cris stridents qu'il avait poussés, le bruit de succion qui s'ensuivit était une véritable bénédiction.

Rafe soupira.

— Ouf ! Il a une voix tellement aiguë, quand il a faim !

Angela se rassit à sa place en riant. Comme elle portait distraitement un cracker à sa bouche, Rafe se souvint qu'elle n'avait pas répondu à sa question.

— En quoi est-ce une chance de ne pas avoir à mesurer la quantité de lait ingurgitée par Junior ? demanda-t-il, vaguement intrigué.

Elle baissa les yeux et contempla son assiette. Puis elle releva la tête et sourit, mais Rafe ne s'y trompa pas. C'était un sourire sans joie.

— Je suis diabétique. Je dois contrôler tout ce que je mange.

— Ah bon ? Ce doit être contraignant.

— Je le fais depuis l'âge de huit ans. Vous devez penser que j'ai l'habitude, n'est-ce pas ?

— Non, pas du tout. J'imagine que ça ne doit pas être facile, même avec l'habitude. Surtout quand tous les autres, autour de vous, mangent ce qu'ils veulent et quand ils veulent.

— Oh ! je ne me casse pas trop la tête, dit-elle en redressant les épaules. Je sais comme personne évaluer d'un coup d'œil le poids d'une pomme.

— Oui, moi, c'est pareil. Je sais comme personne évaluer d'un coup d'œil un kilo de cocaïne !

Le rire de la jeune femme fusa. Son regard n'était plus aussi désespéré.

— Le problème, c'est que je me suis un peu laissée aller, ces derniers temps, confia-t-elle plus gravement. D'où ma présence ici. Il faut que je me repose et que je reprenne de bonnes habitudes.

— C'est calme, ici ; vous allez vite vous retaper. Et les Dalton sont des gens adorables.

— Emma et moi, nous avons fait nos études ensemble. Mais je ne connaissais pas Gage.

— Je le connais à peine, confia Rafe. Nous nous sommes croisés à plusieurs reprises, mais cela remonte déjà à un bon nombre d'années, au temps où il travaillait lui aussi dans les renseignements.

— Oui, c'est ce qu'il m'a dit.

Angela parut hésiter.

— Vous permettez... que je prenne le bébé ?

« Les femmes sont bien toutes les mêmes ! songea-t-il avec résignation. Elles ne peuvent pas s'en empêcher. »

Sans un mot, il lui tendit son fils. Elle le prit un peu maladroitement, tout d'abord, ce qui lui valut un grognement de réprobation de la part du bébé.

— Détendez-vous, Angela. Vous n'allez pas le laisser tomber.

Elle cala le bébé contre elle et lui remit la tétine du biberon dans la bouche.

— Il est si léger, dit-elle. Une vraie plume !

— Nous en reparlerons dans une demi-heure, répliqua Rafe en secouant son bras endolori.

Il se servit un verre de lait et s'assit en face d'Angela.

— Alors, comment trouvez-vous le métier de père ? demanda-t-elle.

Allergique aux questions, Rafe s'en tira par une pirouette.

— Je vous répondrai dans quelques années.

Sa réponse déclencha chez la jeune femme un nouvel accès d'hilarité.

— Je suis de l'Iowa, dit-elle. Et vous ?

— De Miami.

Elle eut l'air étonné.

— Ça doit vous changer !

— C'est le moins qu'on puisse dire !

Ça le changeait agréablement, en fait. Pour la première fois depuis que Manny avait débarqué chez lui à l'improviste, il n'éprouvait plus le besoin de regarder par-dessus son épaule.

Il n'en restait pas moins sur ses gardes. Les habitudes avaient la vie dure. Et il avait de bonnes raisons d'être prudent.

Repu, Junior avait lâché la tétine.

— Je crois qu'il a assez bu, fit remarquer Rafe.

— Oui, ça m'en a tout l'air.

Angela posa le biberon sur la table et Rafe récupéra son fils. Lorsqu'il le prit contre son épaule pour lui faire faire son rot, Junior agrippa sa chemise et dressa la tête, visiblement curieux de voir ce qui se passait autour de lui.

— Il n'a pas sommeil du tout, dit Angela en riant.

— Cela ne m'étonne pas. Junior est un véritable oiseau de nuit.

— Il a sûrement pris cela de vous !

— Comment le savez-vous ?

Leurs regards se croisèrent et Rafe eut l'impression que le feu clair de ses yeux étranges le pénétrait jusqu'à la moelle. Troublé, il détourna la tête.

Angela Jaynes n'était pas le genre de femme qui l'attirait d'habitude, il ne comprenait donc pas les raisons de son émoi. Il avait un penchant très marqué pour les brunes à peau mate, de type hispanique, comme Raquel.

Ce qu'il éprouvait pour Angela n'était pas d'ordre sexuel. L'attirance qu'elle exerçait sur lui s'ouvrait sur une autre dimension, une dimension émotionnelle infiniment plus troublante... et ô combien plus dangereuse !

Pour faire diversion, Rafe se remit à tapoter le dos du bébé qui salua sa prestation d'un rot tonitruant. Angela éclata de nouveau de son joli rire en cascade.

— Je vais devoir vous laisser, dit-elle avec une nuance d'excuse. C'est l'heure de mon insuline.

— Vous vous faites des piqûres ?

— Oui, quatre fois par jour.

Elle alla prendre une boîte dans le réfrigérateur, en sortit un tube et la remit ensuite à sa place.

— Bonne nuit, dit-elle avant de s'éclipser.

Rafe la suivit des yeux puis contempla, songeur, la porte qu'elle venait de refermer.

— C'est complètement idiot, murmura-t-il. Nous la connaissons à peine...

Junior l'approuvait entièrement, à en juger par le gloussement qu'il émit avant de se mettre à bâiller et à cligner furieusement des paupières.

Le bébé changé et couché, Rafe se retrouva désœuvré... et terriblement seul.

Le vide de son existence lui apparut alors dans toute son immensité. Peu enclin à l'introspection, et pas vraiment désireux de contempler cet abîme qui lui donnait le vertige, il secoua vite sa mélancolie et prit sur l'étagère qui surmontait son lit le premier livre qui lui tomba sous la main. C'était un roman d'espionnage, dont le héros, étrangement, lui ressemblait comme deux gouttes d'eau. Les aventures rocambolesques de cet *alter ego* le tinrent éveillé toute une partie de la nuit et l'amusèrent beaucoup, car l'auteur se faisait une idée totalement fausse de la profession.

En refermant le livre, Rafe songea avec philosophie qu'il valait mieux rire de soi que passer son temps à se regarder le nombril.

⁂

Angela se réveilla en pleine forme. Comme chaque jour, au saut du lit, elle contrôla sa glycémie et se fit une piqûre d'insuline en haut de la jambe.

Avec toutes ces piqûres, ses cuisses n'étaient pas belles à voir. Mais que lui importait, puisqu'elle vivait seule de toute façon ? Elle enfila un sweat-shirt, un pantalon de jogging et une paire de tennis et descendit dans la cuisine.

Emma était en train de préparer des œufs au bacon.

— Je te sers dans une minute. Bois ton jus d'orange, en attendant.

Reconnaissante de tant de sollicitude, Angela s'empressa d'obéir.

— Je suis contente que tu sois venue, dit Emma en posant devant elle des œufs brouillés, des lamelles de bacon et des toasts beurrés. Il y avait si longtemps que je ne t'avais pas vue.

— Merci. Tout cela a l'air délicieux.

— Si tu as besoin d'autre chose, ne te gêne pas. Tu es ici chez toi.

Au jugé, Angela évalua la quantité d'hydrates de carbone que contenait son petit déjeuner.

— J'ai tout ce qu'il me faut, assura-t-elle. Ne t'inquiète pas pour moi.

— Je ne vais pas tarder à partir travailler. Cela ne t'ennuie pas de rester seule toute la journée ?

— Non, pas du tout. Je ne voudrais pas que tu te sentes coupable de m'abandonner. Tu as ton travail et je le comprends. C'est déjà très gentil à toi de m'héberger pendant un mois.

Emma balaya l'air de la main.

— Ce n'est rien, je t'assure. La maison est grande.

Pendant quelques instants, ni l'une ni l'autre ne parlèrent.

— Ton diabète s'est beaucoup aggravé ? demanda Emma.

Angela soupira.

— Je me suis retrouvée deux fois à l'hôpital, en l'espace de deux mois. Les deux fois, j'ai eu la chance de m'évanouir dans des lieux publics. Si j'avais été seule chez moi, Dieu seul sait ce qui serait arrivé...

— Je préfère ne pas y penser. Et c'est le stress qui t'a mise dans cet état ?

— Le stress, et une bonne dose de négligence, il faut bien le dire. Je ne mangeais pas assez ou j'oubliais mon insuline. Mon travail à la banque prenait le pas sur le reste. J'étais parfois en rendez-vous avec des couples surendettés. Nous cherchions ensemble des solutions et l'heure tournait sans que je m'en rende compte. J'en arrivais à sauter des repas ou à manger n'importe quoi.

Elle secoua la tête.

— Mon médecin traitant m'a reproché de prendre trop à cœur les problèmes de mes clients. Mais comment faire autrement, quand on a en face de soi des gens en plein désarroi ?

— Ça ne doit pas être facile, en effet.

— Le pire était que certains de mes clients étaient devenus à la longue de véritables amis. Je les aidais à gérer leurs dépenses et à équilibrer leur budget, et pour ce faire, j'étais bien obligée de m'immiscer dans leur vie. Cela finissait par créer des liens.

— Tu cherchais par tous les moyens à les tirer d'affaire ?

— Exactement. Mais la plupart du temps, ce n'était pas suffisant.

Angela soupira, accablée par le sentiment douloureux de son impuissance.

— Il est évident que je ne suis pas faite pour ce métier. J'y pensais sans arrêt, au point d'en perdre le sommeil. Je passais mes nuits à additionner des nombres, à chercher des solutions. C'était encore pire que si j'avais été moi-même criblée de dettes. Ma vie était un enfer.

Et comme elle prononçait ces mots, les souvenirs resurgissaient dans sa mémoire, images douloureuses, vestiges encore vivants d'un passé qu'elle avait fui.

— Tu as bien fait de démissionner.

— Oui, mais que vais-je faire de ma formation de conseillère financière, à présent? J'ai bien peur d'être dans une impasse.

Elle était bel et bien dans une impasse. En tout cas elle en était persuadée. Et pas seulement sur le plan professionnel. Elle était arrivée à un tournant de son existence et aspirait maintenant à tout autre chose.

La dernière bouchée avalée, Angela sortit pour son jogging matinal. A petites foulées, elle remonta Front Street en direction du centre-ville. Il faisait frais ; une belle journée d'automne s'annonçait. Un voisin qui ratissait les feuilles mortes dans son jardin salua la jeune femme d'un petit signe de la main.

Au bout de huit cents mètres, elle dut s'arrêter. Elle était à bout de souffle. Voilà ce que c'était que de ne pas courir régulièrement !

Elle avait les poumons en feu et les jambes en compote, mais courir lui faisait du bien. Avec ou sans jogging, sa vie ne lui en paraissait pas moins dénuée de sens. Ce qui lui manquait, c'était un but dans l'existence. A force de vivre au jour le jour, elle avait fini par perdre de vue ses objectifs.

Elle ne pouvait pas avoir d'enfants, soit ! Cela ne l'empêchait pas pour autant d'avoir un but. Mais quel but ? Sans enfants, sans mari, la vie n'avait pas vraiment de sens. Elle se levait chaque matin pour aller travailler, pour gagner de quoi se loger, manger... et payer son insuline. C'était triste à pleurer.

D'où son sentiment d'échec et d'inutilité. Si elle ne réagissait pas rapidement, elle courait tout droit à la catastrophe.

A la sortie de la ville, Angela rebroussa chemin. Elle ne sentait plus ses jambes et commençait à se demander si elle n'était pas en train de faire une bêtise. Son sucre sanguin pouvait chuter brutalement, même avec quatre injections d'insuline par jour.

Elle fit une pause devant le palais de justice et s'assit sur un banc public. Inconsciemment, elle se mit à regarder les passants.

Etaient-ils satisfaits de leur sort ? songeait-elle. La plupart avaient sans doute des problèmes. Des problèmes parfois insurmontables...

Une mère de famille cramponnée à une poussette double passa devant elle. Angela ne put réprimer une pointe d'envie. A son air fatigué, elle se doutait bien pourtant que certains jours, cette mère de famille comblée devait se demander si elle aurait la force de tenir jusqu'au soir.

Elle en était là de ses réflexions lorsque, tout à coup, elle vit Gage Dalton sortir du bureau du shérif. Il l'aperçut à son tour et traversa pour la rejoindre. Angela se rendit compte alors qu'il boitait.

— Comment ça va ? demanda-t-il en s'asseyant à côté d'elle.

— Très bien. Je viens de faire un jogging. Il fait un temps idéal pour courir.

Gage changea de position, comme si sa jambe le gênait.

— Il fait trop beau pour rester enfermé, dit-il. Je commençais à étouffer, dans mon bureau.

— Ne me dites pas que vous avez fait le mur ?

Il se mit à rire.

— Je m'apprêtais en fait à jouer les messagers. J'ai reçu un coup de téléphone de Miami. C'est pour Rafe. J'ai essayé de l'appeler à la maison, mais il n'y est pas, apparemment.

— On ne le laisse donc jamais tranquille, même quand il est en vacances.

Le visage de Gage s'assombrit.

— Dans ce métier, on n'est jamais en vacances. Vous voulez que je vous ramène ou vous préférez marcher ?

Elle accepta son offre de bon cœur.

— C'est à la DEA que vous avez fait la connaissance de Rafe ? demanda-t-elle dans la voiture.

— Pas exactement. Disons que nos chemins se sont croisés à deux ou trois reprises. Comme agent secret, il paraît qu'il est le meilleur. Mais il fait souvent cavalier seul et passe pour être un peu bizarre.

— C'est-à-dire ?

Gage haussa les épaules.

— Il a ses propres méthodes. Des méthodes efficaces, apparemment.

— C'est un métier dangereux, non ?

— Et comment ! Ils sont plus d'un à y avoir laissé leur peau. Il ne faut pas avoir le cœur fragile pour faire ce boulot. Et puis... il faut aimer les émotions fortes.

Il se tut un instant, comme pour se concentrer sur sa conduite.

— Dans ce métier, reprit-il d'une voix un peu éteinte, il faut avoir le goût du risque et aimer vivre sur le fil du rasoir. Ce n'est pas toujours drôle, vous savez.

— Mais vous-même, vous l'avez exercé, à une époque ?

— Oui, dans ma folle jeunesse. Et je l'ai bien payé, croyez-moi ! Tout le problème est là. Un jour ou l'autre, il faut régler l'addition. Rafe a eu de la chance. Il est toujours passé au travers.

— Pas vous ? demanda étourdiment Angela, qui sentait bien qu'elle mettait le doigt sur un point sensible.

— Hélas, non !

Sa voix dérapa d'une demi-octave. Elle vit les traits de

son visage s'affaisser, puis il secoua la tête, comme pour empêcher sa mémoire de dériver vers les ombres du passé, et il ajouta d'un ton dur :

— A force de vivre avec les voyous, on serait parfois tenté de se comporter comme eux.

— Comment cela ?

— Dans ce métier, il faut aussi savoir encaisser les coups sans jamais les rendre. J'étais marié et j'avais des enfants, confia-t-il d'une voix hésitante, comme si ces mots le faisaient terriblement souffrir. J'ai vite compris que ce genre de métier était incompatible avec une vie de famille. Mais ça n'a pas empêché le type qui m'en voulait de se venger.

Il se gara devant la maison et coupa le contact. Puis il la regarda avec une intensité douloureuse.

— Ne vous y trompez pas, Angela. Les agents secrets sont peut-être des gens fascinants, mais ils font de bien piètres maris. Ils ne dorment jamais à la maison et restent parfois absents plusieurs mois d'affilée.

Angela ne put s'empêcher de rougir.

— Je me renseignais, rien de plus, bredouilla-t-elle, honteuse d'avoir été percée à jour.

Gage sourit, une lueur narquoise au fond des yeux.

— Je sais. Mais je tenais quand même à vous le dire.

Lorsqu'elle s'avança vers la maison, Angela se fit aussi petite que possible. Elle voulait à tout prix éviter Rafe, tant elle craignait que l'intérêt qu'elle lui portait ne se lise en lettres de feu sur son front. Mais il était assis sous la véranda avec son fils, aussi ne put-elle se dispenser de le saluer.

Gage engagea la conversation avec lui, lui bloquant le passage vers la maison.

— Il faut que tu appelles Kate Keits.

Le sourire de Rafe s'évanouit.

— A-t-elle dit pourquoi ?

— Non.

Rafe se leva et tendit le bébé à Gage.

— Cela ne t'ennuie pas de le garder cinq minutes pendant que je téléphone ?

Dès que Rafe se fut engouffré dans la maison, Gage se tourna vers Angela.

— Vous pouvez le prendre ? Il faut que je retourne au bureau. J'ai un rendez-vous dans moins de dix minutes.

Angela accepta. Elle pouvait encore se permettre d'attendre un peu avant de contrôler sa glycémie. Pour plus de sûreté, elle s'assit néanmoins confortablement dans un fauteuil en osier.

Pourvu que Rafe ne s'éternise pas au téléphone ! se dit-elle en regardant le bébé endormi. Si Junior se réveillait et se mettait à pleurer, elle serait bien embêtée.

Mais pour l'instant, il dormait comme un ange et en le contemplant, Angela songea au bonheur qu'on devait ressentir à regarder son enfant dormir. Un bonheur que jamais elle ne connaîtrait...

Rafe pianota le numéro de l'agence sur le clavier du téléphone. Ses doigts impatients trahissaient sa nervosité. Pourquoi Kate Keits cherchait-elle à le joindre ? Sa présence était-elle requise pour l'instruction d'une affaire ou pour témoigner dans un procès ? A moins qu'il ne s'agisse de sa nouvelle affectation ?

Ce ne fut rien de tout cela. Il tomba sur la réceptionniste, qui lui passa Kate immédiatement.

— Rafe, dit-elle sans préambule, êtes-vous absolument sûr que cet enfant est le vôtre ?

Sa voix vibrait d'une urgence qu'il ne lui connaissait pas.

— Oui, répondit-il, un peu décontenancé. Sûr et certain.

— Votre nom figure-t-il sur l'extrait de naissance ?

— Fichtre, oui ! Mais pourquoi ces questions ? Que se passe-t-il ?

— Vous êtes dans le pétrin, Ortiz. Il y a quatre jours, j'ai reçu la visite de Manuel Molina. Il vous cherchait et prétendait que vous aviez pris rendez-vous avec lui pour fixer un droit de visite de sa famille à l'enfant.

— C'était un rendez-vous bidon. Je voulais juste me débarrasser de lui.

— C'est ce que j'ai pensé. Je lui ai dit que vous étiez parti en vacances sans laisser d'adresse.

— Merci, Kate. Je vous en suis très reconnaissant.

Rafe s'était bien douté que Manny ne renoncerait pas aussi facilement, mais il n'aurait jamais imaginé qu'il se risquerait à contacter la DEA. Les Molina étaient allergiques à la police. Manny avait dû en faire une maladie.

— Attendez la suite, Rafe. Ce matin, j'ai reçu une lettre d'un avocat représentant les Molina. Il propose un arrangement à l'amiable et insiste pour avoir votre adresse.

Rafe jura entre ses dents.

— Il n'est pas question que je la lui donne. Mais je vous conseille quand même de faire attention.

— Entendu.

Rafe avait soudain des envies de meurtre. Lui qui se targuait de ne jamais se laisser gouverner par ses émotions ne comprenait vraiment pas ce qui lui arrivait.

— Que veut Manny, au juste ? gronda-t-il. Qu'espère-t-il obtenir avec ses menaces ? Je suis le père du gosse, bon sang !

— Je serais bien en peine de vous répondre, dit Kate avec un soupir. Il semble que ce soit le petit qui l'intéresse. Mais allez savoir ? Quant à ses objectifs, ils sont faciles à deviner. Manny va vous traîner en justice, vous ruiner en procédures et vous gâcher la vie. Il va bien sûr essayer de prouver que vous êtes un père indigne. Soit dit en passant, Rafe, votre mode de vie ne plaide pas vraiment en votre faveur. Vos fréquentations, vos lieux de prédilection risquent de jouer contre vous.

— A côté des Molina, je ferai figure d'enfant de chœur !

— Certes, mais ça va vous prendre du temps et vous coûter beaucoup d'argent. Je ne vois qu'une solution : la fausse identité, Rafe.

— Quoi ?

Il se demanda si Kate avait bien toute sa raison.

— Je parle sérieusement. Vous savez comme personne entrer dans la peau d'un autre. Pourquoi ne joueriez-vous pas les pères modèles, pour changer ?

— C'est ce que je fais depuis deux mois, répliqua Rafe sèchement. Qu'est-ce que vous croyez ? Seul un père modèle est capable de se lever deux ou trois fois par nuit, de jongler avec les biberons et les couches-culottes.

Elle s'esclaffa.

— Pardonnez-moi, Rafe, mais j'imagine la scène d'ici. Ça ne doit pas être triste !

— Je voudrais vous y voir ! lança Rafe d'un ton mi-figue, mi-raisin.

— Trêve de plaisanteries, vous savez très bien ce que je veux dire. Jouez votre rôle à fond, faites attention à vous et surtout, ne remettez pas les pieds à Miami. Tant que nous ne saurons pas ce que mijotent les Molina, il vaut mieux que vous restiez où vous êtes. Je mets un gars sur l'affaire. Je n'aime pas beaucoup qu'on s'intéresse de trop près à l'un de mes agents.

— Ça me rend un peu nerveux, moi aussi, confia Rafe avant de raccrocher.

Pensif, il posa sur la fenêtre un regard vide. Puis il aperçut Angela, assise sous la véranda, le bébé dans ses bras. Ce spectacle tranquille, trop parfait, lui donna presque envie de hurler. Sa vie n'était pas là mais parmi la racaille, les trafiquants de tout poil, qu'il devait faire tomber. Son rôle était de servir la justice, pas de torcher un bébé.

Mais personne ne devait savoir pour l'instant qu'il projetait de confier Junior à son demi-frère.

Laisser le bébé à Nate Tate était une chose, l'abandonner entre les griffes des Molina en était une autre.

Pendant quelque temps, il allait devoir redoubler de vigilance.

Cela contrariait un peu ses projets, mais il y avait certaines priorités. Et son fils en était une.

En proie à une grande lassitude, l'esprit nébuleux, Angela commençait à regretter d'avoir fait ce jogging. Non seulement elle manquait d'entraînement, mais en plus, elle avait oublié de diminuer sa dose d'insuline.

Elle savait qu'elle devait adapter la quantité d'insuline qu'elle s'injectait à l'effort physique qu'elle fournissait, mais il lui arrivait encore de ne pas le faire. Sa négligence pouvait lui causer un choc, dont les conséquences étaient souvent très graves.

En soupirant, elle se fourra un bonbon dans la bouche et le suça avec application. Cette maudite maladie ne la laisserait donc jamais en paix ? Et s'habituerait-elle un jour à toutes ces contraintes ? Après plus de vingt ans de traitement, elle ne s'y faisait toujours pas.

C'était un peu puéril de sa part, elle en convenait, car elle devait assumer son diabète, comme d'autres assumaient leur problème de poids. Mais certains jours, c'était au-dessus de ses forces. Elle s'apitoyait sur son sort et déplorait de ne pas avoir comme tout le monde un pancréas en bon état.

Rarement Angela ne s'était sentie aussi diminuée par la

maladie qu'en cet instant, alors qu'elle tenait un bébé dans ses bras. Dans le fond, ce n'était pas plus mal qu'elle ne puisse pas avoir d'enfants. Avait-on jamais vu une mère risquer à tout moment de laisser tomber son bébé ?

La porte s'ouvrit et Rafe reparut enfin. Elle lui sourit.

— Je crois que vous feriez mieux de le reprendre.

Il obtempéra aussitôt.

— Que se passe-t-il ? Vous êtes blanche comme un linge !

— J'ai un peu forcé sur le jogging. Mais je viens de sucer des bonbons ; ça devrait aller mieux dans une minute ou deux.

— Vous êtes sûre ?

Rafe avait l'air si catastrophé qu'elle fut prise d'une envie de rire, qu'elle réussit de justesse à réprimer. Elle ne voulait pas le vexer.

— Plus que sûre ! répondit-elle avec le plus de conviction possible.

A moitié rassuré, et bien décidé, apparemment, à ne pas s'en laisser compter, Rafe s'installa dans le fauteuil qui faisait face au sien.

— Je n'ai pas besoin d'un chaperon, déclara Angela, un peu agacée. C'est comme ça depuis plus de vingt ans, alors je sais ce que j'ai à faire.

— Je n'en doute pas une seconde.

— Vous n'avez pas besoin de me tenir compagnie.

— Puisque vous le dites, répliqua Rafe sans pour autant faire mine de bouger.

Excédée, Angela le foudroya du regard.

— Etes-vous toujours aussi têtu ?

— Oui, et vous ?

Elle en eut le souffle coupé.

— Que voulez-vous dire ? bredouilla-t-elle.

— Envoyez-vous toujours promener les gens qui se font du souci pour vous ?

Elle se sentit rougir jusqu'aux oreilles.

— Oui, j'en ai bien peur.

— Moi aussi, déclara Rafe le plus sérieusement du monde.

Décontenancée, Angela prit le parti d'en rire.

— Je joue toujours la carte de la franchise, expliqua Rafe.

— C'est drôle, dit Angela, j'aurais pensé qu'un agent secret se serait montré... plus circonspect.

— La plupart le sont, en effet. Mais moi, j'ai un gros défaut. Je dis toujours la vérité.

— Même aux dealers ?

— *Surtout* aux dealers ! répondit Rafe contre toute attente. Vous n'imaginez pas le nombre de malfrats qui rient à se faire éclater la rate quand j'arrive et que je leur dis que je travaille à la DEA.

Il secoua la tête.

— Je ne sais pas pourquoi, mais ils ne me croient jamais.

— Je vois très bien pourquoi, moi, rétorqua Angela en riant. Très, très bien, même.

Il fit mine d'être vexé.

— Ai-je à ce point l'air d'un voyou ?

La jeune femme fut prise d'un tel fou rire qu'elle eut toutes les peines du monde à recouvrer son sérieux.

— Un jour, à mes débuts, commença Rafe, je m'approche d'un petit revendeur avec qui j'étais censé faire affaire. C'est la procédure habituelle, quand on file un dealer, et le seul moyen de l'appréhender. Le gars me regarde et dit : « T'es qui, toi ? » J'en suis resté bouche bée. Jamais je n'aurais imaginé qu'il me poserait la question. Je pensais qu'il allait refuser de traiter avec moi ou me fourguer sa camelote et filer sans attendre son reste. Bref, j'étais si décontenancé que j'ai répondu : « Rafe Ortiz, de la DEA. » Le type s'est mis à rire comme un bossu et m'a vendu un gramme de crack. J'ai compris alors que la franchise était ma meilleure arme.

— Pas dans tous les cas, je suppose?

— Non, bien sûr, reconnut-il. Mais dans presque tous.

Son regard se fit lointain. Il parut un instant absorbé dans ses souvenirs. Puis il la fixa de nouveau et déclara :

— On rencontre parfois de sacrés numéros! Il m'est arrivé une fois d'aborder un dealer alors que je me trouvais dans une voiture de police. Je lui ai montré ma plaque et je lui ai demandé ce qu'il avait à me proposer. Eh bien, le type m'a vendu tout ce que je voulais. Malgré la voiture et la plaque de police. C'est à se demander s'ils ont deux sous de jugeote...

— Mais ça ne doit pas toujours être aussi facile.

— Non. Tout dépend du gibier que vous traquez. Pour remonter jusqu'aux gros bonnets, il faut parfois des mois, voire des années. Ils sont beaucoup plus méfiants. Une fois qu'on les a identifiés, il s'agit de les faire inculper. Ce n'est pas toujours évident. Les petits trafiquants, en revanche, on les ramasse à la pelle. C'est tout juste s'ils ne nous apportent pas sur un plateau les preuves de leur culpabilité.

— Comment cela?

— Figurez-vous que la plupart d'entre eux tiennent une comptabilité. Comme de véritables hommes d'affaires.

Angela hocha la tête et mit un bonbon dans sa bouche.

— C'est hallucinant! dit-elle.

Rafe parut mal à l'aise, tout à coup.

— Vous allez devoir nous excuser, bredouilla-t-il en soulevant Junior. Nous avons un léger problème de fuite.

Le bébé poussa un cri perçant et lorsque Rafe se leva, elle vit la tache d'humidité sur l'une des jambes de son pantalon.

— Ça va aller? demanda-t-il. Vous croyez que je peux vous laisser?

— Je me sens déjà beaucoup mieux, je vous remercie. Votre sollicitude me touche beaucoup.

Il braqua sur elle un regard étrange.

— N'en tirez aucune conclusion, dit-il avant de disparaître à l'intérieur de la maison.

Angela fixa longuement la porte qui s'était refermée avec un bruit sec. Le monstre ! Mais pour qui se prenait-il ? Mourant d'envie de lui casser la figure, elle décida de ne plus lui adresser la parole.

Rafe Ortiz était assurément l'homme le plus séduisant qui eût jamais croisé sa route. Il dégageait un magnétisme capable de faire perdre la tête à la plus chaste des femmes. Mais ce n'était pas une raison pour se montrer aussi odieux.

Elle avait eu tort de ne pas savoir mieux cacher son jeu. Ses pensées avaient dû se lire sur son visage. Comment aurait-il pu deviner, sinon ?

L'habitude, sans doute. Les femmes devaient toutes lui tomber dans les bras...

Il était plutôt bien de sa personne ; force lui était de le reconnaître. Elle avait tout de suite remarqué sa large carrure et la puissance de sa musculature...

Le cours de ses pensées la surprit, car il y avait des années qu'elle ne s'intéressait plus aux hommes, et que ce genre de détail passait à ses yeux complètement inaperçu.

En tout cas, il était d'une arrogance rare, et cela ne pouvait que l'inciter à garder un peu plus ses distances.

Mais lorsqu'il reparut, quelques minutes plus tard, un verre de jus d'orange à la main, Angela avait déjà oublié ses bonnes résolutions.

— Tenez, dit-il en lui tendant le verre. Cela vous fera plus de bien que les bonbons.

Puis il tourna les talons et entra dans la maison, tandis que la jeune femme, de plus en plus perplexe, restait muette, son verre à la main.

3.

— Tu sais, Junior, dit Rafe, il va falloir que je me décide.

Les fesses au sec dans une couche propre, le bébé gazouillait sur sa couverture tout en bavant copieusement sur un hochet en caoutchouc qui lui servait à faire ses dents.

— Tu comprends, je ne peux pas m'éterniser dans ce trou perdu.

Le moment était venu de parler au shérif et de mettre cartes sur table. A quoi bon tergiverser ? Ce n'était pas dans ses habitudes. Toujours sur la brèche, Rafe n'était pas non plus du genre à rester indéfiniment à ne rien faire.

Et puis, quelle drôle d'idée de vouloir enquêter sur son demi-frère ! S'il se mettait à poser des questions, à s'intéresser de trop près à Tate, celui-ci finirait par l'apprendre. Ce n'était sûrement pas comme cela que Rafe allait nouer avec lui des liens fraternels !

— Je me demande parfois à quoi me sert mon intelligence...

Résolu à passer à l'action, Rafe installa Junior dans son siège auto, attrapa le sac à langer et descendit au rez-de-chaussée.

Angela était toujours assise sous la véranda.

— Ça n'a pas l'air d'aller? dit-il en passant près d'elle.

Comme elle ne répondait pas, il eut soudain le pressentiment qu'il n'était pas étranger à cette mauvaise humeur.

— J'ai fait quelque chose de mal? s'enquit-il.

— Pour commencer, vous pourriez peut-être arrêter de danser d'un pied sur l'autre.

— D'accord. Et ensuite?

— Ensuite, j'aimerais que vous m'expliquiez où vous êtes allé pêcher que toutes les femmes que vous croisiez devaient tomber raide amoureuses de vous?

— J'ai dit ça, moi? Je n'ai jamais dit une chose pareille!

— En tout cas, vous l'avez laissé entendre.

— Première nouvelle! Mais où est le problème, de toute façon? Ne me dites pas que vous êtes amoureuse de moi...

— Certainement pas!

— Eh bien, j'aime mieux ça!

Il lui décocha son sourire le plus ravageur.

— Je suis content que tout soit arrangé, dit-il, conciliant.

— Rien n'est arrangé! coupa Angela. Et en plus de tout le reste, vous n'avez aucune conversation!

— En fait de conversation la vôtre ressemble plutôt à un interrogatoire, permettez-moi de vous le dire!

Dévisageant la jeune femme, Rafe s'efforça de ne pas remarquer à quel point elle était jolie quand elle rougissait.

— Ecoutez, Angela, il y a eu un malentendu et j'en suis vraiment désolé. Pas une seule seconde, je n'ai pensé que vous pouviez éprouver pour moi la moindre attirance. D'ailleurs, je ne suis pas votre genre.

— Quoi? Vous me connaissez à peine. Comment pouvez-vous en être aussi sûr?

C'était vraiment stupide de sa part, mais Rafe s'amusait comme un fou.

— Peut-être parce que vous n'êtes pas le mien ! rétorqua-t-il avant de s'éloigner tranquillement en sifflotant.

Il installa le bébé sur le siège passager, dos à la route, puis se glissa derrière le volant tout en jetant un coup d'œil à la jeune femme, assise sous la véranda. Peut-être n'aurait-il pas dû se montrer aussi méchant... Elle était si fragile.

Oh, et puis, zut ! songea-t-il en démarrant. Elle n'en mourrait pas. A l'avenir, elle serait peut-être moins présomptueuse. Les blondes étaient bien toutes les mêmes : toujours à croire qu'elles pouvaient mener les hommes par le bout du nez !

Enfin, elles n'étaient peut-être pas toutes comme cela... Mais peu importait, dans le fond, puisque Angela et lui n'étaient pas appelés à se fréquenter très longtemps.

Pourquoi s'était-il donné la peine de la détromper ? Depuis quand se préoccupait-il de ce que les gens pensaient de lui ? Ce genre de considérations était incompatible avec le métier qu'il exerçait — si tant est qu'il ait encore un métier.

Curieusement, la perspective de devoir renoncer à ce travail qu'il croyait aimer plus que tout ne l'attristait même pas. L'irruption de Junior dans sa vie, et tous les problèmes qui en résultaient étaient sans aucun doute pour beaucoup dans cet état d'esprit. Il était plus que temps de réagir.

Arrivé devant le bureau du shérif, Rafe s'accorda quelques instants pour réfléchir à un plan d'action. Pour une fois qu'il n'était pas obligé de prendre une décision dans l'urgence, d'agir sur un coup de tête, il n'allait pas se priver ! Il avait tout loisir de réfléchir... et même de repartir sans rien dire à Tate, si cela lui chantait. Libre à lui de caser son fils ailleurs...

Ou d'entrer et de tout révéler à Tate au risque de bouleverser irrémédiablement sa vie, à lui aussi, car il commençait à se demander s'il faisait bien de se débarrasser de Junior comme d'un colis encombrant. Non seulement le gosse méritait mieux que cela, mais en plus, ce n'était pas digne de lui, qui se vantait de toujours faire face à ses responsabilités.

— Quel casse-tête ! marmonna-t-il en tapant du poing sur son volant.

Il fut tenté de rebrousser chemin, jusqu'au moment où il prit conscience qu'il pouvait disparaître et que Junior tomberait alors aux mains des Molina sans que personne n'y puisse rien.

Sans hésiter cette fois, le bébé dans les bras, il entra dans le bureau du shérif, bien décidé à confier son fils à ce frère qu'il ne connaissait pas. Mais à peine le seuil franchi, son enthousiasme retomba. Comment une idée aussi saugrenue avait-elle pu germer dans son esprit quelque peu dérangé par sa récente paternité ?

Nate Tate était en train de parler à sa secrétaire, une femme d'âge mûr qui tirait frénétiquement sur sa cigarette. Rafe, qui le voyait en pied pour la première fois, constata qu'il était grand et musclé, et que son visage buriné ne manquait pas de caractère. Il faillit demander à la secrétaire d'écraser sa cigarette, par égard pour le bébé, mais il se ravisa. Comme entrée en matière, il y avait peut-être mieux...

— Eh bien, dit Tate en se tournant vers lui, un large sourire aux lèvres. Qu'est-ce qui nous vaut la visite d'un agent de la DEA ?

— Si cela ne vous ennuie pas, j'aimerais vous parler en privé, shérif.

— Allons dans mon bureau, dans ce cas. Mais auparavant, laissez-moi vous donner un conseil : refusez le café que Velma va vous proposer. Il est si serré que la cuiller tient debout toute seule dedans !

— C'est du café, chef, pas du jus de chaussette ! rétorqua la secrétaire.

Tate fit entrer Rafe dans son bureau et l'invita à s'asseoir. Se carrant à son tour dans son fauteuil, il demanda, les mains croisées sur l'estomac :

— Alors, quel est le problème ? Vous avez perdu votre arme ? Ou vous avez croisé un gros trafiquant de drogue dans Main Street ?

L'animosité contenue dans ces propos n'échappa pas à Rafe. Le shérif n'éprouvait guère de sympathie pour lui et cela se comprenait. Il le croyait sans doute en mission et n'appréciait pas d'être tenu à l'écart d'une affaire qui se déroulait dans son fief.

— Figurez-vous, shérif, que si j'étais ici pour des raisons professionnelles, je n'aurais pas emmené mon fils, déclara Rafe d'un ton neutre.

— Ah ? Un bébé peut pourtant être une excellente couverture.

— Me croirez-vous si je vous dis que je suis tout bonnement en vacances ?

Tate se pencha en avant et posa les coudes sur son bureau.

— Non, je ne vous crois pas. Personne ne vient en vacances à Gannet County. Les rares touristes qui s'aventurent jusqu'ici viennent acheter des bouteilles d'eau ou demander leur chemin. Il n'y a ni rodéo, ni marché artisanal, ni musée de paléontologie. C'est un bled sans intérêt et sans histoires. Les gens d'ici sont d'honnêtes travailleurs à qui je n'ai pas grand-chose à reprocher. Il m'arrive d'intervenir pour des délits mineurs et même de tomber sur quelques grammes de marijuana. Je suppose que certains de mes concitoyens ont tâté de la cocaïne, mais pour vous, c'est du menu fretin. Un type comme vous ne se déplace pas pour si peu.

— Je vous répète que je ne suis pas en mission, shérif.

— Alors expliquez-moi ce que vous faites ici. Je ne vous cache pas que je me méfie un peu des étrangers.

— Je passe quelques jours chez Gage Dalton. Il fait partie de votre équipe, je crois ?

— Gage est mon seul et unique collaborateur. Il ne vous connaît pas beaucoup, d'après ce qu'il m'a dit. Vos relations se bornent à quelques rencontres.

Tate avait donc mené sa petite enquête. Rafe ne put réprimer un sourire.

— Il semble que nous ayons pas mal de choses en commun, vous et moi, car pour tout vous avouer, je suis venu pour enquêter sur vous.

A ces mots, le visage de Tate changea et le ton de sa voix se fit moins désinvolte.

— Pourquoi la DEA s'intéresserait-elle à moi ?

— C'est *moi*, shérif, qui m'intéresse à vous.

— O.K., mais si vous arrêtiez de tourner autour du pot, ça m'arrangerait. Je n'ai pas que cela à faire.

A force de répondre par monosyllabes et de recourir aux faux-fuyants, comme on le lui avait appris au cours de sa formation d'agent d'infiltration, Rafe avait parfois du mal à aller droit au but.

— Marva Johnson, ça vous dit quelque chose ? demanda-t-il sans autre détour.

Tate se figea. Son regard s'assombrit, comme si ce nom avait fait surgir en lui de douloureux souvenirs.

— Oui, pourquoi ? Elle a des problèmes ?

— Elle est morte, il y a plus de vingt ans.

— Alors pourquoi venez-vous me questionner à son sujet ?

Rafe faillit se dégonfler. Mais comme tôt ou tard, il allait être obligé de vider son sac, et qu'il était d'un naturel plutôt fonceur, il se décida.

— Marva Johnson était ma mère.

Tate était comme tétanisé. Il semblait même s'être

arrêté de respirer. Junior, en revanche, commençait à s'agiter dans les bras de Rafe. Par chance, il parvint à mettre son poing dans sa bouche. Il le suça quelques instants et se rendormit.

— C'était la mienne aussi, déclara Nate Tate après un très long silence.

— Je sais.

— Pourquoi ne pas l'avoir dit plus tôt ?

Rafe aurait donné cher pour pouvoir disparaître dans un trou de souris.

— Parce que j'avais, moi aussi, l'intention de mener ma petite enquête. Je voulais essayer de me faire une opinion sur vous.

Nate hocha gravement la tête.

— Je vous comprends. Il y a des parents qu'on gagnerait à ne pas connaître. Dans la famille de ma femme, il y en a quelques-uns que je me ferais un plaisir d'abandonner en pleine Vallée de la Mort.

— Je n'ai pas ce problème, dit Rafe. En dehors de Junior, je n'ai aucune famille.

— Et votre femme ? demanda Nate.

— Nous n'étions pas mariés. Elle est morte juste après l'accouchement, des suites d'une blessure par balle.

— Je suis navré.

Rafe braqua sur la fenêtre un regard vide.

— Je la connaissais à peine.

Nate Tate s'adossa à son siège, qui gémit sous son poids.

— Vous êtes donc né après la disparition de Marva ?

— Sa disparition ?

— A dix-huit ans, je suis parti faire mon service militaire. Je me suis retrouvé au Viêt-nam. Quand je suis rentré en permission, un an après, elle n'était plus là. Partie avec armes et bagages sans laisser d'adresse. J'ai essayé deux ou trois fois de savoir où elle était allée, mais sans succès. Peut-être n'y ai-je pas mis assez de cœur... On ne peut pas dire qu'elle me manquait. Elle buvait comme un trou et passait son temps à me crier dessus. De nos jours, une mère comme elle se verrait retirer la garde de ses enfants. S'est-elle arrangée, par la suite ?

— Plus ou moins.

— Qu'est-elle devenue ?

Rafe soupira et serra plus étroitement le bébé contre lui.

— Elle a suivi Paul Ortiz, un cow-boy raté, jusqu'à Killeen, au Texas. Peu de temps après ma naissance il a fichu le camp. Alors elle s'est remise à boire. A dix ans, j'ai été placé dans une famille d'accueil. Elle est morte un an plus tard.

— Je suis désolé.

Rafe chercha le regard de Nate.

— Pourquoi ? Votre enfance n'a pas été toute rose non plus. Vous êtes peut-être même plus à plaindre que moi.

— Si j'avais su que j'avais un demi-frère, j'aurais remué ciel et terre pour le retrouver. Je vous aurais arraché à cet enfer, et élevé comme mon propre fils.

Rafe en resta un instant sans voix. Empli d'une émotion étrange, il comprit qu'en sortant de ce bureau il ne serait plus jamais le même homme.

— Oui, mais vous ne le saviez pas..., dit-il, la gorge serrée.

— J'aurais dû chercher plus activement.

— Ecoutez, Nate, je ne suis pas venu pour vous faire des reproches ou pour que vous vous en fassiez. Je voulais juste savoir qui vous étiez, parce que pendant ces dix ans, Marva m'a très souvent parlé de vous.

— Tiens donc ! Ça ne devait pas être en bien, parce que d'aussi loin que je me souvienne, elle m'a toujours considéré comme un enquiquineur.

— Elle ne disait pas de mal de vous, je vous assure.

Juste qu'elle avait un fils aîné, dans le nord du pays. Plus tard, j'ai souvent eu envie de retrouver votre trace, mais je n'étais qu'un gamin ; je ne savais pas comment faire. Et puis les années ont passé, et j'y ai moins pensé. J'avais même fini par renoncer. A quoi bon s'accrocher au passé ? Et puis j'ai eu... ce bébé.

— Il vous a alors semblé important de reconstruire la famille ?

— Il y a de cela, oui.

Rafe se serait fait couper en morceaux plutôt que d'avouer ce qui l'avait poussé à rechercher son frère.

— Eh bien, tu vois, tu as une famille, maintenant ! J'ai une femme, six filles, un fils, un bataillon de gendres et même quelques petits-enfants. Tu es servi — si toutefois tu nous juges dignes de ton affection. Pourquoi ne viendrais-tu pas dîner à la maison, ce soir ? Tu pourrais te faire une opinion. Tu ne verras pas tout le monde, bien sûr. Deux des filles sont étudiantes, une autre s'est établie à Los Angeles après son mariage, et Seth, qui est dans la marine, est basé sur la côte Est. Mais je peux réunir mes autres filles et leurs maris, ainsi que la plus jeune, qui est toujours à la maison.

A cent lieues de se douter que Nate goberait aussi facilement son histoire et l'accueillerait à bras ouverts, Rafe se trouva décontenancé.

— Euh... c'est très gentil, bredouilla-t-il. Mais pour ce soir, c'est peut-être un peu tard. Ta femme risque...

— Elle sera enchantée de faire ta connaissance. Pour Marge, la famille, c'est sacré ! Je suis sûr qu'elle va t'adorer. Mais si tu préfères repousser à un autre jour...

Nate le prenait de court. Il avait pourtant eu plus de temps que lui pour se préparer à cette rencontre, mais c'était lui qui traînait des pieds. Il ne se sentait pas prêt.

— J'ai une bien meilleure idée, déclara Nate, qui avait perçu sa réticence. Nous allons procéder par étapes. Toi,

Marge et moi pourrions nous retrouver demain midi pour déjeuner chez Maud. Après quoi, nous aviserons. Qu'en penses-tu ?

— Je suis d'accord.

— Nous avons beaucoup de choses à nous raconter, gars. Beaucoup de temps à rattraper. J'ai hâte d'être à demain.

Rafe ne pouvait pas en dire autant. De minute en minute, il regrettait un peu plus d'avoir sauté le pas.

Il avait décidément quelque chose qui ne tournait pas rond !

Quand il rentra avec le bébé, Angela s'affairait dans la cuisine. Elle entendit les pleurs du petit, puis les pas de Rafe dans l'escalier, et n'hésita qu'une demi-seconde avant de se décider : la simple politesse voulait qu'elle lui propose au moins de partager sa salade de thon.

Le plus dur serait assurément de lui adresser la parole. Des hommes arrogants, présomptueux, elle en avait pourtant mouché plus d'un, par le passé. Mais loin de l'aguerrir, ces altercations lui avaient au contraire montré à quel point elle était faible et sans défense. Or il n'y avait rien qu'Angela détestât autant que de se sentir vulnérable.

Le pire, c'était que Rafe agissait sur elle comme un aimant. Les murs, qu'année après année, elle avait érigés pour se protéger des hommes lui paraissaient soudain si dérisoires. Comment auraient-ils pu l'empêcher de rêver, quand elle espérait encore rencontrer le prince charmant ?

Avait-on idée d'être aussi naïve ? se morigéna la jeune femme. Et elle qui se croyait forte...

Ce qui prouvait qu'en réalité, elle se connaissait mal. Derrière la femme de trente ans, se cachait une midinette qui faisait rimer amour avec toujours. La vie lui avait appris que les choses se passaient souvent tout autrement, mais elle n'avait, apparemment, pas bien retenu la leçon.

De Rafe Ortiz, elle ne savait presque rien. Ce qu'elle éprouvait pour lui ne pouvait donc être autre chose qu'une attirance physique. Sa vie amoureuse étant au point mort depuis que son fiancé l'avait quittée, c'était plutôt bon signe. Cela prouvait qu'après toutes ces années d'abstinence, ses sens n'avaient rien perdu de leur acuité.

C'était miraculeux que son corps réagisse encore, après tout ce qu'elle lui avait fait subir, ces derniers mois.

Que ne s'en réjouissait-elle, au lieu de se sermonner ! Et puis, elle s'était déjà imposé de ne plus penser ni au travail qu'elle avait quitté ni à celui qu'il lui faudrait retrouver. Trop d'interdits à la fois ne valait rien !

Forte de cette pensée, Angela lâcha la branche de céleri qu'elle était en train d'éplucher, se passa les mains sous le robinet et s'élança dans l'escalier. Rafe avait fermé la porte de sa chambre, mais elle l'entendait, qui parlait à son fils.

Le cœur battant comme un tambour, elle frappa deux coups.

Il ouvrit presque tout de suite, le bébé calé au creux de son bras.

— Je venais juste vous proposer de la salade de thon. J'en ai préparé un gros saladier, alors si le cœur vous en dit...

— Euh... oui, bien volontiers. Je descends tout de suite.

— Pourquoi pleure-t-il ? demanda Angela en lui montrant l'enfant.

— Je crois qu'il a un peu d'érythème fessier. C'est douloureux.

La jeune femme se contenta de hocher la tête. Elle ne connaissait rien à ces choses-là.

— Je vous attends dans la cuisine.

Dès qu'elle eut tourné les talons, Rafe se précipita sur le guide du Dr Spock. Bon sang, comment aurait-il pu deviner que le petit avait sali sa couche pendant qu'ils étaient chez le shérif? Il dormait. Et il venait d'être changé. D'habitude, il restait propre au moins deux heures...

La couche était dans un état! Pas étonnant que le pauvre gosse ait les fesses à vif! Sans parler de l'odeur... Rafe avait failli s'évanouir. Naturellement, il n'avait aucune des crèmes préconisées contre ce genre d'irritation. Quant à laisser le bébé les fesses à l'air... bonjour, les dégâts!

Faute de mieux, Rafe remplit le lavabo d'eau tiède et y plongea doucement Junior. Ce bain de siège improvisé ne pouvait lui faire que du bien. Puis il le sécha soigneusement avec une serviette propre.

Au moment de lui remettre sa couche, il hésita. Avec leurs barrières antifuites et leur voile intraversable, ces maudits changes complets empêchaient la peau de respirer. Portée en pagne, la serviette-éponge ferait très bien l'affaire.

A l'avenir, il devrait se montrer plus prévoyant, acheter un ou deux tubes de crème et quelques couches en tissu. Il n'aimait pas être pris au dépourvu. Cela faisait plus de deux mois qu'il s'occupait du bébé, mais il se sentait aussi perdu que le premier jour.

— Belle leçon d'humilité! murmura-t-il en regardant son fils.

Avant de pouvoir faire face à toutes les situations, il devait falloir une sacrée expérience...

En attendant, il ne lui restait plus qu'à faire un saut à la pharmacie.

Angela avait dressé deux couverts et servi la salade. Elle le fit asseoir devant l'assiette la plus remplie.

— Il s'est calmé, fit-elle remarquer en parlant du bébé.

— Je lui ai donné un bain.

— C'était ce qu'il y avait de mieux à faire.

— Vous vous y connaissez en bébés ?

Elle secoua la tête.

— Pas du tout.

— Moi non plus. Le peu que je sais, c'est de la FST : Formation Sur le Tas.

— Comme pour beaucoup de gens, dit la jeune femme en riant.

Rafe remarqua qu'elle évitait son regard. Et que cette distance qu'elle semblait vouloir mettre entre elle et lui le contrariait plus que de raison. Que lui arrivait-il ? Comment un homme tel que lui pouvait-il se laisser submerger par ses émotions ? Il devenait urgent qu'il se ressaisisse.

Mais son cerveau ne répondait déjà plus aux ordres qu'il lui transmettait en vain. Loin de reprendre le contrôle de ses pensées, Rafe se mit à fantasmer sur la finesse et la délicatesse des mains d'Angela, sur la manière charmante qu'elle avait de porter la fourchette à sa bouche, de se tamponner les lèvres avec sa serviette. Elle était si différente des femmes qu'il fréquentait d'habitude...

Lorsque la sonnette d'alarme retentit brusquement dans sa tête, il n'en fut pas surpris. Le danger était bien réel ; il le savait. Mais il n'en avait cure.

Profitant du peu d'intérêt que la jeune femme semblait lui porter, il l'observait du coin de l'œil. Ses cheveux blonds, relevés en chignon souple, caressaient sa nuque gracile. Il fut tenté de tendre la main, de toucher du bout des doigts la peau presque transparente dont il devinait la douceur.

Miséricorde ! Il regarda le bébé endormi et se traita d'imbécile. Voilà à quoi l'avaient conduit de telles divagations ! Une fois ne lui avait donc pas suffi ?

— Cette salade de thon est un délice, dit-il. Merci pour l'invitation.

L'ombre d'un sourire joua sur les lèvres d'Angela, mais son regard restait fuyant.

— De rien. C'est le thon qu'il faut remercier.

— Pas facile, vu son état ! fit remarquer Rafe.

Cette plaisanterie fut saluée par un nouvel éclat de rire et leurs regards se croisèrent enfin.

De la nuque aux orteils, Rafe fut comme électrisé. Il détourna vite les yeux, plus que jamais conscient du danger, et fixa désespérément son assiette.

— Il faut que j'aille à la pharmacie, déclara-t-il tout à trac. Savez-vous où se trouve la plus proche ?

— A l'angle de Main Street et de la 4e rue. Vous ne pouvez pas la manquer.

Un silence pesant s'installa entre eux, à peine troublé par le ronronnement du réfrigérateur.

— J'ai bien envie d'aller faire un tour en montagne, cet après-midi, dit Angela. Il fait si beau.

Rafe fit la grimace.

— Je viens de passer cinq jours au volant, alors il ne faut pas me parler de balade en voiture. Je crois que je vais lire tranquillement dans ma chambre.

— Il faut dire qu'ici, les distractions ne sont pas très nombreuses. J'adore les randonnées, mais...

Mais elle ne pouvait prendre le risque de partir seule et d'avoir un malaise.

— Ce genre d'activités n'est pas pour moi, dit Rafe. Avec Junior et tout le fourbi...

— Pourquoi l'appelez-vous comme ça ?

Il la dévisagea, oubliant toutes consignes de prudence.

— Où est le problème ?

Son ton brusque la désarçonna.

— Je ne voulais pas être indiscrète. C'était juste une question.

Rafe se traita d'idiot. Quel besoin avait-il de montrer ses crocs dès qu'on s'intéressait à lui d'un peu trop près ? Il n'était pas en mission, que diable !

S'il ne voulait pas passer pour un ours mal léché, il avait intérêt à changer de comportement. Pas question, cependant, de bannir toute méfiance. Manny était peut-être à ses trousses. Et tel qu'il le connaissait, ce salopard était capable d'enlever le bébé. Il fallait s'attendre à tout avec les Molina. Et le pire, c'était que cette fois, ils seraient dans leur bon droit.

Jamais pourtant Rafe ne s'était senti aussi en sécurité que depuis qu'il vivait dans cette maison. Il avait presque l'impression de flotter sur un petit nuage...

— Ça ne va pas ? demanda Angela en le voyant préoccupé.

— C'est la troisième fois que vous me posez la question.

— Quoi d'étonnant ? rétorqua-t-elle, vexée. Vous êtes là à faire une tête d'enterrement et à pousser des soupirs à fendre l'âme. Mais rassurez-vous, je ne vous demanderai plus rien !

Rafe se serait volontiers giflé.

— Je suis un peu à cran, dit-il en repoussant son assiette. Il y a trop longtemps que je fais ce métier. Merci pour le déjeuner.

Il se leva et ajouta avant de sortir :

— Laissez la vaisselle ; je m'en occuperai au retour de la pharmacie.

Angela n'avait pas faim non plus, mais elle, elle devait finir son assiette. La salade, qui lui paraissait si savoureuse tout à l'heure, ne descendait plus. Chaque bouchée était une torture.

L'agressivité de Rafe à son égard lui restait en travers de la gorge. A la colère et à l'humiliation qu'elle ressentait, se mêlait un profond sentiment d'injustice. Qu'avait-elle fait pour être traitée de la sorte ? Ce monstre ne méritait vraiment pas qu'on s'intéresse à lui !

De rage, Angela prit l'assiette de Rafe, restée sur la table, et alla la vider dans la poubelle. Puis elle se rassit et, soulagée, finit sa salade, qu'elle fit descendre avec un verre de lait.

Le monstre ! Elle allait l'ignorer. Purement et simplement.

— Cette crème est efficace, mais elle sent affreusement mauvais, déclara la pharmacienne. Vous la voulez quand même ?

Rafe hésita.

— En existe-t-il une meilleure ?

— Meilleure, je ne sais pas, mais je peux vous en proposer une qui ne sente pas mauvais. Votre femme tenait-elle vraiment à celle-ci ? Je ne voudrais pas que vous vous fassiez disputer.

— Je n'ai pas de femme.

La pharmacienne haussa les sourcils. L'air bienveillant, elle demanda :

— Alors vous avez un guide ? Et vous vous fiez à ce qui est écrit dedans ?

— Il faut bien.

Elle hocha la tête.

— Je suis passée par là, moi aussi. Je sais ce que c'est. Pour la crème, je vous déconseille cette marque. C'est une infection.

Exactement ce qu'il lui fallait ! songea Rafe. Si la crème sentait aussi mauvais, elle aurait peut-être un effet dissuasif sur Manny... ? Il reculerait devant l'odeur et renoncerait à enlever Junior...

La pharmacienne lui tendit un tube de crème d'une autre marque.

— Tenez, dit-elle. Elle est un peu plus chère, mais vous ne le regretterez pas.

Rafe en profita pour racheter quelques boîtes de lait premier âge et deux paquets de couches, puis il régla le tout et regagna sa voiture. Il n'avait pas spécialement envie de rentrer. Après ce qu'il lui avait dit, Angela allait lui battre froid. C'était le but recherché, bien sûr. N'empêche qu'il n'aimait pas qu'on lui fasse la tête.

Avec un peu de chance, elle serait peut-être partie en balade. Il pourrait alors s'offrir le luxe d'une bonne sieste, ou bien il lirait, ou bayerait aux corneilles...

Il pourrait aussi s'interroger sur les raisons profondes qui le poussaient à se rapprocher de son demi-frère. Certes, le bébé avait été l'élément moteur de sa quête, mais la vraie raison de celle-ci était ailleurs ; il le sentait. Il y avait en lui certaines zones d'ombre qu'il n'avait encore jamais explorées, et qui se révélaient être cent fois plus mystérieuses qu'il n'avait cru.

Sur le chemin du retour, Rafe s'arrêta à la bibliothèque.

Derrière le comptoir de prêt, Emma parlait à un vieux monsieur. Quand elle le vit arriver avec le bébé, elle lui fit un petit signe de la main.

Rafe trouva sans mal ce qu'il cherchait, mais il traîna longtemps entre les rayonnages, retardant le plus possible le moment de rentrer à la maison.

Comment pouvait-il être aussi lâche ? songea-t-il avec une pointe d'accablement. Depuis que Junior avait débarqué dans sa vie, son comportement laissait vraiment à désirer.

Quoi qu'il en soit, s'il se plongeait dans la lecture des romans qu'il venait de choisir, il pourrait ignorer Angela. Et comme il en avait pris trois, il avait de quoi voir venir...

— Amateur de thrillers ? commenta Emma, quand il se présenta au comptoir.

— Pour les emprunter, il faut une carte, je suppose ?

Emma sourit.

— Vous connaissez la bibliothécaire. C'est une garantie suffisante. Vous ennuyez-vous déjà, à Gannet County ?

— Je n'en ai pas encore eu le temps, mais je reconnais que ce n'est pas le même rythme de vie.

— J'imagine. J'ai toujours rêvé d'aller à Miami.

— Ah bon ?

L'étonnement de Rafe la fit rire.

— Cela me prend toujours à la même période, expliqua Emma. Vers février, mars, quand l'hiver traîne en longueur.

— Il y a des millions de gens qui ont envie de soleil à cette époque de l'année.

— Et cela ferait beaucoup de monde, n'est-ce pas ?

— A Miami, il y a toujours du monde, répondit Rafe. Mais vous savez, ce n'est pas une ville extraordinaire. Si toutefois vous vous décidez un jour à aller y faire un tour, passez-moi un coup de fil. Je serais ravi de vous servir de guide.

— Ce serait formidable.

Lorsqu'il ressortit de la bibliothèque, Rafe appréhendait déjà beaucoup moins la colère d'Angela. Sa conversation avec Emma lui avait un peu remonté le moral.

En fin d'après-midi, le temps changea brusquement. De gros nuages gris s'amoncelèrent au-dessus des montagnes et le vent se leva. Angela décida qu'il valait mieux rentrer.

D'autant plus qu'il était bientôt l'heure de contrôler son sucre sanguin et de faire sa piqûre. Elle s'était juré de suivre son traitement à la lettre, de bien respecter les horaires, et ne voulait pas risquer un malaise simplement parce qu'elle différait le moment de rentrer... et de retrouver Rafe Ortiz.

A son retour, elle tomba sur Emma, qui fredonnait dans la cuisine en préparant à dîner.

— Tu as passé une bonne journée, Angela ?

— Excellente. J'ai fait un grand tour en montagne.

— Quelle bonne idée ! La nature est magnifique, en cette saison.

— Tu crois qu'il va neiger, cette nuit ? demanda Angela. La température a drôlement baissé, et le ciel est tout couvert.

Emma fit la moue.

— Il se peut qu'il neige, mais c'est encore un peu tôt.

— Je monte contrôler ma glycémie. A quelle heure dîne-t-on ?

— Vers 7 heures, je pense. C'est trop tard ?

— Non, pas du tout. Il faudra juste que j'attende un peu pour faire ma piqûre. Je redescends tout de suite et je te donne un coup de main.

En haut, Angela constata que Rafe avait fermé sa porte. Et que son sucre sanguin était parfait, pour une fois. Lorsqu'elle redescendit, après s'être rafraîchie et donné un coup de peigne, elle avait des ailes.

Mais la vision du couple Dalton en train de s'embrasser la coupa net dans son élan. Gênée, submergée par l'envie et le regret, la jeune femme s'éclipsa dans le salon.

Elle y trouva Rafe. Allongé sur le canapé, un livre ouvert posé à côté de lui, il dormait à poings fermés. Le bébé était couché sur lui, et tout aussi profondément endormi.

Angela dut s'enfoncer les ongles dans les paumes pour ne pas hurler son désespoir et sa solitude. Jamais aucun homme ne l'embrasserait au retour du travail, jamais aucun homme ne s'endormirait avec son bébé dans les bras.

Elle qui se croyait résignée découvrait, consternée,

qu'elle n'avait fait qu'apprendre, au fil des années, à museler sa détresse.

Aveuglée par les larmes, Angela se rua hors de la pièce, n'aspirant qu'à une chose : se cacher pour panser ses blessures.

Dans sa précipitation, elle heurta Gage, qui la rattrapa de justesse.

— Ça va ? demanda-t-il.

Elle voyait Emma, juste derrière lui, et dans son dos, elle sentait le regard de Rafe rivé sur elle. Trois paires d'yeux la fixaient intensément alors qu'elle ne voulait rien tant qu'échapper aux regards et éviter les questions.

— Oui, oui, dit-elle d'une voix caverneuse qu'elle ne reconnut pas elle-même.

Puis elle s'élança dans l'escalier. Personne ne chercha à la retenir. Angela ne s'était jamais sentie aussi seule de sa vie.

— Angela ?

Un léger coup frappé à sa porte et la voix douce d'Emma tirèrent la jeune femme de sa torpeur.

— Tout va bien, Emma, dit-elle, après avoir ouvert la porte. Juste un moment de cafard.

Emma hocha la tête et entra.

— Qu'est-ce qui ne va pas, Angela ? insista-t-elle lorsqu'elle vit que son amie avait les yeux rouges.

— Rien de bien grave, je t'assure. Toujours les mêmes problèmes existentiels. Ils se posent parfois à moi avec un peu plus d'acuité, c'est tout.

Les yeux verts d'Emma s'emplirent d'affection.

— Si tu as besoin de parler, je suis là. N'hésite pas.

Angela soupira.

— Et moi qui voulais t'aider dans la cuisine...

— Ne t'inquiète pas pour ça. J'ai confié à Gage le soin d'émincer les légumes. Il dit que cela lui calme les nerfs.

— Je devrais peut-être essayer.

— Pourquoi pas ? Ça marche peut-être ! En attendant, que dirais-tu d'un câlin ?

Emma lui ouvrit les bras et elle s'y réfugia sans se faire prier. Des câlins, elle n'en avait pas eu beaucoup, depuis la mort de sa mère. Blottie contre l'épaule de son amie, elle aurait voulu pleurer toutes les larmes de son corps.

— Cela fait du bien, parfois, de s'apitoyer sur soi-même, murmura Emma. Dieu sait qu'à une époque je ne m'en suis pas privée !

Elle s'assit sur le bord du lit et invita Angela à en faire autant.

— Il m'arrive encore de pleurer, confia-t-elle. En particulier, parce que je n'ai pas d'enfants.

Angela prit une longue inspiration et hocha la tête.

— Et que fais-tu, dans ces cas-là ?

— J'essaie de me raisonner. Je sais que ce ne serait pas souhaitable pour Gage.

— Pas souhaitable ? Que veux-tu dire ?

— Gage a perdu sa femme et ses enfants dans un attentat. Sa voiture avait été piégée. Il m'a avoué un jour qu'il serait fou d'inquiétude s'il avait de nouveau des enfants.

— Mon Dieu, mais c'est affreux ! Et moi qui me plains...

— Récemment, dit Emma, il a évoqué une ou deux fois l'adoption, mais je ne suis pas sûre qu'il soit prêt. Tout ce que je sais, c'est que j'ai eu beaucoup de chance de rencontrer Gage, et que je devrais m'estimer heureuse.

— Moi, c'est pareil. J'ai tendance à me plaindre de mon sort, mais je n'ignore pas qu'il y a des diabétiques beaucoup plus à plaindre que moi. Certains meurent dans la fleur de l'âge, d'autres vivent avec des handicaps très lourds. J'ai de la chance, dans le fond. C'est toujours ce que j'essaie de me dire.

— Mais ça ne marche pas forcément, dit Emma avec un sourire triste. Chance ou pas, tu ne serais plus là si tu n'avais pas toujours fait très attention à toi.

— Récemment, je me suis plutôt laissée aller, fit remarquer Angela d'un ton plein d'amertume.

— Oui, mais tu as repris le dessus.

— N'empêche que j'en ai assez. Je ne supporte plus toutes ces contraintes. C'est ridicule, à mon âge... Je devrais être plus raisonnable.

— Cela nous arrive à tous de ne pas être raisonnable.

— Oui, mais moi, je me sens *tellement* nulle.

— Tu n'es pas nulle du tout, protesta Emma avec la dernière énergie. Bien au contraire !

Angela secoua la tête.

— Je parle sérieusement, Angie. Tu n'y peux rien si tu es diabétique. La seule chose que tu pourrais te reprocher, ce serait de ne pas prendre soin de toi. Mais jusque-là, tu t'en es toujours bien tirée. Tu n'as donc aucune raison d'être aussi négative.

Après qu'Emma fut redescendue, Angela s'allongea un moment sur son lit pour essayer de chasser la morosité qui la gagnait. De quoi se plaignait-elle ? songea-t-elle en contemplant le plafond. Elle se portait relativement bien et vivait malgré tout à peu près normalement. Mais la maladie pouvait s'aggraver ; l'avenir était incertain. Cette épée de Damoclès pendue au-dessus de sa tête l'empêchait de faire des projets, de s'engager durablement dans une liaison, de promettre quoi que ce soit à quiconque... Et de ce point de vue, sa vie était un échec.

Un échec sur toute la ligne.

4.

— Cela vous dirait de venir déjeuner avec moi en ville ? proposa Rafe à brûle-pourpoint.

Angela et lui finissaient de débarrasser la table du petit déjeuner. Leurs hôtes étaient partis travailler, et Junior somnolait dans son siège, posé sur la table.

La jeune femme fit des yeux ronds comme des soucoupes.

— Déjeuner avec vous ?

— Je dois retrouver le shérif et sa femme dans un petit restaurant du centre-ville. Alors j'ai pensé que vous aimeriez peut-être vous joindre à nous. Cela vous changerait les idées.

Quelles étaient ses véritables intentions ? se demanda Angela, sur la défensive. Le seul moyen de savoir ce qu'il avait dans la tête était d'accepter de l'accompagner. Mais de mauvaise grâce, car elle avait horreur de se sentir manipulée.

— Je peux garder le bébé, si vous voulez ?

— Non, ce n'est pas la peine. J'ai l'intention de l'emmener.

Angela fit mine d'hésiter, puis elle soupira, histoire de bien lui montrer qu'il lui en coûtait d'accepter son invitation.

— Bon, d'accord.

Rafe ne parut pas remarquer son manque d'enthousiasme.

— Merci, dit-il simplement avant de se remettre à essuyer les bols et les couverts qu'elle lui tendait.

Comme elle avait diminué sa dose d'insuline, il fallait à présent qu'elle aille faire son jogging. Inutile d'espérer tirer de Rafe quoi que ce soit d'autre pour l'instant. Il était encore plus réservé qu'elle.

Le ciel était bas et lourd, et il faisait un froid de canard. Un flocon de neige égaré voltigeait de temps en temps dans l'air glacé, mais Angela n'en avait cure. Courir était pour elle la meilleure des thérapies. Elle oubliait tous ses soucis, tous ces visages qui hantaient ses rêves, tous ces braves gens qu'elle avait dû faire exproprier.

Ce matin, elle se sentait des ailes. Elle fut tentée d'accélérer la cadence, mais sa maudite glycémie était comme une laisse autour de son cou. Jamais elle n'était vraiment libre de ses mouvements.

Au retour, Angela prit une douche et se changea. Puis elle redescendit pour manger quelque chose. A peine s'était-elle assise, que Rafe apparut dans la cuisine, son fils dans les bras.

— J'ai un problème, déclara-t-il tout de go. Figurez-vous que Junior n'a rien de chaud à se mettre sur le dos.

— Quand on vient de Miami, ça n'a rien d'étonnant ! ironisa-t-elle.

Le sourire qu'il lui décocha la laissa pantoise.

— Oui, évidemment. Avant d'aller au restaurant, il faudrait qu'on fasse un saut au grand magasin, si cela ne vous ennuie pas. Je lui achèterai une parka, ou quelque chose comme ça. Par la même occasion, j'en prendrai une pour moi.

Angela acquiesça d'un signe de tête.

— Je termine mes crackers et je suis à vous.

Il parut hésiter.

— Cela risque de vous compliquer les choses, non? Pour votre traitement, je veux dire. Comment allez-vous faire, pour votre insuline, si ensuite nous allons directement au restaurant?

Mais de quoi se mêlait-il, bon sang? songea Angela, excédée, et en même temps touchée par la sollicitude de Rafe.

— J'ai l'habitude. J'emporterai mon kit. Quand il sera l'heure de ma piqûre, j'irai faire un tour aux toilettes.

— O.K. Je ne voudrais pas que vous ayez des ennuis à cause de moi.

Il se dandinait d'une jambe sur l'autre, comme s'il s'apprêtait à dire quelque chose d'important, mais qu'il n'osait pas. Une ombre passa sur son visage, et son regard redevint froid et distant. Angela comprit alors qu'il s'était retranché dans sa tour d'ivoire.

— Dix minutes, ça vous va? demanda-t-il.

— C'est parfait.

Comme il ne bougeait pas, Angela, exaspérée, se décida à lui poser la question qui lui brûlait les lèvres.

— C'est quoi, au juste, ce repas?

En le voyant se renfrogner, elle craignit, un instant, qu'il ne se dérobât. Mais il n'en fit rien.

— Je ne l'ai dit à personne, mais le shérif est mon demi-frère. J'ai fait sa connaissance hier.

Angela en oublia sa colère.

— C'est vrai? Mais c'est épouvantable!

Il eut un petit sourire.

— C'est aussi horriblement gênant.

— Donc, si je comprends bien, vous comptez sur moi pour détendre l'atmosphère?

L'air un peu penaud, Rafe acquiesça d'un hochement de tête.

Emue de la confiance qu'il lui faisait en lui demandant son aide et surtout, en admettant qu'il avait besoin d'elle, Angela sourit.

— Si je peux vous faciliter les choses, ce sera avec plaisir.

— Ce qui me faciliterait les choses, ce serait, pour commencer, que vous vous dépêchiez de finir de manger. Il faudrait qu'on y aille, maintenant.

Angela obtempéra en riant.

L'excursion au grand magasin amusa beaucoup la jeune femme. Au rayon homme, Rafe jeta son dévolu sur la première parka venue, mais quand il s'agit d'en choisir une pour son fils, il se montra infiniment plus exigeant. Ils déambulèrent un bon moment au milieu des combinaisons, des anoraks et des blousons avant que Rafe, las d'aller d'un portant à l'autre, ne finisse par déclarer forfait.

— Je ne sais pas quoi prendre. Qu'est-ce qui est le plus chaud ?

— La combinaison, répondit Angela sans l'ombre d'une hésitation. C'est plus enveloppant.

Elle sélectionna quelques modèles et les mit côte à côte, de manière à lui rendre le choix plus facile.

— Celle-ci est adorable, avec sa capuche bordée de fourrure et son ours en peluche sur la poitrine, dit-elle en lui tendant une combinaison rouge.

— Allons-y pour celle-là ! Mais il m'en faut une de rechange. En cas d'accident.

Angela opta pour une combinaison bleue, également très jolie.

— Il vous faut autre chose ?

Il répondit par la négative mais comme ils se dirigeaient vers la caisse, Rafe tomba en arrêt devant une ravissante grenouillère jaune et de minuscules chaussons assortis. Sans un mot, il les prit et les mit dans le panier sous l'œil attendri d'Angela.

Ses achats réglés, Rafe emmena le bébé aux toilettes pour le changer. Il reparut moins de dix minutes plus tard,

portant fièrement dans ses bras un Junior souriant... et chaudement emmitouflé dans sa combinaison rouge. Ils étaient si touchants, tous les deux, qu'Angela dut se faire violence pour ne pas se jeter sur eux pour les embrasser.

Lorsqu'ils arrivèrent au restaurant, Marge et Nate Tate étaient déjà attablés. Angela, qui les connaissait un peu, se sentit tout de suite à l'aise en leur compagnie. Rafe serra la main de Marge mais ne s'assit pas immédiatement. Il commença par installer le siège de Junior sur une chaise, à côté de lui. Quand, enfin, il prit place, le silence autour de la table était pesant.

Maud, la patronne du restaurant, les tira d'affaire en leur apportant les menus.

— Je n'ai plus de tarte aux myrtilles, déclara-t-elle sans préambule en regardant Nate. Je vous laisse faire votre choix. Que voulez-vous boire ?

— Pour moi, ce sera un Perrier, dit Angela. Avec une tranche de citron.

— C'est noté.

La commande de boisson prise, Maud s'immobilisa devant le bébé.

— Adorable ! dit-elle d'un ton sans réplique avant de s'éloigner de son pas lourd.

Le silence retomba et la gêne s'installa. Marge se jeta à l'eau.

— Nate m'a dit que vous travailliez à la DEA. C'est drôle, quand on y pense, que vous soyez tous deux entrés dans la police...

— C'est presque incroyable ! renchérit Angela par solidarité féminine. Je n'aurais jamais imaginé qu'il puisse y avoir une prédisposition génétique à faire carrière dans la police.

L'espace d'un redoutable instant, elle crut que sa plaisanterie allait tomber à plat. Puis tout le monde se mit à rire. Ouf ! la glace était rompue.

— Je ne sais pas si tu es comme moi, dit Nate en regardant Rafe, mais quand je feuillette un magazine, je commence toujours par la fin.

— Moi aussi ! s'exclama Rafe avec un sourire jusqu'aux oreilles.

Marge secoua la tête.

— Et les mêmes bizarreries, par-dessus le marché !

— Nous ferions bien de regarder le menu, dit Nate. Maud n'est pas commode, quand elle s'y met.

Angela parcourut des yeux la liste des plats proposés. Alléchants, certes, mais pas vraiment diététiques ! constata-t-elle. Mais au diable son régime ! Elle pouvait se permettre de prendre quelques kilos.

Maud arriva, son carnet à la main. Les deux hommes commandèrent des steaks frites. Marge et Angela optèrent pour des escalopes de dinde à la crème.

Maud repartit sans piper mot.

— Je me demande quelle mouche l'a piquée, dit Nate. Maud n'est pas très causante, aujourd'hui.

Marge haussa les épaules et déclara, le plus sérieusement du monde :

— Quand je suis là, elle ne peut pas te faire du charme.

Nate éclata d'un rire homérique.

— C'est vrai qu'elle essaie toujours de me faire prendre une part de tarte. Avec toi, ici, elle n'osera pas.

— Je ne t'ai jamais interdit de manger de la tarte ! protesta Marge en feignant l'indignation.

— Je le sais bien, ma chérie. Mais il faut que je fasse attention à ma ligne, si je veux continuer à te plaire.

La tendresse qui se peignit sur le visage de Marge et les regards énamourés que Nate et elle échangèrent mirent Angela au supplice. D'instinct, elle se tourna vers Rafe. Perdu dans ses pensées, il avait de nouveau son air lointain, inaccessible, comme si pour ne pas souffrir, il avait tiré un rideau entre le monde et lui.

Il y eut un autre silence, un silence cotonneux où chacun semblait s'être replié dans sa tête, sans y souhaiter d'autre présence.

— Notre mère s'appelait Marva, expliqua Nate à l'adresse d'Angela. C'était un sacré numéro ! Je ne comprends pas pourquoi elle a coupé les ponts et n'a jamais essayé de reprendre contact avec moi. Je lui ai pourtant écrit. Ce n'est pas comme si je l'avais reniée...

— Elle m'a souvent parlé de toi, dit Rafe. Elle m'a même dit où tu habitais, mais j'étais trop jeune pour songer à la questionner plus avant. Par elle, j'ai su aussi que tu étais policier.

— C'est curieux, tout de même. Elle a bien dû chercher à avoir de mes nouvelles. Sinon, comment aurait-elle pu le savoir ?

Nate but une gorgée de Coca. Puis il reposa son verre brusquement sur la table et se carra contre le dossier de sa chaise en soupirant.

— Quel gâchis, quand j'y pense ! Moi qui avais toujours rêvé d'avoir un frère...

— Moi aussi, confia Rafe. Nous sommes des étrangers, l'un pour l'autre. Cela fait bizarre. Comment faire pour apprendre à se connaître ?

— Ça se fera petit à petit.

— A la première occasion, vous allez voir un match de foot ensemble, suggéra Marge. Ou vous vous organisez un petit week-end de pêche. A défaut, une soirée au pub du coin pourrait peut-être faire l'affaire.

Les deux hommes se mirent à rire.

Marge cherchait visiblement à détendre l'atmosphère, car la gêne, entre Nate et Rafe, était presque palpable. Le fait d'être frères semblait les inhiber.

— Vous savez, dit Marge pour rompre le silence qui menaçait de nouveau de tous les engloutir, Nate en a bavé, quand il était gosse. Je suppose que ça n'a pas été facile pour vous non plus ?

— Que voulez-vous dire ?

— Eh bien, Marva...

Marge se tourna vers Nate, comme pour l'appeler à la rescousse.

— Buvait et se prostituait, compléta-t-il durement.

Angela scruta le visage de Rafe, à la recherche d'une fissure, d'une trace de vulnérabilité, mais il n'eut pas même un battement de cils.

— Tate était soi-disant le nom de mon père, continua Nate, mais je parie qu'elle n'en était même pas sûre.

— Ce n'est pas ce que je voulais dire, protesta Marge avec douceur.

— N'empêche que c'est la vérité ! J'essaie de ne pas trop la charger, parce que sa vie n'a pas été un conte de fées, mais si elle n'avait pas tant bu, elle aurait pu travailler, comme tout le monde.

Marge posa une main sur son avant-bras.

— Il faut dire qu'avec l'enfance qu'elle avait eue, elle ne pouvait que mal tourner, ajouta Nate d'un ton bourru.

— Oui, évidemment, aquiesça Marge avant de reprendre le fil de son récit. Bref, Nate s'est retrouvé très tôt livré à lui-même, expliqua-t-elle. Il a fait pas mal de bêtises. Par esprit de revanche, je suppose. Je me souviens qu'à l'époque, mon père ne voulait pas que je le fréquente.

Elle se mit à rire.

— J'ai obéi, comme vous le voyez ! Et vous, Rafe, vous êtes-vous jamais rebellé ?

Angela retint son souffle. Mais contre toute attente, Rafe ne se déroba pas.

— Non, jamais. J'ai assez vite compris qu'il était plus simple de se conformer à ce que les gens attendaient de vous.

— La sagesse même ! fit remarquer Nate. Moi, je n'arrêtais pas de me heurter à des murs. Et cela m'arrive encore régulièrement.

— Principalement aux murs du Conseil régional, précisa Marge d'un ton ironique.

— Comment en serait-il autrement ? Il n'y a jamais moyen de leur faire entendre raison.

Leurs éclats de rire réveillèrent Junior, qui se manifesta à grands cris. Avec une habileté consommée, Rafe le prit au creux de son bras, tandis que de l'autre main, il tirait un biberon du sac à langer.

Angela profita de l'intermède pour s'éclipser aux toilettes. Elle devait impérativement se faire sa piqûre d'insuline.

— Laissons-les en tête à tête quelques minutes, dit Marge en lui emboîtant le pas.

Angela aurait préféré se passer de témoins, mais comme Marge ne semblait pas disposée à la lâcher d'une semelle, elle se décida à sortir son kit.

— Oh ! s'exclama Marge. Vous êtes diabétique ?

— Oui, hélas.

— L'une de mes amies l'est aussi depuis l'âge de quinze ans. Ce n'est pas très marrant, hein ?

— Une vraie galère ! déclara Angela en se piquant le bout du doigt.

Elle pressa son index sur la bande témoin qu'elle introduisit ensuite dans la machine.

— Quatre-vingt-dix. C'est un peu juste.

Peut-être avait-elle préjugé de ses forces et couru trop longtemps, ou mangé insuffisamment...

— Je vais vous commander un verre de jus d'orange, proposa obligeamment Marge.

Marge partie, la jeune femme put sa faire sa piqûre tranquillement. Son kit, très pratique, lui simplifiait beaucoup les choses. Le stylet à cartouches, que contenait la petite boîte, lui évitait de transporter des seringues et des ampoules d'insuline.

Elle fit rouler la cartouche entre ses paumes pour la

réchauffer, puis elle l'inséra dans le stylet. Elle descendit son pantalon, passa un tampon d'ouate alcoolisée sur le haut de sa cuisse, et injecta l'insuline sous la peau.

Elle reboutonnait son jean lorsque Marge passa la tête dans l'entrebâillement de la porte.

— Le jus d'orange est servi.

— Merci, Marge. J'arrive tout de suite.

Quatre fois par jour, songea-t-elle en refermant son kit. C'était l'enfer. Mais refusant de s'apitoyer plus longtemps sur elle-même, Angela s'empressa de rejoindre les autres.

Rafe avait disparu.

— Il est allé changer le petit, expliqua Marge.

— Encore ?

— Six fois par jour. Et c'est un minimum ! dit Marge en riant.

Nate opina du bonnet.

— Elle sait de quoi elle parle, croyez-moi ! Les couches, nous en avons changé à tour de bras pendant... Pendant combien de temps, Marge ?

— Pendant près de douze ans. Quel soulagement, quand notre petite dernière a été propre ! D'autant plus qu'à l'époque, c'était des couches en tissu, qu'il fallait laver et faire sécher.

Rafe revint avec le bébé et se rassit à sa place.

— Vous connaissez un bon pédiatre ? demanda-t-il tout à trac.

— Que se passe-t-il ? demanda Marge.

— Je crois bien que ce petit bonhomme a la diarrhée.

— Si j'appelle le Dr Randall maintenant, dit Marge en se levant, il pourra sûrement vous recevoir tout de suite après déjeuner.

— Merci, Marge, c'est très gentil à vous.

Angela effleura la menotte du bébé qui, d'instinct, lui agrippa l'index en cherchant son regard.

— Il n'a pas l'air si mal que cela, fit-elle remarquer, tandis que Marge partait téléphoner.

— Non, mais... comme je n'ai pas encore vraiment l'habitude, confia Rafe d'un ton humble, je préfère prendre l'avis d'un médecin.

— Oui, je comprends. J'en ferais sûrement autant, à votre place.

Rafe se tourna vers son demi-frère.

— Dis-moi, Nate, il y a encore une chose que je voulais te demander.

— Vas-y. Je t'écoute.

— C'est au sujet de ma... enfin, de la mère du bébé. Toute sa famille ou presque est impliquée dans un trafic de drogue juteux.

Nate haussa les sourcils.

— Quel malheur !

— Justement, Rocky — enfin, Raquel — m'a chargé avant de mourir d'éloigner l'enfant de sa famille. Mais les Molina ne l'entendent pas de cette oreille. Aux dernières nouvelles, l'un d'eux serait à mes trousses et aurait pris un avocat.

— Hum ! fit Nate. Ça sent mauvais.

— Oui, plutôt ! Au cas où il retrouverait ma trace, j'aimerais mieux que tu ne dises à personne où j'habite.

— Pas de problème. Si on vient me questionner à ton sujet, je ne te connais pas. Mais ne te fais pas de souci. Je vais prévenir mes hommes ; ils auront l'œil.

— Ça me rassure. Le type s'appelle Manuel Molina. Manny, le roi du non-lieu. Jusque-là, nous n'avons jamais rien pu retenir contre lui. Il se méfie d'autant plus qu'au printemps dernier, j'ai réussi à faire inculper son frère pour trafic de stupéfiants.

— Je comprends qu'il t'en veuille ! dit Nate en se reculant un peu pour permettre à Maud, qui arrivait avec leurs assiettes, de se décharger plus facilement.

La patronne du restaurant leur souhaita un bon appétit et regagna sa cuisine.

— Maud a vraiment quelque chose qui ne tourne pas rond, aujourd'hui, déclara Nate, perplexe. D'habitude, elle balance les assiettes sur la table. Vous avez vu comme elle les a posées délicatement ?

— C'est peut-être à cause du bébé, suggéra Angela. Elle ne voulait pas le réveiller.

Nate fit la moue en haussant les épaules. Puis il se tourna de nouveau vers Rafe.

— Je sais que je suis mal placé pour te donner des conseils, mais si tu as vraiment ce genre d'individus à tes trousses, il serait peut-être temps pour toi de penser à changer de métier. Surtout avec un enfant sur les bras.

Rafe baissa les yeux sur son fils, qui s'était endormi contre son épaule.

— Oui, c'est ce que je me disais, déclara-t-il posément.

— C'est sérieux cette histoire de trafiquants de drogue lancés à vos trousses ? demanda Angela pendant le trajet du retour.

— Ce qui est sûr, c'est que Manny me recherche. Pour le reste, comme je le disais, on n'a aucune preuve contre lui. Son métier de restaurateur lui sert de couverture. Ce type est rusé comme un renard.

— Mais même si lui est honnête, le reste de la famille, à ce que j'ai compris, est bien connu des services de police, non ?

— Chez les Molina, le trafic de drogue est une tradition familiale. Aucun d'eux n'y a échappé. En dehors de Rocky.

— Rocky était... votre petite amie ?

Il hésita.

— Elle était la mère du bébé.

Il parlait d'elle comme d'une étrangère, songea Angela, mortifiée. Ce bébé, ils l'avaient pourtant bien fait à deux. Mais peut-être s'agissait-il d'un « accident » ? Il suffisait d'une fois... Peut-être Rafe s'était-il servi de la jeune femme pour mettre le grappin sur son frère... ?

Elle préférait ne pas y penser. On voyait cela dans les films. Ce genre d'histoire sordide existait aussi dans la vie réelle, bien sûr, mais elle avait du mal à imaginer que Rafe puisse agir de la sorte.

D'un autre côté, un homme qui s'occupait de son bébé vingt-quatre heures sur vingt-quatre ne pouvait pas être aussi mauvais que cela. Il fallait voir comme il couvait son fils des yeux ! Sa liaison avec cette femme était peut-être... une erreur. Les hommes commettaient parfois ce genre d'erreur.

Ce qui expliquerait sa réticence à en parler. Rafe éprouvait de toute évidence un sentiment de culpabilité. Il avait honte.

En tout état de cause, Angela jura ses grands dieux de garder ses distances, de résister de toutes ses forces à l'attrait que Rafe Ortiz exerçait sur elle. Pour rien au monde elle ne voulait compter un jour au nombre de ses erreurs.

Il la déposa devant la maison et repartit aussitôt chez le pédiatre. Cheveux au vent, Angela regarda la voiture s'éloigner. Elle commençait à se demander si elle avait bien fait de venir se changer les idées à Gannet County. Elle était encore plus stressée ici que chez elle. Et tout cela à cause de Rafe Ortiz !

Si on avait dit un jour à Rafe qu'il irait consulter un pédiatre et qu'il s'entretiendrait longuement avec lui de la fréquence, de l'apparence et de l'odeur des selles d'un bébé, il ne l'aurait jamais cru.

C'était pourtant ce qu'il venait de faire.

Lorsqu'il ressortit du cabinet médical, le froid lui mordit le visage. Junior, tout aussi surpris, se mit à cligner des paupières.

— C'est dur, quand on n'a pas l'habitude, lui dit Rafe en rejoignant la voiture, garée sur le parking. Je me demande comment on peut avoir envie de vivre dans un climat pareil !

Comme il prononçait ces mots, il se rendit compte que la chaleur et l'humidité de Miami commençaient à lui manquer.

Il s'arrêta à la pharmacie pour acheter le médicament prescrit par le pédiatre, et rentra. Pourvu, songea-t-il en arrivant, qu'il ne tombe pas sur Angela... La présence de la jeune femme le mettait décidément mal à l'aise. Dès qu'elle était dans les parages, il n'était plus le même homme.

Sa prière ayant sûrement été entendue, Rafe put monter directement dans sa chambre. Il coucha le bébé sur une couverture étalée à même le sol, et s'étendit à côté de lui. Pendant quelques minutes, il regarda son fils, qui gigotait bras et jambes en gazouillant.

Puis il repensa au déjeuner. Nate Tate avait vraiment l'air d'être un brave type. Sa femme aussi lui avait fait bonne impression. Avec eux, Junior ne serait sûrement pas malheureux.

Le problème, c'était qu'à présent, il hésitait à le laisser. Ce qui lui avait semblé être une idée de génie à Miami lui apparaissait maintenant, sans qu'il sût trop pourquoi, comme étant une très mauvaise solution. Une solution qu'il ne pouvait envisager sans éprouver des remords.

Contrarié par la tournure qu'avaient prise ses pensées, Rafe se focalisa de nouveau sur Angela.

Elle n'était pas désagréable, loin de là. Mais il ne savait pas comment s'y prendre, avec elle. Elle n'était ni une collègue ni une suspecte, et pas encore une amie.

Des amis, il n'en avait pas. Accaparé par son travail, il n'avait jamais cherché à s'en faire. Maintenant qu'il avait le temps, et que l'occasion se présentait de nouer des relations, il ne savait pas comment faire. Cela ne devait pourtant pas être sorcier; pas plus difficile, en tout cas, que de s'improviser père du jour au lendemain.

Mais pour être tout à fait franc, Rafe n'était pas sûr d'avoir vraiment envie de se faire d'Angela une amie. Elle le mettait étrangement mal à l'aise. Chaque fois qu'il la voyait, il était frappé par sa fragilité, sa pâleur, son air las. Et bouleversé par son regard triste, presque désespéré.

Et le pire, c'était qu'à chaque fois, il devait se retenir pour ne pas la prendre dans ses bras.

Cela ne lui ressemblait pas, pourtant. Surtout qu'Angela n'était pas son genre. Il ne comprenait pas pourquoi elle l'attirait à ce point, pourquoi il brûlait d'envie de la toucher, de la caresser, de l'embrasser.

Mais que diable lui arrivait-il ? Il ne manquerait plus qu'il tombe amoureux ! Ce serait bien la première fois. Des femmes, il en avait connu quelques-nes, bien sûr, mais ne s'était attaché à aucune. Même pas à Rocky, qui avait réussi une nuit à l'attirer dans son lit.

Rocky, à qui il regrettait, malgré tout, de ne pas avoir ouvert son cœur. Rocky, avec qui il n'avait partagé rien d'autre qu'un moment d'égarement, de folle passion volée à l'éternité. Rocky, qu'il avait courtisée parce qu'il voulait arrêter son frère. Rocky, qui s'était retrouvée enceinte par accident.

Quel malheur ! Qu'allait-il raconter à Junior, plus tard ?

— Tu vois, bonhomme, s'imaginait-il en train de lui dire, je croyais que ta maman était elle-même impliquée dans le trafic de drogue. Alors je l'ai séduite pour en avoir le cœur net.

Nul, archinul ! songea-t-il en soupirant et en se demandant pourquoi tout allait de travers, depuis quelque temps.

Il n'avait jamais eu l'intention de coucher avec Rocky. Mais il l'avait fait. Il ne voulait pas d'enfant. Mais il en avait un. Il se serait fait couper en morceaux plutôt que de tomber amoureux. Mais...

Sapristi ! se lamenta Rafe. Il ne pouvait revenir sur le passé. En revanche, il *devait* éviter toute nouvelle erreur. Pas question, donc, de déclarer sa flamme à Angela. Il avait déjà fait bien assez de mal comme cela.

Ce soir-là, après dîner, les Dalton et leurs hôtes décidèrent de jouer aux cartes. Junior, qui avait avalé sans broncher le lait de substitution préconisé par le pédiatre, somnolait dans son transat.

Angela avait toutes les peines du monde à se concentrer sur ses cartes. Chaque fois qu'elle levait les yeux, elle croisait le regard de Rafe, rivé sur elle en permanence, et se sentait troublée jusqu'au tréfonds de son être.

— On se croirait revenus au début du siècle, déclara Emma, qui semblait avoir la main heureuse. Quand la télévision n'existait pas, les gens se réunissaient dans le salon pour discuter, faire une partie de cartes ou écouter l'un d'eux jouer d'un instrument.

— Très peu pour moi ! s'exclama Gage en battant les cartes. Ça devait être mortellement ennuyeux !

— Attendez, dit Angela d'un ton malicieux, vous ne m'avez pas entendue chanter ! Une vraie casserole !

— Le problème n'est pas là, reprit Emma très sérieusement. Depuis l'avènement de la télévision, les gens n'ont plus de vie sociale. Ils ne font plus aucun effort pour aller vers les autres.

— C'est vrai, admit Gage. Comme tant d'autres choses, la télévision a des avantages et des inconvénients.

— Moi qui ai toujours vécu dans cette maison et qui connais pratiquement tout le monde dans le quartier, poursuivit Emma, je plains sincèrement les nouveaux arrivants. Comment les gens pourraient-ils nouer des relations s'ils restent chez eux à regarder la télévision ?

— Ils font connaissance le week-end, dit Rafe, quand ils tondent leur pelouse. Ou quand ils achètent leur came, au coin de la rue.

Ils éclatèrent tous de rire.

— N'en jetez plus ! dit Emma en faisant mine de se protéger le visage de ses bras. Je déclare forfait.

— Il faut bien reconnaître que le progrès n'a pas que du bon, concéda Angela. Je crois qu'il y a un prix à payer pour tout.

— Je n'ai rien contre le progrès, précisa Emma. Je faisais juste remarquer combien il était agréable de passer la soirée tous ensemble, à parler et à jouer aux cartes.

— Il ne faut pas oublier qu'à l'époque, dit Rafe, les gens travaillaient jusqu'à soixante heures par semaine. Leurs soirées étaient vite passées.

— Quand on pense qu'il n'y avait ni protection sociale ni congés payés, renchérit Angela. Quelle vie !

— Et quel réquisitoire ! s'exclama Emma en riant. J'ai eu tort — je le reconnais — de regretter quelque chose qui n'a probablement jamais existé.

— Sauf pour quelques privilégiés, dit Rafe.

— Comme nous ! compléta Angela.

L'éclair de malice qu'elle vit briller dans le regard de Rafe suscita en elle une étrange exaltation.

— Allez, au travail ! lança Gage en distribuant les cartes. Emma est bien partie pour gagner.

Vers 10 heures, Emma et Gage montèrent se coucher. Le bébé s'étant mis pleurer, Rafe prit congé lui aussi.

Soulagée d'avoir échappé à un tête-à-tête qui risquait d'être aussi gênant pour Rafe que pour elle, Angela gagna tranquillement la cuisine. Comme chaque soir, elle se prépara un petit en-cas. Mais il lui restait encore une heure à attendre avant de pouvoir faire sa piqûre d'insuline, et le temps lui semblait long.

Elle se prit alors à regretter l'époque pas si lointaine où Emma et elle veillaient jusqu'à une heure avancée de la nuit, évoquant invariablement le temps où elles étaient étudiantes et partageaient une chambre sur le campus.

Elle ne pouvait tout de même pas reprocher à Emma de s'être mariée.

Au fond d'elle-même, Angela sentait pourtant qu'elle lui en voulait un peu. La présence de Gage, entre elles, compromettait leur amitié car Angela enviait secrètement le bonheur d'Emma.

Honte à elle d'héberger de telles pensées ! Plus que personne, Emma méritait d'être heureuse, et Angela lui souhaitait tout le bonheur possible. Mais le spectre hideux de la jalousie se profilait devant elle malgré tout, lui sifflant à l'oreille : « Pourquoi elle et pas moi ? »

Quand elle était petite, Angela rêvait de rencontrer le prince charmant, de se marier et d'avoir beaucoup d'enfants. Le diabète lui avait vite rendu le sens des réalités, mais elle n'avait jamais vraiment cessé d'espérer.

Contre l'avis de son médecin, qui l'avait pourtant mise en garde, elle avait démarré une grossesse. Elle avait suivi son traitement à la lettre, mais en dépit de ses efforts, elle avait perdu son enfant. Recommencer eût été beaucoup trop risqué. Une hyperglycémie pendant la grossesse pouvait entraîner de graves malformations chez l'enfant, sans parler des désordres que cela pouvait engendrer pour elle-même.

Lance, son fiancé, ne voulait pas d'une épouse incapable de lui donner des enfants. Tous les hommes ne pensaient pas comme lui, Dieu merci ! Angela hésitait, cependant, à se chercher un autre compagnon.

Sa vie tenait à si peu de chose. Il suffisait qu'elle saute un repas, ou oublie de faire sa piqûre. Plusieurs fois, déjà, elle l'avait échappé belle. Et même si elle ne mourait pas prématurément, elle risquait, à la longue, de développer toutes sortes de handicaps liés au diabète : troubles nerveux, problèmes cardiaques, cécité...

Qui, dans ces conditions, accepterait de partager sa vie ? Elle ne pouvait imposer à personne un tel calvaire.

Mais elle n'en continuait pas moins de rêver, de laisser vagabonder son imagination. Une imagination qui était particulièrement fertile depuis qu'Angela avait fait la connaissance de Rafe. Elle n'était pourtant même pas sûre qu'il lui plaise vraiment. Rafe se montrait souvent désagréable avec elle. Mais quand il prenait son fils dans ses bras, il était irrésistible.

En soupirant, la jeune femme mit sur une assiette quelques crackers et deux ou trois tranches de fromage. Il ne lui manquait plus qu'un bon livre, qui lui changerait les idées et l'aiderait à tuer le temps jusqu'à 11 heures.

Comme d'un coup de baguette magique, Rafe se matérialisa sous ses yeux.

— Junior s'est rendormi, déclara-t-il. Je suis tranquille pour quelques heures.

— Il vous réveille encore la nuit ?

— De moins en moins souvent, mais il réclame toujours les biberons de minuit et de 3 heures du matin. Il lui arrive de dormir ensuite cinq heures d'affilée.

Elle sourit, mais le cœur n'y était pas.

— Vous tenez le bon bout, alors.

— Je l'espère.

— Vous voulez manger quelque chose ?

— Non, merci. Mais je boirais volontiers un verre de lait. Vous en voulez un ?

— Oui, avec plaisir.

Il lui servit un verre de lait, en prit un pour lui et s'assit à table, à côté d'elle.

— Comment va le petit ?

— Bien, apparemment. Le pédiatre pense que le voyage l'a un peu perturbé, mais que d'ici un jour ou deux, tout sera rentré dans l'ordre.

— C'est fou ce que les enfants récupèrent vite ! Même les bébés. Ils ont l'air fragile, mais ils sont plus costauds qu'on ne croit.

— Sans doute, mais je ne tiens pas à savoir jusqu'à quel point.

Angela se mit à rire.

— Oui, je vous comprends, dit-elle vivement, toute trace de fatigue disparue. Ça doit être dur d'élever seul un enfant, non ?

— Je ne sais pas si c'est plus facile à deux, rétorqua Rafe. Je n'ai pas eu l'occasion d'essayer.

A l'expression de son visage, toujours aussi impénétrable, Angela n'aurait pu dire si Rafe était triste d'élever son fils seul, ou si cela lui était égal. Elle sentit, à son regard réfrigérant, qu'il valait mieux ne pas le lui demander.

— Je suis encore moins bien renseignée que vous, lança-t-elle, pour détendre l'atmosphère, en feignant la désinvolture.

— Ce n'était pas un choix de ma part, en tout cas.

Voilà, enfin, qui aidait Angela à mieux cerner le personnage. Dans le fond, Rafe n'était probablement pas aussi dur qu'il en avait l'air. C'était juste sa façon d'être.

Mais que lui importait, finalement ? Elle avait d'autres chats à fouetter que de s'occuper de Rafe. Il lui fallait songer à son avenir, maintenant qu'elle avait démissionné.

Seulement Angela n'avait pas du tout la tête à cela. Pour l'instant, son avenir était le cadet de ses soucis. Cela ne lui ressemblait pas, pourtant, de fuir les problèmes. C'était bien la première fois qu'elle se laissait vivre sans se préoccuper du lendemain et de la manière dont elle allait gagner son pain.

Les effets du surmenage, songea-t-elle pour se donner bonne conscience. Ce laisser-aller était probablement à mettre sur le compte de la dépression. Quelques semaines de repos et elle recouvrerait son entrain habituel.

— Vous êtes-vous déjà senti déprimé ? s'entendit-elle demander.

Lorsqu'il leva les yeux, elle vit briller au fond de ses prunelles noires une lueur fugace qu'elle n'avait encore jamais vue dans son regard. A quoi pouvait-il bien penser ?

— Non, je ne crois pas. Je connais parfois des moments de découragement, comme tout le monde, mais je n'ai jamais été vraiment déprimé.

— Moi, je le suis. A tel point que je n'arrive même pas à envisager l'avenir.

— Cela vaut peut-être mieux ainsi. Vous êtes venue pour vous reposer. Si vous commenciez à vous faire du souci, quel bénéfice retireriez-vous de ce séjour ?

— C'est vrai.

Angela soupira et se mit un morceau de fromage dans la bouche.

— Qu'est-ce qui vous déprime ? Votre travail ou votre diabète ?

— Les deux, je suppose.

— Alors la déprime doit être de taille !

— C'est encore pire que vous ne l'imaginez !

Rafe darda sur elle son regard de jais, si pénétrant qu'il semblait lire au fond de son âme.

— Cela représente quoi, au juste ? demanda-t-il. Soixante pour cent de votre vie ?

— Plutôt quatre-vingt-dix pour cent, confia Angela avec un petit rire gêné. Mais je vous embête avec mes jérémiades.

— Pas du tout. Il m'arrive de me plaindre, à moi aussi.

— Ah bon ? Et de quoi vous plaignez-vous ?

— De mon travail, principalement. Quand une mission ne me plaît pas, ou quand je n'approuve pas la manière dont vont être dirigées les opérations.

— Ce n'est pas la même chose. C'est de la vie elle-même dont je parle. La vôtre n'est pas comme la mienne une source permanente d'insatisfaction.

Rafe plongea le regard au fond de son verre, où vacillait encore un peu de lait.

— La mienne n'est pas particulièrement satisfaisante, Angela.

Cet aveu la bouleversa. Et cela d'autant plus qu'elle sentait que Rafe ne devait pas être souvent en veine de confidences.

— Qu'est-ce qui vous déplaît dans votre vie ?

Il lui jeta un regard désabusé.

— Les biberons de nuit ? suggéra-t-elle.

Il secoua la tête.

— Non, ça n'a rien à voir. Mais l'inactivité ne me vaut rien. Depuis que j'ai arrêté de travailler, je gamberge à longueur de journée.

— Et alors ? Où est le problème ?

— Travailler occupe l'esprit. On n'a pas le temps de penser.

— Pas trop, non. Mais c'est plutôt un inconvénient.

— Pour moi, c'est un avantage.

Angela aurait aimé qu'il s'expliquât là-dessus, mais elle ne savait comment faire pour le questionner sans avoir l'air de rien.

— Il se peut, dit-il après un long silence, que je sois tout bêtement en train de grandir. Il paraît que le fait d'avoir un enfant rend mature.

— C'est sûrement vrai. Moi, je n'ai jamais eu à m'occuper que de ma petite personne.

Ses fiançailles et sa tentative de grossesse avaient été un tel fiasco qu'elle préférait tirer un trait dessus.

Il lui décocha un sourire.

— Je me sens des obligations, à présent, déclara-t-il. Pour la première fois de ma vie, j'ai l'impression d'avoir de lourdes responsabilités. Jusque-là, je ne m'étais jamais beaucoup posé de questions. Je prenais les choses comme elles venaient. Au train où ça va, je ne vais pas tarder à m'inquiéter pour ma retraite.

— Il faut bien, quand on a des enfants ! dit Angela avec un sourire.

— J'ai pris un sacré coup de vieux !

— A ce point ?

— Je vous assure. On ne peut pas se conduire comme un gosse, quand on a un bébé sur les bras.

— Parce qu'un agent d'infiltration doit se conduire comme un gosse ? demanda Angela après un instant d'hésitation.

— Moi, en tout cas, c'est comme ça que je fonctionnais. J'ai toujours pris cela comme un jeu.

Elle remarqua qu'il parlait au passé.

— Un jeu dangereux.

— Oui, évidemment. Mais je m'en moquais.

— Et maintenant ?

— Maintenant, cela me donne matière à réflexion.

— Les missions, commença Angela d'un ton circonspect, ne semblent plus très indiquées, dans votre cas. Peut-être devriez-vous envisager... une reconversion.

— J'y pense, à cela aussi. Mais je vais voir...

Il avait l'air de prendre la chose à la légère. Les dangers auxquels il s'exposait étaient pourtant bel et bien réels.

— Et à ce type qui est à vos trousses, vous y pensez, parfois ?

— Le moins possible.

— Il n'aura pas l'idée de vous traquer jusqu'ici.
— C'est ce que je me dis.
Mais tôt ou tard, il faudrait bien qu'il rentre chez lui... Il le pensa si fort qu'Angela eut l'impression de l'avoir entendu prononcer ces mots.
— Tout cela est quand même bien embêtant, murmura-t-elle comme pour elle-même.
Rafe se frotta le menton.
— Si les Molina s'imaginent qu'ils vont m'enlever Junior, ils se trompent ! Jamais je ne confierai mon fils à une bande de criminels !
— Mais ce Manny est peut-être un honnête homme. Vous disiez vous-même qu'aucun chef d'inculpation n'avait jamais pu être retenu contre lui.
— Il n'empêche que tous les autres sans exception sont de vraies fripouilles. Et la grand-mère du petit n'est pas la moindre, croyez-moi ! Même si Manny essaie de la faire passer pour une sainte.
— Ah, bon ? La grand-mère aussi ?
— Et comment ! D'après nos informations, la vieille serait en cheville avec certains membres de sa famille installés en Amérique du Sud. Apparemment, ce sont eux qui fournissent la marchandise. Un jour ou l'autre, nous finirons par la coincer. L'un de ses fils est déjà sous les verrous. En attendant, je ne veux pas que Junior soit mêlé à tout ça.
— Je vous comprends.
— Il va sans doute falloir que je déménage.
— Cela vous embête de quitter Miami ?
Il eut un reniflement de mépris.
— C'est une ville comme une autre. Je n'y suis pas spécialement attaché.
— Je parie que vous n'êtes même pas conscient de la chance que vous avez de vivre là-bas ?
— Gagné !

— Quel dommage !

— Vous trouvez ? Pour ma part, je ne vois pas ce que ça change. A Miami ou ailleurs, c'est pareil, affirma-t-il, le regard dur et froid comme une lame d'acier. Quand on fait ce métier, tous les endroits se valent.

— C'est triste qu'il influe à ce point sur votre perception des choses.

— Triste ou pas, il faut bien que quelqu'un le fasse.

Elle opina du bonnet, tout en s'étonnant intérieurement de l'amertume et du cynisme qu'il montrait. De son idéalisme, aussi. *Il faut bien que quelqu'un le fasse.* Cela en disait long sur lui. Quelle étrange personnalité ! Si complexe... et si fascinante...

— Mais assez parlé de moi ! décréta Rafe. Revenons-en plutôt à vous. Vous vous plaigniez d'être déprimée en partie à cause de votre travail. Maintenant que vous l'avez quitté, que comptez-vous faire ?

— Je n'en sais fichtre rien ! C'est malheureux à dire, mais en dehors de la finance, je ne connais rien à rien. Je suis dans une impasse.

— Pourquoi avoir quitté la banque ? Vous auriez peut-être pu seulement changer de service ?

Angela secoua la tête.

— J'étais cadre. A moins de briguer un poste à la direction, que je n'aurais jamais eu de toute façon, je ne vois pas très bien où j'aurais pu demander une mutation.

— Et dans une autre banque ? Mais vous n'avez peut-être plus envie de travailler dans le secteur bancaire ?

— A vrai dire, je n'en sais rien, répondit-elle en émiettant entre ses doigts un morceau de cracker. D'ailleurs, tout cela paraît tellement dérisoire.

— Dérisoire ? Qu'est-ce qui est dérisoire ?

Elle balaya l'air d'un revers de la main.

— Tout, absolument tout.

Ces mots avaient jailli tel un cri du cœur. A peine les

avait-elle prononcés qu'Angela regrettait déjà d'être allée aussi loin dans la confidence.

— La *vie* vous paraît dérisoire ? insista Rafe.

Elle baissa les yeux, à la fois gênée et furieuse contre elle-même de dévoiler ainsi la nudité de son âme à un homme tel que lui, dur, cynique et secret.

— Pourquoi êtes-vous aussi négative ? Nous avons tous de mauvaises passes. Mais cela ne dure pas.

— La mienne dure depuis déjà pas mal d'années.

Les mots jaillirent d'un seul coup en un flot continu qu'il lui était impossible de contenir.

— Je suis atteinte d'une maladie chronique, incurable et plus ou moins dégénérative. Dans le pire des cas, je risque d'en mourir, dans le meilleur, de me désagréger peu à peu.

— Vous avez toujours été aussi pessimiste ? demanda-t-il froidement.

— Non, en fait, je...

Elle se tut, atterrée par la réaction de Rafe. Elle lui avait révélé ses secrets les plus intimes, sans fausse honte, sans tricherie, et il trouvait le moyen de la juger. C'en était trop !

Angela se leva d'un bond et se rua hors de la pièce en se traitant d'idiote. Mais pourquoi, bon sang, lui avait-elle raconté tout cela ? Elle manquait vraiment de force de caractère !

Elle avait honte, tellement honte d'être aussi faible, au physique comme au mental. Nulle ; elle était *complètement* nulle !

Angela aurait voulu gravir quatre à quatre les marches de l'escalier pour échapper à Rafe qui la talonnait, mais elle craignait de déranger Emma et Gage, peut-être déjà profondément endormis.

Encore deux enjambées et Rafe allait la rattraper... Affolée, elle se précipita dans sa chambre et tenta de lui fermer la porte au nez. Mais Rafe fut plus rapide qu'elle : glissant vivement un pied dans l'entrebâillement, il repoussa le battant et s'introduisit de force à l'intérieur de la pièce.

Le souffle court, luttant contre les larmes qui se pressaient sous ses paupières, Angela lui fit face. Comme deux adversaires qui se jaugent avant l'affrontement, ils restèrent un instant campés l'un devant l'autre sans rien dire.

— Que voulez-vous ? lança-t-elle en le défiant du regard.

Il baissa les yeux.

— Je suis désolé.

— O.K., mais moi, j'ai envie d'être seule !

Elle avait aussi furieusement envie de le frapper, car le monstre ne faisait pas mine de bouger.

— Ecoutez, dit-il, sortant enfin de sa léthargie, je n'avais pas l'intention de vous critiquer. Mais je reconnais que j'ai mal formulé ma question. J'essaie juste de comprendre.

Elle se contenta de croiser les bras sur sa poitrine, les poings serrés pour ne pas être tentée de lui envoyer un uppercut au menton. Elle le regardait fixement, mais ses yeux la piquaient atrocement, et elle avait du mal à respirer, tant elle se sentait oppressée.

— Je sais ce qu'on éprouve, continua Rafe, quand on vit en permanence avec une épée de Damoclès pendue au-dessus de sa tête. Je suis passé par là, croyez-moi. Mais j'ai eu de la chance. Et puis, ça n'a jamais duré très longtemps.

Angela prit une grande goulée d'air, échappant ainsi de justesse à l'asphyxie.

— Oui, et alors ? articula-t-elle au prix d'un effort colossal.

— Alors... je suis désolé que vous ayez pu croire que

je prenais vos problèmes à la légère. En fait, je voulais savoir si vous étiez constamment dans cet état d'esprit. Si c'est le cas, je me demande comment vous faites pour tenir le coup...

Angela sentait sa colère refluer petit à petit, tandis que les vibrations graves de la voix de Rafe remontaient dans son dos et couraient jusqu'à ses orteils. La compassion qu'il lui témoignait à présent mettait gravement en péril le peu de sang-froid qui lui restait. Elle était à deux doigts de la crise de larmes.

— J'essaie de ne pas trop y penser, bredouilla-t-elle.

— Cela vaut mieux. Vous finiriez par en perdre la raison, à toujours ressasser la même chose.

Elle acquiesça d'un signe de tête, inspira un petit coup et déglutit à deux ou trois reprises pour essayer de se débarrasser de la boule inconfortable qui s'était logée dans sa gorge.

— Tout va bien, mentit-elle. C'est juste que j'ai eu... une petite baisse de moral, récemment.

Elle n'attendait qu'une chose : qu'il parte vite pour qu'elle puisse enfin pleurer à son aise, évacuer toutes ces tensions qui lui mettaient les nerfs à vif.

Ses prunelles de jais rivées sur elle, Rafe la scrutait attentivement, comme si elle avait été un insecte sous la lentille d'un microscope.

— Ça a été très dur, n'est-ce pas?

Etrange, songea-t-elle, qu'un homme comme lui, toujours si froid, si distant, puisse faire preuve d'une telle perspicacité... et d'autant de gentillesse.

— Des périodes difficiles, nous en avons tous, répondit-elle sans se laisser fléchir. Mais ça va aller.

— Oui, j'en suis sûr.

Il n'en restait pas moins planté là. Angela crut qu'elle n'arriverait jamais à s'en débarrasser.

— Ecoutez, lança-t-elle comme on joue son va-tout. Je

suis un peu dépressive, soit, mais pas suicidaire ! Je ne vais pas faire de bêtise, rassurez-vous. Dès que j'aurai fait ma piqûre, je me mettrai bien sagement au lit.

— Voilà qui paraît raisonnable.

Mais il ne fit pas davantage mine de bouger. Il continuait de la dévisager.

— Tout va bien, répéta Angela en essayant d'y mettre le maximum de conviction. Merci quand même. Votre gentillesse me touche beaucoup.

— Ma gentillesse... ? murmura-t-il. Alors ça, ça me dépasse !

— Pardon ?

Il eut un sourire sans joie, un de ces sourires qui laissent le regard froid et dont il semblait avoir la spécialité.

— Aucune importance, dit-il avec un haussement d'épaules.

Il fit un demi-tour sur lui-même, soupira, puis jura entre ses dents.

— Qu'est-ce qui ne va pas ? demanda Angela.

Il se tourna de nouveau vers elle, l'air hagard.

— Vous, moi. Tout, quoi.

Avec une violence mal contenue, il la prit dans ses bras et la serra très fort contre lui. Angela n'aurait jamais cru qu'il pût être aussi bon de se blottir contre son corps mince, tout en muscles, de nicher sa tête contre son épaule. Son odeur aussi la surprit. Il sentait le savon et la lotion après-rasage. A ces fragrances, se mêlaient l'odeur de sa sueur, plus subtile et infiniement plus troublante, et l'odeur du bébé...

— S'il vous prenait l'envie de parler, n'hésitez pas à me réveiller, dit-il d'un ton bourru. Je sais ce que c'est. Il y a des nuits où j'aurais bien aimé avoir quelqu'un à qui parler.

Elle releva la tête. Elle voulait juste voir l'expression

de son visage, mais sa bouche effleura par mégarde celle de Rafe, qui crut à une invite. Angela se garda bien de le détromper. Ce baiser, découvrit-elle avec consternation, elle le désirait ardemment, l'appelait de tous ses vœux.

Ce baiser la surprit, cependant. Elle s'attendait à moins de douceur, de tendresse, de délicatesse. N'eussent été le tumulte de son cœur et le tremblement de ses jambes, elle aurait presque pu croire qu'elle l'avait rêvé. Mais lorsque Rafe s'écarta, la jeune femme crut qu'elle allait mourir de déception.

— Je m'y prends très mal, dit-il, la voix chevrotante.

— Pour quoi faire ? demanda Angela tout bas pour ne pas rompre la magie de l'instant.

— Pour vous réconforter. C'est la première fois, vous comprenez.

Cet aveu la bouleversa. Elle n'avait jamais rien entendu d'aussi triste. Oubliant sa propre détresse, elle lui caressa la joue du bout des doigts et murmura :

— Vous vous débrouillez très bien, croyez-moi.

Il ferma les paupières, en proie à des émotions qu'il avait apparemment du mal à contrôler.

— Vraiment ? dit-il dans un souffle avant de l'étreindre et de l'embrasser de nouveau.

Son baiser se fit plus ardent, mais Rafe semblait toujours aussi soucieux de ne pas la brusquer, quêtant anxieusement son approbation.

Elle la lui donna sans hésiter, espérant pouvoir lui offrir à son tour, malgré sa maladie, un peu de réconfort.

Mais dès qu'il la sentit docile, soumise entre ses bras, Rafe se raidit. Puis il la lâcha et recula d'un pas.

Grands ouverts, à présent, ses yeux noirs semblaient deux fenêtres sombres donnant sur quelque endroit obscur à l'intérieur de lui-même.

— Ce n'est pas raisonnable, Angela.

Sur ce, il fit brusquement volte-face et sortit.

Immobile, comme pétrifiée, la jeune femme resta un long moment à contempler la porte qui venait de se refermer. Elle avait l'impression que tout son univers s'était effondré. Emportée par un maelström de sentiments divers, qu'elle aurait été bien en peine de nommer, Angela sombra dans le plus profond des désespoirs.

Lorsqu'elle refit surface, une fois l'orage passé, elle était épuisée, comme vidée de toute son énergie. Rafe avait raison, songea-t-elle. Ce n'était pas raisonnable. Pas du tout, même. N'empêche que ce baiser, elle n'était pas près de l'oublier...

5.

Cette nuit-là, à 4 heures du matin, tandis qu'il donnait le biberon à son fils affamé, dans la pénombre de sa chambre silencieuse, Rafe redécouvrit ce qu'était la solitude.

Il y avait des lustres qu'il n'avait pas éprouvé un tel vide. Cela remontait à l'époque où, arraché à sa mère, il s'était retrouvé dans une famille d'accueil qui, en dépit de sa gentillesse, n'avait pu le consoler de sa peine.

Certes, Marva n'était pas une mère exemplaire. Mais elle faisait de son mieux et Rafe n'avait jamais douté une seconde de l'amour qu'elle lui portait. Il savait qu'elle l'aimait, même lorsqu'elle était trop ivre pour lui préparer à dîner.

Les autorités du Texas la lui avaient pourtant enlevée. Malheureux comme les pierres, Rafe avait alors appris à gérer sa solitude. Et à l'occulter.

Jusqu'à ce soir.

Le petit y était peut-être pour quelque chose, songeat-il en contemplant Junior, blotti contre lui. Il avait beau se caparaçonner contre les émotions, le regard du bébé, si grave, et le contact de ses petites mains sur sa peau nue le troublaient étrangement. Il commençait à s'attacher à cet enfant.

Ce qu'il ne pouvait que déplorer, puisqu'il allait probablement devoir s'en séparer. Le plus tôt serait le mieux. Il ne voulait pas que son fils souffre de son absence comme lui avait souffert de celle de sa mère, pendant presque toute son enfance.

Quelle idée avait eue Raquel de le lui confier ! Il aurait été tellement plus simple de le faire adopter. Pourquoi l'avait-elle choisi *lui* pour élever l'enfant ? Elle devait pourtant bien savoir qu'elle n'avait pas compté pour lui.

Comme il repensait à leur brève liaison, Rafe sentit son cœur se serrer de tendresse.

Rocky était si différente de ce qu'il avait imaginé. Elle n'était pas l'amante ardente, volcanique et expérimentée qu'il avait cru, mais une jeune femme fragile et solitaire, une écorchée vive.

Il lui avait brisé le cœur et il l'avait trahie. Son frère s'était retrouvé en prison à cause de lui. Alors pourquoi Rocky lui avait-elle confié son enfant ? S'était-elle imaginé que parce qu'il en était le père biologique, il allait s'en occuper ?

Ou avait-elle poussé la perfidie féminine jusqu'à concevoir ce plan diabolique pour se venger de lui ?

Si c'était le cas, son plan avait fonctionné à cent pour cent, songea Rafe avec amertume. Chaque fois qu'il posait les yeux sur son fils, il repensait à la manière dont il avait traité Rocky. A son ignoble trahison. Et il se disait qu'il n'aurait jamais assez de sa vie entière pour se racheter.

Il soupira, découragé devant l'ampleur de la tâche. Junior, repu, leva le nez juste à ce moment-là. Alors Rafe posa le biberon, mit le bébé sur son épaule et commença à arpenter la pièce en lui tapotant le dos.

La maison était silencieuse. Tout le monde dormait, en dehors de Junior et de lui. Même Angela.

Angela, qu'il n'aurait jamais dû embrasser. Comment avait-il pu perdre la tête à ce point ?

Pendant quelques instants, il avait cessé d'être lui-même et s'était comporté comme une brute. Et pire que tout, il s'était démasqué en montrant à Angela à quel point elle le troublait.

Son instinct le plus profond l'avertissait du danger. Il ne devait pas baisser sa garde. Car même si Angela n'était pas une suspecte, l'effet qu'elle produisait sur lui devait de toute façon l'inciter à se méfier.

Il savait trop ce qu'il en coûtait de se laisser emporter par ses émotions et de céder à la fascination qu'une femme comme elle pouvait exercer sur lui. Ce qui s'était passé avec Rocky lui avait servi de leçon.

Là, évidemment, c'était un peu différent. Il n'avait jamais revu Rocky après cette nuit mémorable. Tandis qu'Angela, il n'allait pas pouvoir l'ignorer puisqu'elle et lui vivaient sous le même toit.

Peut-être vaudrait-il mieux qu'il retourne au motel... ? Mais il fallait aussi penser au bébé. Et s'il rentrait carrément à Miami ? Non, c'était trop risqué, maintenant que Manny connaissait l'adresse de son appartement. A l'heure qu'il était, la moité de la pègre qui sévissait en Floride devait savoir où il habitait ! Rafe ne tenait pas à faire de Junior un orphelin.

Que pouvait-il faire d'autre, dans ces conditions, que de confier le bébé à Nate Tate, comme prévu, et de retourner illico à Miami ?

Mais curieusement, Rafe n'arrivait pas à se décider et cherchait à se persuader que Nate, déjà grand-père, refuserait de se charger de l'enfant.

Tout au fond de lui, cependant, il sentait que s'il le lui demandait, Nate accepterait. Mais encore fallait-il le lui demander...

Rafe soupira de plus belle. Jamais la vie ne lui avait paru aussi compliquée.

Le bébé finit par se rendormir mais Rafe, lui, ne ferma

pratiquement pas l'œil de la nuit. Au petit matin, il entendit Angela se lever. Un peu plus tard, réveillé par la faim, Junior se mit à hurler. Il allait falloir descendre.

Dans un état semi-comateux, Rafe s'empressa de changer le bébé, qui braillait tout ce qu'il pouvait. Puis il descendit dans la cuisine, pieds nus, en pantalon de pyjama. Il avait l'impression que ses paupières pesaient des tonnes.

Gage venait juste de partir, tandis qu'Emma et Angela terminaient tranquillement leur petit déjeuner.

— Bonjour ! lança Rafe en marchant droit sur le réfrigérateur.

— Un petit café ? proposa Emma. Voulez-vous que je vous prépare quelque chose à manger ? Œufs brouillés ? Tartines grillées ?

— Merci. C'est très gentil, mais je n'ai pas faim.

D'une seule main, Rafe réussit à dévisser le bouchon du biberon, à verser dedans l'exacte quantité de lait de substitution et à remettre la tétine en place.

— Comment va-t-il ? demanda Emma.

— Beaucoup mieux. La diarrhée a disparu.

— Tant mieux.

Il aurait voulu s'éclipser, mais Emma lui avait servi une tasse de café. Le café sentait si bon que Rafe ne put résister, et prit place à table.

Il tenait sa tasse d'une main, tandis que de l'autre, il donnait son biberon à Junior.

— Vous vous débrouillez drôlement bien, déclara Emma, un brin de nostalgie dans la voix.

— Bien obligé ! dit-il en haussant les épaules. Mais j'avoue que ce n'est pas toujours facile.

La conversation s'arrêta là. Angela, dont il évitait le regard, n'avait pas dit un mot. Mais ce n'était pas plus mal : il avait la tête lourde et ne supportait pas d'entendre parler autour de lui. D'ailleurs, même silencieuse, Angela lui tapait sur les nerfs. Elle gardait les yeux rivés sur ses œufs brouillés, comme si elle craignait d'être changée en pierre, si d'aventure elle croisait son regard.

Ce qui énervait le plus Rafe, c'était de penser que tout était sa faute. Il n'aurait jamais dû la toucher. La jeune femme avait de gros problèmes, des problèmes qu'il n'avait ni le temps ni l'envie de l'aider à résoudre. Alors, pourquoi, bon sang, n'avait-il pas gardé ses distances ?

Junior lui martelait la poitrine, comme pour se rappeler à son souvenir. Laissant de côté ses soucis, Rafe plongea son regard dans celui du bébé et resta de longues minutes à le contempler, faisant ainsi de son fils le centre de son univers.

Emma se leva pour aller se préparer avant de partir travailler. Lorsqu'elle eut quitté la pièce, le silence retomba, lourd de tous ces mots que ni Rafe ni Angela n'osaient prononcer.

La jeune femme prit l'initiative de rompre ce silence embarrassant.

— Quand...

Mais la voix lui manqua. Elle toussota et fit une seconde tentative.

— Quand pensez-vous le remettre au lait normal ?

— Dès le prochain biberon. Mais il faut que je me procure de l'eau distillée pour couper le lait.

— De l'eau distillée ? On peut en donner aux bébés ?

— Oui. A condition de la faire bouillir.

Angela se contenta de hocher la tête. Rafe détourna vite les yeux. Il ne voulait pas risquer de se laisser de nouveau troubler par sa fragilité.

Ele se leva, passa son assiette sous le robinet et la mit dans le lave-vaisselle.

— Je garderai Junior, si vous voulez, pendant que vous irez acheter l'eau distillée.

— Oui, je veux bien, répondit Rafe à contrecœur. Il vaut mieux que je ne le trimballe pas trop pendant encore un jour ou deux.

— Mais avant, il faut que je fasse mon jogging. Les horaires sont inflexibles.

Sa désinvolture était factice, il le savait. Intrigué, il leva les yeux. Ce qu'il vit dans le regard d'Angela lui coupa le souffle.

La souffrance, il l'avait maintes fois rencontrée dans le regard des autres. Mais jamais encore il n'avait été confronté à une telle détresse.

Le temps qu'il se ressaisisse, la jeune femme avait quitté la pièce.

Soulagé, Rafe reprit son rôle de père. Un rôle dans lequel il se sentait de plus en plus à l'aise.

Avec Angela, il ne savait jamais quoi dire, jamais quoi faire. Elle le déstabilisait et il avait horreur de cela.

Angela enfila en vitesse un survêtement et des baskets. Rafe, songeait-elle en s'habillant, avait de nouveau ce regard froid et distant, qui le rendait inaccessible. Les murs de la forteresse derrière lesquels il se retranchait avaient résisté au bref instant d'intimité qu'ils avaient partagé la veille au soir.

Comment avait-elle pu être assez naïve pour croire qu'il en serait autrement ? Rien n'avait changé, et c'était tant mieux. Elle devait à tout prix garder ses distances, si elle voulait préserver sa tranquillité d'esprit.

L'épreuve du petit déjeuner, en compagnie de Rafe torse nu, plus irrésistible que jamais, venait encore de lui prouver à quel point elle était vulnérable. Seule et malheureuse, elle était une proie facile pour un homme sans scrupule tel que lui.

Ce redoutable tête-à-tête lui avait également fait

prendre conscience de besoins physiologiques dont elle se croyait délivrée depuis de nombreuses années. Rafe avait réveillé en elle des instincts assoupis. Angela venait de découvrir avec effroi qu'elle était un être de chair et de sang, une femme à part entière.

Mais tant qu'à tomber amoureuse, elle aurait pu mieux choisir ! Cet homme froid et désagréable n'était pas fait pour elle.

Existait-il, quelque part, un homme qui fût fait pour elle ? Quel homme sensé pourrait avoir envie de construire quelque chose avec elle ? Quant à se contenter d'une aventure sans lendemain, c'était hors de question ; en aucun cas, Angela ne pouvait l'envisager.

Respirer l'air frais du matin lui fit le plus grand bien. Courir allait lui libérer l'esprit. Du moment qu'elle ne forçait pas trop, le jogging lui était bénéfique, au physique comme au mental.

Elle passa comme chaque matin devant le bureau du shérif, Nate Tate, mais au retour, ce jour-là, elle eut la surprise de le voir surgir à côté d'elle, en anorak bleu et uniforme kaki. Il courait à petites foulées régulières, comme elle.

— Vous ne portez pas de baskets ? demanda-t-elle, ravie d'avoir de la compagnie.

— Mes rangers font très bien l'affaire. D'habitude, je cours le soir, après le travail. Je suppose qu'il vous est difficile de faire une pause et de prendre un café avec moi ?

— Je regrette, mais je dois continuer. J'ai dosé mon insuline trop faiblement pour pouvoir arrêter maintenant.

— C'est ce que je pensais.

Ils parcoururent en silence quelques centaines de mètres. Angela sentait cependant que Nate n'était pas là par hasard. Il lui avait toujours fait l'effet d'un homme organisé. S'il avait changé l'heure de son jogging, ce n'était pas pour rien.

— Que pensez-vous de Rafe ? demanda-t-il subitement.

Angela ne s'attendait pas à une question de ce genre. D'après Emma, le shérif détestait les ragots.

— Rafe est apparemment un homme assez dur et plutôt solitaire.

— C'est aussi mon opinion. Je me demande pourquoi Marva m'a caché son existence.

— Elle se doutait peut-être que vous essaieriez de le lui enlever.

— C'est possible, dit Nate, pensivement. J'avoue que cela ne m'avait pas effleuré l'esprit. Avec une mère pareille, Rafe n'a pas été gâté. Il a dû se trouver très tôt livré à lui-même, comme moi avant lui.

— Cela ne vous a pas trop mal réussi, Nate.

Il se mit à rire.

— Vous auriez dû me voir à dix-huit ans ! L'armée m'a remis sur les rails.

— Rafe s'en est plutôt bien sorti, lui aussi, dit Angela. Il n'a pas l'air d'en avoir beaucoup souffert.

— Vous trouvez ? Ce n'est pas l'impression que j'ai. Je n'ai jamais vu quelqu'un d'aussi solitaire...

Ils venaient de s'engager dans Front Street. La maison d'Emma et Gage n'était plus très loin.

— En fait, si ! reprit Nate d'un ton grave. J'ai connu des types comme lui, murés dans leur solitude. Quand la vie vous en a fait voir de toutes les couleurs, vous finissez un jour par baisser le rideau.

Devant la maison, Angela l'invita à entrer.

— Vous pourrez bavarder un moment avec Rafe. Je ne vous embêterai pas : je vais avaler quelque chose et monter prendre une douche.

Ils trouvèrent Rafe endormi sur le canapé, son fils blotti contre lui. Il était rasé et habillé, mais il n'avait toujours pas de chaussures. La vision de ses pieds nus et du bébé couché sur lui suscita chez la jeune femme d'étranges émotions.

— Allons préparer un peu de café, suggéra-t-elle. Il va peut-être se réveiller pendant ce temps.

Nate la suivit dans la cuisine. Elle prépara du café frais, en servit deux tasses et prit un fruit. Nate, lui, ne voulut rien manger.

— Il faut que je me restreigne, expliqua-t-il. En vieillissant, j'ai tendance à grossir. Ce problème de poids est un vrai souci.

— A qui le dites-vous ! Mais moi, j'ai plutôt tendance à maigrir.

Lorsqu'elle eut terminé sa pomme, Angela pria Nate de bien vouloir l'excuser. Elle devait aller se doucher et s'habiller.

— Prenez votre temps, ma chère. Ce matin, rien ne me presse de retourner au bureau.

Rafe, habitué à se réveiller au moindre bruit, les avait entendus arriver, mais il avait préféré faire semblant de dormir. Dès qu'Angela fut montée, il se leva et, son fils dans les bras, rejoignit Nate dans la cuisine.

— Je savais que tu ne dormais pas, lança Nate sans le regarder, car il tournait le dos à la porte. Tu n'avais pas envie de voir Angela, n'est-ce pas ?

Rafe se figea, surpris, mais aussi furieux d'avoir été aussi facilement percé à jour.

— J'étais un peu dans le cirage, marmonna-t-il en allant se servir une tasse de café.

Adossé au comptoir, il regarda son demi-frère.

— Tu voulais me parler ?

Nate croisa les jambes et but une gorgée de café.

— Je me disais que ce serait bien de faire un peu plus ample connaissance. J'ai encore tellement de mal à croire que nous sommes frères.

— Nous sommes frères par hasard.

— C'est vrai, admit Nate avec un hochement de tête. N'empêche que tu n'es pas là par hasard. Si tu as cherché à me retrouver, après toutes ces années, c'est sûrement parce que tu avais une bonne raison.

Rafe soutint sans ciller le regard de Nate. Son cœur, pourtant, venait de manquer un battement. Cet homme était-il un devin ? Quel don pouvait-il bien avoir pour lire ainsi dans ses pensées ?

— Le petit m'a donné envie de me rapprocher de ma famille. En dehors de moi, il n'a personne, tu comprends. Je ne compte pas les Molina, bien sûr.

— Je comprends, dit Nate, qui n'en demeurait pas moins pensif. Je voulais justement t'inviter à dîner vendredi. Qu'en penses-tu ? Tu feras connaissance avec tes nièces et ça leur donnera l'occasion de voir le bébé. Elles en meurent d'envie.

Rafe se sentit obligé d'accepter. S'il avait refusé, sans doute Nate se serait-il encore plus méfié.

— D'accord. Ce sera super.

— Tu peux venir avec Angela, précisa Nate en se levant. Bon, il faut que je file, maintenant. A bientôt, Rafe.

Nate parti, Rafe soupira.

— Mais qu'est-ce qui m'a pris de me fourrer dans un pareil guêpier ? se lamenta-t-il en regardant Junior.

Et il fallait qu'il emmène Angela, par-dessus le marché ! Elle allait être à peu près aussi ravie que lui...

Il se trompait. Lorsqu'elle redescendit, fraîche et pimpante, elle n'avait plus cet air abattu qu'il lui avait vu au petit déjeuner. Non seulement, elle accepta de l'accompagner chez les Tate, mais elle se fit une joie de jouer les baby-sitters pendant qu'il allait acheter une bouteille d'eau distillée.

Déconcerté, Rafe se demanda si tout compte fait, il ne la préférait pas d'humeur maussade.

Voilà ce que c'était que de ne pas dormir la nuit ! Il était épuisé et ne supportait plus rien.

Le manque de sommeil ne l'empêcha pas, cependant, de repérer Manny Molina, posté devant le palais de justice. Rafe, qui s'apprêtait à sortir de la pharmacie, retrouva d'instinct ses vieux réflexes.

Prenant la monnaie que lui tendait l'employée de la pharmacie, il demanda :

— Y a-t-il une sortie de secours quelque part ?

La jeune femme le regarda avec des yeux ronds, persuadée sans doute qu'il n'avait pas toute sa raison.

— Je vous en prie, insista-t-il, une note d'urgence dans la voix. Est-ce que je peux sortir par-derrière ?

— Eh bien... Par là, peut-être.

Elle lui montra une porte, derrière le comptoir.

— Vous avez un problème ? s'enquit-elle en haussant les sourcils.

— Rien de grave pour l'instant.

Il attrapa sa bouteille d'eau et fila. Moins d'une minute plus tard, il était dehors, dans une rue perpendiculaire à l'artère principale. Sa voiture étant garée juste devant la pharmacie, force lui fut de rentrer à pied.

« Me voilà dans de beaux draps ! » songea-t-il, mortifié. Comment Manny avait-il pu le retrouver ? Et que diable lui voulait-il ? S'il était aussi teigneux que son frère Eduardo, Rafe ne faisait-il pas courir des risques à Emma, Gage... et Angela ?

Empruntant les petites rues et rasant les murs, Rafe rentra au pas de course à la maison.

Assise en tailleur sur la couverture qu'elle avait étalée au milieu du salon, Angela était tellement occupée à jouer avec Junior qu'elle entendit à peine la porte d'entrée.

Elle ne s'attendait pas à voir revenir Rafe aussi vite.

— Manny est dans le coin, annonça-t-il tout de go.

Angela sursauta.

— Vous en êtes sûr ?

— Sûr et certain ! J'allais sortir de la pharmacie, quand je l'ai vu sur le trottoir d'en face.

Il se dirigea vers le téléphone.

— Pendant que j'appelle le bureau du shérif, vous pourriez peut-être aller fermer la porte à clé.

Elle s'exécuta, inquiète de voir Rafe prendre à ce point au sérieux la menace que représentait peut-être la présence de ce Manny à Gannet County. Tout lui semblait tellement paisible, ici, dans cette petite bourgade sans histoire, dans cette maison dans laquelle gazouillait un bébé, qu'elle avait peine à croire qu'il pût y avoir du danger.

Dans son métier, elle avait souvent vu des gens menacés de faillite, d'expropriation ou d'interdit bancaire. Dans celui de Rafe, les gens risquaient leur vie en permanence. La notion de danger physique échappait complètement à Angela. Cela ne faisait pas partie de son univers.

Si Rafe aimait jouer les trompe-la-mort, libre à lui ! Mais qu'il ne compte pas sur elle pour partager ses tribulations. Sa vie était déjà bien assez compliquée comme cela...

Lorsqu'elle revint dans le salon, et vit le bébé, ce petit innocent, la jeune femme sentit, cependant, vaciller sa détermination.

Elle prit l'enfant dans ses bras et rejoignit Rafe, qui venait de raccrocher.

— Nate va faire surveiller la maison, dit-il. Gage est sorti, mais dès qu'il rentrera, Nate nous l'enverra.

Serrant le bébé contre sa poitrine, elle demanda :

— Est-ce vraiment nécessaire ? Croyez-vous que cet homme irait jusqu'à kidnapper Junior ?

— Je n'en sais rien. Et c'est justement parce que

j'ignore ses intentions que je me méfie autant de lui. Ce qui est sûr, c'est qu'il ne s'est pas donné le mal de me pister jusqu'ici pour me rendre une simple visite de courtoisie.

Angela aurait voulu pouvoir le détromper, mais elle dut reconnaître qu'il avait raison. Manny aurait pu attendre que Rafe se décide à ramener le bébé à Miami.

— Vous devriez peut-être appeler votre chef pour le prévenir.

Adossé au comptoir, Rafe croisa les bras sur sa poitrine.

— Non, il vaut mieux pas. Si Manny a retrouvé ma trace, c'est parce que quelqu'un lui a dit où j'étais.

— Vous soupçonnez votre chef ?

— Je n'ai aucune raison de soupçonner Kate, mais j'ai tout lieu de croire qu'il y a à l'agence un informateur. Ça expliquerait aussi que Manny ait pu avoir l'adresse de mon appartement. Il m'a soi-disant fait suivre. C'est possible, mais maintenant, j'en doute un peu. Tout cela ne me dit rien qui vaille.

— Quelle horreur ! s'indigna Angela. Comment pouvez-vous élever un enfant dans un milieu pareil ?

— Croyez-bien, ma chère, que cet enfant, je ne l'avais pas prévu !

— A votre âge, il serait temps que vous mesuriez les conséquences de vos actes !

Le coup avait porté : Rafe parut se décomposer sous ses yeux. Puis il serra les mâchoires et darda sur Angela un regard acéré, plus froid qu'une lame d'acier.

— Le milieu dans lequel vous vivez n'est pas reluisant non plus ! riposta-t-il âprement. Moi, au moins, je ne mets pas à la porte de chez eux de braves et honnêtes cultivateurs.

Angela vacilla, comme sous l'effet d'une gifle en plein visage. Le cœur battant à tout rompre, elle resta un instant bouche bée, sans réaction.

Rafe, impitoyable, en profita pour enfoncer le clou.

— Moi, voyez-vous, je traque les malfaiteurs, les criminels de tout poil. Parce qu'un jour, Junior ira à l'école. Je n'aurai pas perdu mon temps si d'ici là, les dealers qui officient au coin des rues ont tous disparu. Je cours après les trafiquants de drogue, cupides et sans scrupule. Après les escrocs. Pas après de braves cultivateurs, honnêtes et travailleurs, qui croulent sous les dettes. Vous ne valez guère mieux que la racaille que j'envoie en prison.

Plus morte que vive, Angela le regardait sans rien dire, attendant le coup de grâce. Son cœur battait comme un tambour, si vite qu'elle avait l'impression qu'il allait éclater. C'était à peine si elle pouvait encore respirer.

— Tenez, dit-elle d'une voix altérée. Prenez le bébé ; j'ai peur de le faire tomber.

Rafe blêmit. En trois enjambées, il fut près d'elle. Son premier souci fut de récupérer Junior, puis il attrapa la jeune femme par les épaules.

— Ça ne va pas ? demanda-t-il d'un ton bourru. Vous voulez un verre de jus d'orange ?

Les questions habituelles se pressèrent dans l'esprit embrumé d'Angela : avait-elle suffisamment mangé, après son jogging ? Correctement dosé son insuline ? Ou bien était-ce l'effet de l'adrénaline qu'elle sentait affluer en elle... ? Elle avait la tête qui tournait, les jambes en coton, et le front moite de sueur.

— Asseyez-vous, ordonna Rafe. Par terre. N'importe où.

Elle se laissa glisser sur le sol carrelé de la cuisine. Vaguement consciente d'être appuyée contre la porte du placard, elle ferma les yeux, renversa la tête en arrière et attendit que le vertige se dissipe.

— Tenez, buvez ça.

Elle souleva les paupières et entrouvrit docilement les lèvres. Quand elle sentit dans sa bouche le liquide frais, elle déglutit... et vida le verre d'un trait.

— Que puis-je faire, Angela ? murmura Rafe, visiblement inquiet.

— Où est le petit ?

— Par terre, tout près de vous. Il compte les carreaux avec beaucoup d'application. De quoi avez-vous besoin ?

— Tout va bien. Dans une minute... ça ira encore mieux.

Il fallait laisser au jus d'orange le temps de faire son effet. Les bonbons agissaient plus vite.

Rafe jura entre ses dents et s'assit en tailleur à côté d'elle.

— Vous faites un malaise chaque fois que vous vous mettez en colère ?

Angela aurait été bien en peine de riposter. Elle n'avait même pas la force de garder les yeux ouverts.

— Hé ! dit-il. Ne vous avisez pas de me fausser compagnie. Regardez-moi, Angela.

Comme un automate programmé pour obéir à ses ordres, elle ouvrit les yeux.

— Mon taux de sucre sanguin devait être un peu bas, expliqua-t-elle d'une voix entrecoupée.

Il eut un sourire en coin.

— Vous ne vous évanouissez pas à la moindre contrariété, alors ?

— Non, quand même pas.

Angela aurait donné tout ce qu'elle avait pour pouvoir disparaître dans un trou de souris. Mais elle n'avait même pas la force de se traîner jusqu'en haut.

Soudain, Rafe approcha sa main. Avec douceur, il écarta une mèche de cheveux qui lui tombait sur les yeux.

— Ça a l'air d'aller un peu mieux, on dirait. Seigneur, quelle peur vous m'avez faite !

— Je suis désolée.

— Pas autant que moi ! Si vous saviez comme je m'en veux de vous avoir lancé au visage toutes ces bêtises !

— Ce ne sont pas des bêtises. Si ce que vous m'avez dit n'avait pas été aussi vrai, je n'aurais pas été aussi affectée.

Angela recouvrait peu à peu ses esprits. Le sol lui parut soudain dur, sous ses fesses, et elle s'aperçut que la porte du placard lui faisait mal au dos.

— Je vous ai dit n'importe quoi, affirma Rafe. Je voulais...

Il détourna les yeux et haussa les épaules.

— Vous m'aviez énervé, Angie. Vous avez le don de pousser les gens à bout.

Angela aurait voulu prendre la poudre d'escampette, fuir cet homme dangereux qui lui faisait perdre son sang-froid, mais elle se voyait réduite à l'impuissance, condamnée à rester là à l'écouter, comme une chiffe molle...

Rafe lui mit le bébé sur les genoux.

— Il sera mieux là que sur le carrelage, déclara-t-il. Vous croyez que je peux vous laisser une petite minute ?

— Je me sens très bien, à présent ; je vous assure.

— Tant mieux. Je reviens tout de suite. Je vais juste jeter un coup d'œil par la fenêtre.

A ces mots, Angela ne put s'empêcher de frémir. Elle soupira en contemplant Junior qui gazouillait sur ses genoux, inconscient du danger.

Lorsque Rafe s'éloigna, elle eut comme un pressentiment : sans trop savoir pourquoi ni comment, elle sut qu'elle le regarderait partir un nombre incalculable de fois, jusqu'au jour où il partirait pour de bon.

Une tristesse indicible la submergea, qu'elle tenta de mettre sur le compte de l'hypoglycémie. Mais tout au fond d'elle-même, Angela savait bien ce qui la rendait triste. C'était de voir ce bébé, qui s'endormait sur elle mais ne serait jamais à elle. C'était de penser à ce monde cruel dans lequel les gens se jetaient au visage des paroles assassines. C'était de s'être entichée d'un homme dur et cynique, qui lui mettait le cœur à l'envers quand il l'appelait Angie et la réconfortait. C'était de devoir renoncer à tant choses, à cause de sa maladie...

— Il y a une voiture de police banalisée stationnée juste en face de la maison, et pas trace de Manny nulle part, annonça Rafe en revenant.

Il prit l'enfant et aida Angela à se relever.

— Asseyez-vous sur cette chaise. Vous êtes encore pâlotte. Je monte coucher le petit. Je n'en ai pas pour longtemps.

Angela s'assit sans broncher.

— Vous voulez que je vous descende votre kit? demanda Rafe.

— Oui, merci. Il est dans la pochette noire sur la commode de ma chambre.

— Je vous l'apporte tout de suite.

Consultant machinalement la pendule, Angela s'aperçut qu'il était déjà presque l'heure de sa piqûre. Presque l'heure, aussi, de se mettre à table.

— Quelle barbe! se lamenta-t-elle tout bas.

Elle en avait par-dessus la tête des piqûres et des repas à heure fixe! Et pour quel résultat? Même quand elle suivait le traitement à la lettre, tout allait de travers et elle se retrouvait assise comme une idiote, à attendre qu'une bonne âme veuille bien s'occuper d'elle.

Quelle misère! La vie ressemblait parfois à un tunnel. Un long tunnel dont elle n'était pas près de voir le bout.

Rafe posa le kit sur la table, juste devant Angela, et s'assit à côté d'elle.

— Que devez-vous faire, au juste? demanda-t-il.

Angela soupira. Il venait de jouer les infirmiers; elle ne pouvait quand même pas l'envoyer promener.

— Me piquer le bout du doigt et déposer une goutte de sang sur la bandelette témoin qu'il faut ensuite insérer dans la machine. Il ne me reste plus alors qu'à lire le résultat.

— Vous préférez peut-être que je vous laisse ?

— Qu'est-ce que ça change ?

— Pour moi, rien du tout, répondit-il.

En deux temps, trois mouvements, le test fut réalisé.

— Le taux de glycémie est encore un peu bas, conclut Angela.

— Que fait-on, dans ce cas ?

— On mange. Trois crackers. Pas un de plus.

Puis on s'injecte une dose d'insuline. Une demi-heure plus tard, on mange de nouveau. Et on recommence, encore et encore...

Il alla lui chercher les crackers.

— Je vous sers un verre de lait ?

— Non, ça risque de faire trop. Un verre d'eau suffira.

Il lui apporta un verre d'eau et se rassit à sa place.

— Que s'est-il passé, tout à l'heure ? Qu'est-ce qui vous a provoqué ce malaise ? J'aimerais bien comprendre, Angela.

— Ma glycémie a tendance à chuter, à cause du diabète. Je suppose qu'elle était un peu basse et qu'elle a continué de descendre sous l'effet de l'adrénaline. En temps normal, je peux me mettre en colère autant que je veux.

— Ça me rassure. N'empêche que je n'aurais pas dû vous dire toutes ces horreurs.

— Je l'avais bien un peu cherché, je le reconnais. Mais contrairement aux apparences, je ne suis pas si fragile.

— Oh, que si ! Il n'y a pas plus fragile que vous, Angie.

Il la couvait d'un regard si ardent qu'une chaleur

étrange envahit la jeune femme, qui ne tenta même pas de le contredire.

— C'est terriblement gênant, bredouilla-t-elle.

— Il n'y a pas de quoi être gênée, Angela. Quelle honte y aurait-il à être malade?

Elle secoua la tête.

— On voit bien que vous ne vous êtes jamais évanoui au bureau, qu'on ne vous a jamais emmené sur un brancard! Cela m'est arrivé trois fois au cours des deux derniers mois. On voit aussi que vous n'avez jamais eu à supporter les sermons des médecins, qui vous reprochent de ne pas faire assez attention, d'être tête en l'air et complètement irresponsable.

— C'est vrai, dit Rafe, mais j'ai des patrons qui me tiennent à peu près le même langage. Quant à être emmené sur un brancard, cela peut très bien m'arriver un jour, si je reçois une balle.

— Vous avez déjà reçu une balle?

Elle frémissait rien que d'y penser.

— Non, jamais. J'ai reçu des coups de couteau à plusieurs reprises, mais rien de bien méchant. Je m'en suis tiré chaque fois avec quelques points de suture... et une cicatrice en prime.

— C'est effroyable.

— Pas plus que vos malaises.

— Mes malaises sont le fait de ma négligence.

— Pour moi, c'est pareil. Les fois où ça a mal tourné, c'est parce que je m'y étais pris comme un pied. Mais vous... Angela, comment pourriez-vous tout prévoir? Anticiper jusqu'à vos sautes d'humeur? Il suffit de si peu de chose, apparemment...

— Il faut simplement que je fasse un peu plus attention.

— Idem pour moi, dit-il en souriant. Mais ne soyez pas aussi sévère envers vous-même. Quoi qu'on fasse, il reste toujours une part d'imprévu.

Gage arriva juste à ce moment-là, par la porte de derrière.

— Salut la compagnie ! lança-t-il, plein d'entrain. Alors, il est dans le coin ?

Rafe acquiesça d'un signe de tête.

— Je l'ai aperçu de la pharmacie. Ma voiture est restée là-bas.

— Tu veux que j'aille la chercher ?

— Non, il vaut mieux pas. Je ne suis pas sûr que Manny sache ce que j'ai comme voiture, mais étant donné qu'elle est immatriculée en Floride, il n'aura aucun mal à deviner.

Opinant du bonnet, Gage tira une chaise sur laquelle il s'assit à califourchon.

— Nate fait surveiller la maison, dit-il. Il y a une voiture banalisée garée juste devant.

— J'ai vu. Mais je me demande si elle n'est pas trop visible.

— Elle va changer de place toutes les demi-heures et les gars vont se relayer.

— Oui, mais tu ne connais pas les Molina. Ils sont capables de repérer un flic à cent mètres à la ronde.

Un mince sourire joua sur les lèvres de Gage.

— Si Nate est d'accord, j'en fais mon affaire.

— Le plus simple serait encore que je m'en aille. Je ne tiens pas à l'attirer jusqu'ici.

— Non ! protesta Angela avec véhémence. C'est une très mauvaise idée.

Elle les voyait mal, Junior et lui, errer de ville en ville pour essayer d'échapper à leur poursuivant.

— Je suis d'accord avec Angela, déclara Gage. Tu ne peux pas passer ta vie à te cacher.

— Je ne veux pas risquer de mettre en danger qui que ce soit.

Gage balaya l'air d'un revers de main.

— Comment pourrait-il savoir où tu es ? Le bébé et toi, vous êtes en lieu sûr, ici. Au besoin, s'il fallait emmener le petit hors de la ville, Emma ou moi nous nous en chargerions. Nous en avons discuté et nous sommes prêts à t'aider. Et si pour le bien de l'enfant, tu te voyais contraint de partir, nous trouverions une solution. Mais pour l'instant, contentons-nous de surveiller ce type.

— Nate le fait suivre ?

— Non, pas encore. Mais dans cette ville, un étranger ne passe pas inaperçu. Surtout s'il se met à poser des questions. Les gens vont s'en méfier deux fois plus. Ils ne lui diront rien, sois tranquille. Mais ils iront prévenir Nate. Ici, les nouvelles vont vite. Et puis, ce soir, il faudra bien qu'il se cherche un hôtel...

— Et comme il n'y en a qu'un, compléta Rafe.

— Il peut aussi trouver une chambre chez l'habitant, mais le choix reste limité. A minuit, au plus tard, nous l'aurons localisé.

Rafe hocha la tête.

— D'accord. Je reste planqué ici et j'attends de voir ce qui se passe.

— Le shérif l'a à l'œil. S'il tente quoi que ce soit, il ne lui fera pas de cadeaux, tu peux me croire !

Rafe eut un sourire en coin.

— Il fait régner sa propre justice, si je comprends bien ?

— Disons que Nate Tate n'apprécierait pas du tout qu'on vienne chercher noise à son frère.

— Je l'approuve entièrement ! s'exclama Angela. Je ne sais pas ce que vous en pensez, mais moi, ça me rassure !

Contrairement à Gage, Rafe ne rit pas tout de suite, et pas d'aussi bon cœur.

— Il ne fait pas bon se frotter à Nate, expliqua Gage. C'est un vrai lion quand on touche à l'un des siens.

— Nate me connaît à peine, fit remarquer Rafe.

— Tu n'en es pas moins son frère. Et pour lui, la famille, c'est sacré. Il ne te reste donc plus qu'à te reposer, et à laisser la juridiction du comté s'occuper de Manny Molina.

Rafe regarda Angela.

— Que de parties de solitaire en perspective ! dit-il avec un soupir résigné.

— Nous trouverons bien un moyen de passer le temps, lança-t-elle étourdiment.

Rafe se leva et alla regarder par la fenêtre.

— Je me vois mal rester enfermé entre quatre murs. Au bout de deux jours, c'est la crise de claustrophobie assurée.

— Rien ne t'oblige à rester enfermé, déclara Gage. Angela peut vous emmener en balade, le bébé et toi. Mais tant que vous serez en ville, il ne faudra pas vous montrer. Vous pourriez aller faire une randonnée en montagne, ou une partie de pêche à Spirit Lake. Molina n'aura pas l'idée d'aller te chercher là-bas.

— Oui, on verra. Il y a quelque chose qui me tracasse, dans toute cette histoire. Je n'arrive pas à comprendre comment il a pu me retrouver.

— Tu veux que j'appelle ton chef ? Que je la questionne au sujet de Molina ? Sans lui dire que tu es là, bien sûr. Je me présente, lui explique que ce type a débarqué ici et que j'aimerais bien en savoir un peu plus sur lui.

Rafe fit non de la tête.

— Merci de ton aide, mais c'est trop risqué. Tu n'es pas sûr de tomber sur la bonne personne. On ne sait jamais...

— Ah ! dit Gage, perplexe.

Puis il comprit.

— Je n'avais pas pensé à ça, admit-il en fronçant les sourcils.

— Tu sais comment ils sont, à la DEA. Par principe, ils ne donnent jamais aucun renseignement sur leurs agents. Or Manny a réussi à se procurer l'adresse de mon domicile. Et aussi à me filer jusqu'ici. Il y a forcément quelqu'un qui l'informe.

— Tu crois que c'est ton chef ?

— Non, Kate n'est sûrement pas en cause. C'est elle qui m'a prévenu que Manny était à mes trousses. Mais je me demande qui d'autre, à l'agence, a eu vent de ma destination. Je sais bien que là-bas, tout le monde est au courant de tout. On part du principe que les agents sont intègres et dignes de confiance. Et tu sais ce que ça donne !

— Hélas, oui ! répondit Gage en soupirant. Si mon adresse n'avait pas été divulguée...

La fin de sa phrase mourut dans le silence de la pièce.

Il se ressaisit et ajouta :

— Nous allons voir comment Molina va réagir quand il va découvrir que sa réputation l'a précédé.

— Comment cela ?

— S'il s'imagine que personne ici ne sait qu'il a un frère trafiquant de drogue, il se trompe lourdement, et on ne va pas se priver de le lui faire savoir.

— Ça peut marcher, dit Rafe.

— C'est ce qu'espère Nate. Avec un peu de chance, ton Manny va prendre peur et retourner dare-dare à Miami.

— Oui, mais ensuite ? demanda Angela. Rafe, lui, ne pourra pas rentrer chez lui ?

Les deux hommes se regardèrent, mais ni l'un ni l'autre ne répondirent. Qu'auraient-ils pu répondre ?

6.

Ce soir-là, Rafe hésita longtemps avant d'aller se coucher. Mais lorsque vers minuit, Gage lui apprit que Manny Molina s'était installé au Lazy Rest Motel, il sut qu'il pourrait dormir sur ses deux oreilles. Manny au motel, c'était plutôt bon signe. S'il avait préparé un mauvais coup, il se serait sûrement caché. Mais c'était déconcertant, aussi : que voulait-il, exactement ?

Rafe décida de pas trop s'inquiéter. Tout malin qu'il était, Manny n'était pas le cerveau de la bande.

Mais à 4 h 15, Junior n'ayant pas réclamé son biberon, Rafe, pris de panique, bondit hors de ses draps et courut jusqu'au lit pliant... au fond duquel le bébé dormait à poings fermés.

Ouf ! Rafe avait les jambes flageolantes et un voile de sueur couvrait son front. Il resta un long moment, penché au-dessus du lit, à contempler l'enfant. Quand il fut revenu de sa frayeur, il prit le chemin de la cuisine. Il mourait de soif et voulait tenir un biberon prêt car le bébé n'allait probablement pas tarder à se réveiller.

Par acquit de conscience, une fois en bas, Rafe alla jeter un coup d'œil par la fenêtre du séjour. La rue était déserte. La voiture de police était toujours là, garée un peu plus bas.

Rien à signaler, songea-t-il, tout à fait rasséréné, en s'acheminant vers la cuisine.

La cuisine n'était pas allumée, mais dès qu'il y entra, Rafe sentit une présence. Une ombre se profilait près de la porte de derrière. Les battements de son cœur s'accélérèrent.

— Qui est là ? demanda-t-il d'une voix rauque, prêt à battre en retraite à la moindre alerte.

La voix d'Angela surgit de la pénombre.

— Vous m'avez fait une de ces peurs !

— Désolé, dit Rafe en baissant sa garde. Mais que faites-vous dans le noir ?

— Il m'a semblé entendre du bruit dans la rue.

Le cœur de Rafe se remit à battre la chamade.

— Où cela ?

— Du côté du garage. J'étais descendue boire un verre d'eau fraîche, quand tout à coup, j'ai entendu comme un grattement.

Le garage ? Et si c'était Manny ? Peut-être cherchait-il une voiture immatriculée en Floride ? Etait-il possible qu'il n'eût pas vu sa Chevrolet, garée juste devant la pharmacie ?

Non, c'était impensable. Il se pouvait, en revanche, qu'un des officiers de police eût, sans penser à mal, donné son adresse à Manny. Gage comptait peut-être un peu trop sur la discrétion de ses subordonnés. Après tout, pourquoi iraient-ils protéger un étranger ?

— Restez ici, dit Rafe à Angela. Je vais aller jeter un coup d'œil.

— Non !

Elle courut vers lui et posa une main sur son bras.

— Non, Rafe ! Il est peut-être armé !

— Il n'est pas bête à ce point.

Rafe faillit cependant aller chercher son revolver. Mais il se ravisa. Il n'y avait pas une seconde à perdre :

si Manny rôdait autour du garage, il fallait le prendre sur le fait.

— Je ne risque rien, assura-t-il. Il ne s'attend sûrement pas que je lui tombe dessus.

— Si vous sortez par la porte de derrière, elle va grincer.

— Je sais. Je vais sortir par-devant, le plus discrètement possible.

Il posa la main sur la sienne puis la retira très vite, soulagé de ne pouvoir distinguer, dans la pénombre, l'expression de son visage.

Dehors, il faisait froid. La nuit le happa violemment. Il était sorti torse nu, comme s'il avait été encore à Miami.

Tant pis ! songea-t-il. Pieds nus, il descendit les marches de la véranda et contourna la maison à pas de loup. C'était la pleine lune. On y voyait presque comme en plein jour.

Il n'y avait pas de Manny en vue, mais il avait très bien pu s'introduire à l'intérieur du garage.

Comme il s'en approchait, l'oreille tendue, aux aguets, fouillant du regard les haies et les bosquets, Rafe mit le pied sur une pierre saillante. La douleur le fit grimacer, mais il se garda bien de pousser le moindre cri, de lâcher le moindre juron. Il était déjà assez visible comme cela... Il attendit, le cœur battant, mais rien ne se passa. Personne ne surgit brusquement des fourrés, aucun coup de feu ne vint déchirer le silence de la nuit. On n'entendait rien, en dehors du bruissement du vent dans les arbres.

La porte du garage était fermée à clé et, à première vue, la serrure n'avait pas été forcée. Restait la fenêtre.

Mais de ce côté-là non plus, il n'y avait rien d'anormal. Le clair de lune aidant, Rafe put même s'assurer que rien n'avait été chamboulé à l'intérieur du garage.

La voiture d'Emma occupait presque tout l'espace. Manny aurait pu se cacher derrière, mais le seul moyen de le vérifier était de réveiller Gage et de lui demander la clé.

S'écartant de la fenêtre et s'adossant au mur, Rafe resta quelques instants sans bouger à épier d'éventuels craquements qui auraient trahi une présence.

Rien. Pas même un souffle.

Brusquement, le puissant faisceau lumineux d'un projecteur l'aveugla.

— Police ! aboya une voix dans un haut-parleur. Les mains en l'air !

Zut ! C'était vraiment le comble ! songea Rafe, à la fois amusé et consterné. Voilà qu'on le prenait pour un voleur ! Résigné, il leva les mains et attendit.

Alertée par le bruit, Angela surgit de la maison, par la porte de derrière, sa robe de chambre lui battant les jambes. Des jambes dont tout un chacun put admirer la grâce et la finesse.

La scène était si cocasse que Rafe prit finalement le parti d'en rire.

— Tout va bien, cria la jeune femme au policier qui sortait de sa voiture. C'est juste un malentendu.

Les lumières commençaient à s'allumer de partout. La moitié du voisinage était réveillée et se demandait ce qui se passait. Quelle pagaille ! songea Rafe en riant de plus belle.

— Je ne trouve pas ça très drôle, protesta Angela, qui claquait des dents.

Visiblement méfiant, le policier approcha.

Il était immense, constata Rafe lorsqu'il le vit de près. Il avait de longs cheveux noirs et des traits taillés à la serpe qui évoquaient un bronze antique. Et une autre culture.

— Salut, Micah, dit Angela en frissonnant. Tout va bien. Cet homme habite chez les Dalton.

L'officier de police scruta longuement Rafe, le détaillant de la tête aux pieds avec une précision d'entomologiste. Ses prunelles de jais brillaient dans la nuit comme celles d'un oiseau de proie. Puis il regarda Angela.

— Angela Jaynes ?

— C'est bien cela. Nous nous sommes rencontrés chez Nate, il y a quelques années.

L'homme acquiesça d'un hochement de tête puis fixa de nouveau Rafe de son regard d'aigle.

— Vous devez être Ortiz ?

— Lui-même, répondit Rafe en abaissant les bras. Angela a entendu du bruit du côté du garage. J'ai préféré aller jeter un coup d'œil.

— Vous avez d'autres chats à fouetter, il me semble ! La prochaine fois, contentez-vous d'appeler la police.

Il se dirigea vers le garage et braqua sa torche sur la fenêtre.

— Il va falloir appeler Gage, dit-il. Je dois aller...

Il n'eut pas le temps de finir sa phrase que Gage apparaissait à son tour, torse nu. Mais contrairement à Rafe, il avait pris le temps d'enfiler ses bottes.

— Que se passe-t-il ? Salut, Micah !

— Bonsoir, Gage. Il y aurait du bruit dans le garage. Tu peux me passer la clé ?

— Une petite seconde.

Le regard de Micah se posa de nouveau sur Rafe.

— Tous les flics de la ville ont été réquisitionnés pour assurer votre protection, celle de votre fils, ainsi que celle des Dalton. Nous sommes là pour ça, vu ?

— Je suis désolé. Mais je ne voulais surtout pas le laisser s'échapper.

Angela s'interposa.

— C'est ma faute. J'aurais dû appeler. Pour tout vous avouer, j'avais peur de vous déranger pour rien et d'ameuter inutilement tout le quartier.

Le visage de marbre de Micah se fissura imperceptiblement.

— Ah bon ? dit-il d'un ton ironique en désignant d'un geste de la main la foule des badauds agglutinés devant la maison. Si vous aviez appelé, nous n'en serions sûrement pas là !

Rafe ne put s'empêcher de rire.

— Excusez-nous, dit-il. C'est... un peu ridicule.

Micah lui-même se fendit d'un sourire. Gage reparut, la clé du garage dans une main, son pistolet dans l'autre. Il avait enfilé son gilet pare-balles.

— Allons-y, dit-il.

Comme il s'apprêtait à enfoncer la clé dans la serrure, Emma passa la tête dans l'entrebâillement de la porte.

— Rafe ? Le bébé pleure. Vous voulez que je m'en occupe ?

— Oui, si cela ne vous ennuie pas. Il faut le changer et lui donner son biberon.

— O.K. Je devrais pouvoir me débrouiller.

Elle rentra et Rafe se tourna vers Angela.

— Quelle histoire ! La prochaine fois, j'appellerai la police, croyez-moi !

Elle pouffa.

— Trêve de plaisanteries ! dit-elle en reprenant son sérieux. Il y a peut-être quelqu'un dans le garage.

— Franchement, cela m'étonnerait. Vous feriez mieux de rentrer, Angela. Vous grelottez.

— C'est moi qui ai tout déclenché. Le moins que je puisse faire est de rester jusqu'au bout.

Trente secondes plus tard, ils étaient fixés. Gage et Micah ressortirent bredouilles du garage.

— Le bruit que vous avez entendu provenait probablement d'un autre endroit, dit Gage à Angela.

— Oui, sûrement. Je suis navrée d'avoir dérangé tant de monde.

— Nous sommes là pour ça, assura Micah en touchant du doigt le bord de son chapeau de cow-boy. Bonne nuit.

Il regagna sa voiture, rassura les voisins et éteignit son projecteur.

— J'ai tellement honte, se lamenta Angela.

— Et moi donc !

La prenant par le bras, Rafe la força à rentrer.

— Nous sommes à cran, dit-il. Mais on le serait à moins.

— Prudence est mère de sûreté, déclara Gage d'un ton sentencieux. Et comme c'est toi qui es visé, je te demanderai de me faire signe, la prochaine fois.

— Tu as raison. J'ai tellement l'habitude de faire cavalier seul...

Emma, qui était en train de donner le biberon au bébé, leva le nez.

— Rien ne prouve que Rafe soit visé, fit-elle remarquer. En tout cas, pas au sens propre.

— Ce type n'a peut-être pas l'intention de le tuer, c'est vrai, ma chérie, mais tant qu'on ne sait pas ce qu'il lui veut...

— Manny Molina est capable de tout, déclara Rafe. Il est totalement imprévisible.

Il fit mine de vouloir prendre Junior.

— Donnez-le-moi, Emma, et retournez vite vous coucher.

La jeune femme secoua la tête.

— Laissons-le finir tranquillement son biberon.

Angela et Rafe s'assirent autour de la table tandis que Gage, adossé au comptoir, défaisait les fermetures Velcro de son gilet pare-balles.

— Vous disiez l'autre jour que Manny n'était pas un malfrat, rappela Angela.

— Nous n'avons jamais rien pu retenir contre lui, mais il ne m'inspire aucune confiance.

— Dieu seul sait de quoi il est capable pour récupérer le petit, dit Gage. Ou pour se venger de l'arrestation de son frère. Trafiquant de drogue ou pas, ce type a peut-être les pires intentions qui soient.

Angela hocha la tête et regarda l'enfant.

— Pauvre gosse ! A peine né et déjà confronté à la misère humaine...

— Heureusement qu'il ne se rend compte de rien, dit Rafe.

Tout au plaisir de téter, le bébé semblait en effet indifférent à ce qui se passait autour de lui. Rafe se sentait coupable, malgré tout. Elever un enfant dans ces conditions était inconcevable. Il allait devoir trouver un moyen de se débarrasser des Molina une bonne fois pour toutes.

Emma lui rendit Junior, repu, et Gage et elle montèrent se coucher. Son fils sur l'épaule, Rafe se mit à faire les cent pas.

Anormalement lasse, tout à coup, Angela se leva pour prendre quelques crackers.

— Ça ne va pas ? s'enquit Rafe en la dévisageant.

— Si, si. Juste un petit coup de fatigue.

Rassuré, il reprit ses déambulations.

— Le problème, avec Manny, c'est que je ne sais pas à quoi m'en tenir. Mais le connaissant, je m'attends au pire.

— D'après vous, il n'est pas venu simplement en visite ?

— Non, sûrement pas. S'il avait eu juste envie de voir le petit, il aurait attendu que je rentre à Miami.

— Il craignait peut-être que vous ne rentriez jamais.

— C'est possible, mais je ne supporte pas de l'avoir sur les talons. Quand on fait ce métier, on a plutôt intérêt à se méfier.

— Rien ne vous oblige à faire ce métier ! Je veux

dire... Oh, et puis, à quoi bon ? Après tout, ce ne sont pas mes oignons. Bonne nuit, Rafe. Je vais me coucher.

Angela avait parfaitement raison, songea Rafe, une fois seul. *Pourquoi* faisait-il ce métier ? La clandestinité, les missions d'infiltration avaient cessé de le passionner. L'agence pourrait sans doute le recaser dans l'administration, mais il ne se voyait pas non plus derrière un bureau. De toute façon, tant qu'il avait Manny Molina sur le dos, il était prématuré de vouloir changer de métier.

Bon sang ! ce type n'allait quand même pas le suivre indéfiniment ! Le plus simple était peut-être de foncer au motel, de le sortir de son lit et de l'obliger à vider son sac.

Mais en précipitant les choses, Rafe risquait de ne jamais savoir exactement ce que Manny mijotait. Mieux valait attendre. Demain matin, à la première heure, il appellerait Nate et lui expliquerait la marche à suivre.

Laisser Manny libre de ses mouvements, c'était le seul moyen de percer à jour ses intentions.

Comme il montait coucher Junior, Rafe repensa aux jambes d'Angela. Longues, fines, admirablement galbées...

Seigneur, il avait bien besoin de ça ! songea-t-il, consterné par la tournure que prenaient ses pensées. Mais, loin de se dissiper, la vision de ces jambes adorables le poursuivit jusque dans ses rêves.

L'esprit encore tout embrumé de sommeil, et avant même d'avoir soulevé les paupières, Angela sut qu'elle avait laissé passer l'heure. Repoussant drap et couverture, elle s'extirpa de son lit, enfila sa robe de chambre et descendit dans la cuisine.

La tête lourde, nauséeuse, elle était d'une humeur

exécrable et se sentait prête à mordre quiconque s'aviserait de lui adresser la parole. Si elle ne s'était pas réveillée, ce n'était la faute de personne, bien sûr, mais dans ces cas-là, mieux valait s'écarter de son chemin.

Sans prêter attention à Rafe, elle se dirigea droit sur le réfrigérateur et se servit d'une main tremblante un grand verre de jus d'orange.

Rafe gardait le silence. Assis devant les reliefs de son petit déjeuner, il lisait le journal tout en gardant un œil sur Junior, qui babillait dans son transat.

Angela savait qu'elle avait tort de se mettre dans des états pareils, l'énervement ne faisant qu'aggraver son hypoglycémie. Mais ce constat la rendit encore plus furieuse.

Les jambes en coton, elle se laissa tomber sur une chaise et avala d'un trait son jus d'orange.

— Ce n'est pas la forme, on dirait, fit remarquer Rafe d'une voix traînante.

— Je ne me suis pas réveillée.

— Rien de tragique.

— Pour moi, ça pourrait l'être, rétorqua Angela avec aigreur. Ma piqûre d'insuline doit être faite à 8 heures.

— Ah !

— Ah ! répéta la jeune femme en le fusillant du regard.

Rafe leva les yeux de son journal.

— C'est le manque de sucre qui vous rend aussi hargneuse ?

— Si je suis de mauvaise humeur, c'est surtout parce que tout est décalé, maintenant, et que cela va m'obliger à modifier mes doses d'insuline.

— Vous devez pourtant avoir l'habitude.

Si elle ne s'était pas retenue, Angela lui aurait sauté à la gorge. Le monstre ! On voyait bien que ce n'était pas lui qui se faisait quatre piqûres par jour et autant de prises de sang, qui luttait contre l'hyperglycémie et l'hypoglycémie, qui ne pouvait s'autoriser aucune grasse matinée, aucun écart de régime, qui...

Mais à quoi bon se mettre en colère ? songea soudain la jeune femme. N'était-il pas plus sage de passer l'éponge ?

— Je ne m'en sors pas trop mal, admit-elle d'un ton humble.

— J'en suis sûr. Si cela fait plus de vingt ans que vous êtes confrontée à ce problème, vous devez connaître tout cela sur le bout des doigts, affirma Rafe en souriant.

Angela serra les dents. Comment osait-il lui sourire, jouer ainsi de sa séduction, et jeter en elle le trouble et la confusion ?

— Pour tout vous dire, Angela, je trouve que vous vous en sortez remarquablement bien.

Douce comme une caresse, sa voix l'enveloppait insidieusement ; les mots qu'il prononçait étaient autant de liens ténus, invisibles, qu'il tissait autour d'elle...

— Allez faire votre piqûre ; je m'occupe de votre petit déjeuner. Il vous le faut plus copieux, ou comme d'habitude ?

Perdue dans ses pensées, Angela eut du mal à redescendre sur terre.

— Euh... comme d'habitude.

Elle reprit docilement le chemin de sa chambre en s'interrogeant sur l'attitude étrange de Rafe à son égard. D'un côté, il l'empêchait de s'apitoyer sur elle-même, de l'autre il la complimentait sur la manière dont elle gérait sa maladie. Cet homme se servait des mots comme d'autant d'instruments de pouvoir, de manipulation, de séduction. Il aurait eu ses chances aux élections.

Lorsqu'elle redescendit, habillée et coiffée avec soin, Angela se sentait déjà beaucoup mieux qu'au réveil.

— Vous n'allez pas courir, ce matin ? lui demanda Rafe.

— Non, il est trop tard. Il vaut mieux tirer un trait sur le jogging, et faire à l'heure la prochaine piqûre d'insuline.

— En ce cas, nous pourrions peut-être aller faire un tour en montagne, tous les trois ? Il fait un temps superbe.

Et c'est ainsi, que sans trop savoir comment ni pourquoi, Angela se retrouva au volant de sa voiture, en route pour Thunder Mountain. Rafe avait décidément de l'avenir dans la politique !

Comme infirmier, il n'était pas mal non plus. C'était lui qui lui avait fait penser à emporter son kit, une couverture et quelques sandwichs. Sans lui, elle serait partie sans rien. Dire qu'après toutes ces années, elle était encore capable d'*oublier*...

Rafe resta caché à l'arrière de la voiture jusqu'à ce qu'ils eurent quitté la ville. Tout danger écarté, il rejoignit Angela à l'avant.

— Où en êtes-vous avec Manny ? demanda la jeune femme.

— Je me suis mis d'accord avec Nate sur la conduite à tenir. Il semble préférable pour l'instant de le laisser tranquille. Mais oublions Manny, voulez-vous ?

— D'accord. Ce serait dommage qu'il nous gâche une aussi belle journée.

Pendant quelques minutes, Angela se concentra sur sa conduite. Risquant un coup d'œil de côté, elle vit que Rafe avait fermé les paupières et offrait son visage à la caresse du soleil, qui inondait l'intérieur du véhicule.

Dieu qu'il était beau ! s'extasia-t-elle secrètement. Beau n'était peut-être pas le mot. Ses traits étaient trop accusés, trop énergiques. Ce qui le rendait si attirant, c'était le charme de son sourire, la vivacité de son regard et cette façon bien à lui de lever le sourcil avec une lueur amusée au fond des yeux. C'était aussi cette présence charnelle, cette puissance, cet attrait un peu animal qui semblaient émaner de toute sa personne.

Reprenant tant bien que mal le contrôle de ses pensées, Angela essaya de s'intéresser au paysage grandiose qui se profilait devant eux.

Les sommets enneigés se découpaient sur un ciel limpide. Jamais les Rocheuses ne lui avaient paru aussi belles et impressionnantes.

Lorsqu'elle se tourna vers Rafe pour lui faire partager son émerveillement, elle s'aperçut avec effroi que ses yeux d'obsidienne étaient rivés sur elle.

— Ne me regardez pas comme ça, protesta-t-elle avec un rire gêné.

— Pourquoi ? Vous êtes belle à faire damner tous les saints du paradis.

Le compliment la laissa sans voix. Que cherchait-il, au juste ? Etait-ce un « truc » de séducteur ? Une réplique apprise par cœur qu'il ressortait à chacune de ses conquêtes ?

— D'habitude, je préfère les brunes. Mais vos cheveux... J'adore ces reflets dorés, ce blond chatoyant...

Angela se sentit rougir comme une première communiante et son cœur se mit à battre la chamade.

— Quand on les voit à contre-jour, ils ne font pas le même effet, poursuivit Rafe comme s'il se parlait à lui-même. Mais en plein soleil... ils sont vraiment extraordinaires.

— Merci.

— Et avec ça, un adorable petit nez.

— Il n'est pas si petit que ça !

— Non, il est parfait. Le mien paraît démesuré, en comparaison.

Elle ne put s'empêcher de vérifier. Rafe, qui n'attendait que cela, affichait un grand sourire réjoui.

— Arrêtez de vous moquer de moi ! dit-elle en riant. Vous me mettez mal à l'aise. Quant à votre nez, il est très bien.

Il secoua pensivement la tête et déclara, soudain plus grave :

— Si je vous ai mise mal à l'aise, croyez bien que je le regrette. Je reconnais qu'avec vous, j'ai du mal à trouver le ton juste.

— Comment faites-vous avec les autres ?

Il soupira et ferma les yeux.

— Ce n'est pas pareil. Les autres, ce sont... les collègues, les suspects. Vous, vous n'entrez pas dans le moule.

Angela fit la moue. Elle ne voyait pas ce qu'il voulait dire.

— Laissez tomber, dit-il en se carrant dans son siège. Ce serait trop compliqué à expliquer.

La tour d'ivoire s'était une fois de plus refermée, au grand regret d'Angela, de plus en plus intriguée par cet homme secret et insaisissable. Parviendrait-elle un jour à percer ses défenses ?

Un écriteau annonçait un chemin de randonnée. Ils décidèrent de garer la voiture et de continuer à pied.

— Nous ne pourrons pas faire des kilomètres, dit Rafe. Nous sommes trop chargés et mal équipés.

Angela prit son kit de voyage et le plaid, tandis que Rafe, le sac à langer en bandoulière sur l'épaule, attrapait Junior et les provisions.

Il faisait une température idéale pour marcher. Le soleil dardait ses rayons à travers les pins, tachetant le chemin de confettis de lumière, et de jolies fleurs tardives égayaient les talus.

A six ou sept cents mètres de la voiture, ils découvrirent une prairie bien ensoleillée et un peu en retrait.

— Arrêtons-nous là, proposa Rafe.

Ils étalèrent la couverture sur l'herbe et s'y assirent avec Junior, qui gazouillait et gigotait allégrement.

— C'est fou ce qu'il a changé, confia Rafe en s'allongeant à demi.

En appui sur un coude pour pouvoir surveiller le bébé, il faisait face à Angela.

— Il grandit et sa personnalité commence à s'affirmer, dit-il.

— Les bébés ont dès la naissance leur propre caractère. Si ce n'était pas le cas, les frères et les sœurs se ressembleraient beaucoup plus.

— Sans doute. C'est drôle, quand on y pense, que Nate et moi soyons tous deux entrés dans la police.

— Mais ce qui est encore plus fascinant, c'est cette manie que vous avez en commun de feuilleter les magazines en commençant par la fin.

Rafe se mit à rire.

— Vous rendez-vous compte, Angela, que les manies elles-mêmes sont peut-être déterminées par des gènes ?

Ils avaient déjà parlé de tout cela mais ni l'un ni l'autre ne savaient sur quoi faire porter la conversation. C'était comme si un mur les séparait.

Un mur que Rafe n'avait pas construit seul, il fallait bien l'admettre. Angela reconnaissait que sa méfiance instinctive des hommes la rendait en partie responsable de la situation.

Elle soupira, déplorant une fois de plus ce comportement si négatif qui lui gâchait la vie.

Comme on se jette à l'eau, elle lança tout de go :

— Vous savez, moi aussi, j'ai des problèmes relationnels avec les gens.

— Ah bon ?

— J'ai peur des hommes.

— Ce n'est pas complètement absurde, répondit Rafe

après un court silence. Les femmes ont souvent de bonnes raisons de se méfier de nous.

— Vous croyez ? Mais prenons Gage, par exemple. Ou Nate. Ils ne sont pas comme ça.

— Ce sont des exceptions.

— Vous n'avez pas une très haute opinion de vous-même, fit remarquer la jeune femme.

— Je suis lucide, répondit Rafe avec un rire sans joie.

Il regarda le bébé qui s'ébattait près de lui.

— Voyez ce petit innocent, conçu dans un moment d'égarement. Rocky n'était pas la bonne personne et les circonstances étaient tout aussi mal choisies. Je le savais mais je m'en moquais. Et voilà le résultat ! Un enfant dont je n'ai appris l'existence qu'à la mort de sa mère. Vous voyez que je ne suis pas un modèle. Très loin de là...

— Mais vous êtes un bon père, pour cet enfant.

Il haussa les épaules et détourna le regard.

— Il a bien fallu entrer dans la peau du personnage. Quand il s'agit de jouer un rôle, il n'y a pas meilleur acteur que moi.

— Vous ne jouez pas un rôle, Rafe. Je vous ai vu à l'œuvre.

— Vous me trouvez crédible ? C'est un rôle de composition, pas plus difficile qu'un autre.

— Ce n'est pas un rôle, insista Angela. C'est vraiment vous.

Il la regarda longuement.

— Vous savez, Angie, j'ai parfois l'impression d'être une sorte d'ange de justice.

C'était la seconde fois qu'il l'appelait Angie. Ce diminutif caracolait déjà en elle, faisant courir plus vite son sang dans ses veines et battre son cœur à coups redoublés.

La conversation prenait un tour dangereux et Angela

commençait à regretter la distance glacée qui les séparait, un moment plus tôt, ce mur qu'ils avaient érigé entre eux et dans lequel s'ouvrait à présent une large brèche.

— Un ange de justice ? dit-elle, perplexe.

— Les anges ont cette particularité de ne jamais rien éprouver. Leur mission les oblige d'une certaine façon à se prémunir contre toute espèce d'émotion.

— Ce n'est pas du tout l'idée que je me faisais des anges.

— Les anges sont les dispensateurs de la justice et de la colère divines. Comment s'acquitteraient-ils de leur mission s'ils s'autorisaient à ressentir de la compassion, de la tendresse ou de l'affection ? Croyez-vous que je me serais conduit avec Raquel aussi déloyalement si j'avais été un être doué de sensibilité ? Jamais je n'aurais arrêté son frère. Jamais je n'aurais...

Le visage farouche et égaré, il se tut.

Oppressée, Angela porta la main à sa poitrine. Comme de l'acide versé sur une plaie à vif, ces paroles la faisaient intolérablement souffrir.

— Je ne pense pas que vous soyez aussi dur, dit-elle tout bas, presque dans un murmure. J'ai vu en vous une réelle sollicitude.

— Ne vous y trompez pas, Angie. Je suis un acteur-né.

Le cœur serré comme dans un étau, la jeune femme garda le silence. Essayant désespérément de chasser les idées noires qui papillonnaient aux confins de son esprit telles des ailes de chauve-souris, elle regardait le bébé, si gai, si heureux de vivre. Ses confidences, songeat-elle avec amertume, Rafe aurait mieux fait de se les garder ! Un homme aussi cynique ne méritait décidément pas qu'on s'intéresse à lui.

Comme Junior commençait à s'agiter, Rafe entreprit

de le changer. Le bébé protesta, lorsqu'il se retrouva les fesses à l'air, mais en un tournemain, il fut changé et rhabillé. Rafe lui donna son biberon, sous l'œil attentif d'Angela, qui ne disait rien, mais n'en pensait pas moins. Elle était prête à parier tout ce qu'elle avait que Rafe se préoccupait réellement du bien-être de son fils, et ne se contentait pas, comme il le prétendait, de jouer un rôle.

Cela ne prouvait pas pour autant qu'il ne fût pas une cause perdue pour la gent féminine.

— Il vous faut peut-être manger quelque chose? dit-il, soudain.

Si sa gentillesse était factice, quel besoin avait-il de jouer les anges gardiens?

— Je suis assez grande pour savoir ce que j'ai à faire!

— Bien sûr. Mais en cas de pépin, ne comptez pas sur moi pour vous conduire à l'hôpital. Franchement, ce ne serait pas malin de faire une crise d'hypoglycémie en pleine nature!

Une telle muflerie la laissa un instant sans voix.

— Cessez de vous comporter comme une brute! riposta-t-elle, le moment de stupeur passé.

— Mais je *suis* une brute. Vous ne le saviez pas?

Serrant les poings, Angela renonça à pousser la discussion plus loin. De toute façon, elle n'aurait jamais le dernier mot. Et les piques de Rafe pouvaient faire très mal. Il connaissait ses points sensibles, à présent, et savait où viser.

Pour se donner une contenance, elle prit son kit et contrôla son taux de sucre sanguin. Rien de catastrophique, Dieu merci!

Sans un mot, sans même un regard pour lui, elle sortit son stylet hypodermique, se leva et alla s'injecter son insuline à l'abri d'un buisson. Puis elle revint s'asseoir comme si de rien n'était et tira du sac à provisions un sandwich au fromage. *Un seul.* Si Rafe en voulait un, il n'avait qu'à se servir !

Moins elle le verrait, et mieux elle se porterait ! songeait-elle en mastiquant avec application. Rafe passait son temps à l'exaspérer. A ce compte-là, sa glycémie ne risquait pas de se stabiliser !

La dernière bouchée avalée, la jeune femme s'allongea sur la couverture. Elle avait les yeux fermés, mais elle devinait, aux bruits qu'il faisait, que Rafe était en train de manger.

Finies, les discussions un tant soit peu personnelles ! décida-t-elle, ressassant sa colère. Désormais, elle se contenterait d'échanger avec Rafe quelques banalités sans conséquences. Dès qu'on le poussait dans ses retranchements, Rafe sortait les griffes. Son agressivité était vraiment insupportable.

Junior avait dû s'endormir, et Angela n'était pas loin d'en faire autant. Le silence, la douce chaleur du soleil sur son visage la plongeaient peu à peu dans une torpeur contre laquelle elle ne cherchait même plus à lutter.

Quelque chose vint soudain lui masquer le soleil. Elle ouvrit les paupières. Allongé près d'elle, un coude soutenant sa tête, Rafe la regardait fixement.

— Désolé, dit-il. Je n'avais pas l'intention de vous réveiller.

— Je ne dormais pas.

Comment aurait-elle pu dormir avec ce regard vrillé sur elle en permanence, ce regard intense aussi troublant que la plus audacieuse des caresses ?

— Je suis désolé d'avoir été aussi désagréable, tout à l'heure, dit-il. Je suis à cran, depuis quelque temps.

Elle ne répondit pas. A quoi bon ? Cela finissait toujours mal, et de leurs joutes verbales, elle ressortait chaque fois un peu plus meurtrie.

— Je comprends que vous n'ayez pas envie de me parler, Angela. Je me mets à votre place. Ça ne doit pas être marrant d'avoir en face de soi un serpent à sonnette toujours prêt à mordre.

— Ce n'est pas facile, bougonna la jeune femme.

— Je sais, dit-il en hochant la tête. Et ce n'est pas nouveau. On m'a toujours dit que j'étais un enquiquineur. Ça doit être congénital.

Dans sa bouche, il s'agissait d'un simple constat. Une telle lucidité ne pouvait laisser Angela indifférente. Elle décida de renouer le dialogue.

— Qui vous a dit cela ?

— Tout le monde. Ma mère. Mes parents adoptifs. Mes collègues de travail. Raquel.

Encore celle-là !

— Que disait Raquel ? ne put s'empêcher de demander Angela.

— Que j'étais un monstre. Qu'il fallait être un monstre pour séduire une femme et faire ensuite arrêter son frère. Elle avait raison.

Il y avait de quoi avoir mauvaise conscience, songea Angela. D'autant plus que maintenant que Raquel était morte, Rafe n'avait même pas la possibilité de se racheter.

— Elle l'a peut-être dit sous le coup de la colère, suggéra-t-elle.

— Peut-être. N'empêche qu'elle avait raison.

— Vous n'avez rien fait d'autre que votre métier. Ce qui s'était passé entre vous n'avait pas à entrer en ligne de compte.

— Le travail avant tout ; telle était ma devise, dit-il d'un ton amer. C'était ma raison d'être, mon unique but dans l'existence.

Il soupira.

— Ma grosse erreur a été d'avoir couché avec elle. Je ne sais pas ce qui m'a pris.

— Elle était belle, non ?
— Oui, mais ce n'est pas une raison.
Qu'aurait-elle pu répondre à cela. Pour un ange prétendument incapable d'éprouver la moindre émotion, Rafe se posait beaucoup de questions sur la véritable nature de sa relation avec Raquel.
— Toujours est-il, continua-t-il d'une voix monocorde, que j'ai fait un beau gâchis. Je me suis vraiment conduit comme le dernier des imbéciles.
— Comment est-elle morte ?
— Dans une fusillade. Et le pire, c'est que la balle ne lui était même pas destinée. Elle s'est trouvée mêlée à un règlement de comptes entre deux voyous, alors qu'elle rendait visite à une amie malade. Ces deux salopards ne l'avaient jamais vue de leur vie. C'est révoltant, non ?
— C'est épouvantable !
— Vous n'imaginez pas ce qui se passe dans les bas-fonds, dit-il lentement. Un vrai monde de sauvages... La drogue n'arrange rien, mais elle n'explique pas tout. La multiplication récente de micro-sociétés, dont certaines prêchent le culte du pouvoir et de la mort, témoigne d'un retour inquiétant du tribalisme. Si nous arrivions à mettre un terme au trafic de drogue, il n'y aurait pas autant de gamins en possession d'une arme.
— J'en ai froid dans le dos.
— Les gosses sont une proie facile pour les gangs. En quête d'identité, ils sont prêts à tout pour se faire accepter. Ils se laissent embrigader et découvrent, trop tard, qu'ils sont prisonniers. J'ai entendu parler d'un gamin de seize ans qui a été roué de coups parce qu'il voulait quitter sa bande. Sa famille a dû déménager.
Il ferma les yeux et garda le silence pendant quelques instants.
— Sans ces maudits gangs et leurs stupides guerres de territorialité, Raquel serait encore là, dit-il d'une voix

pleine d'amertume et de ressentiment. A peine nés, ces gosses ne pensent qu'à s'entretuer. Le meurtrier de Raquel est un môme de douze ou treize ans.

— Je suis désolée.

— Moi aussi. Je ne veux pas que mon fils connaisse ça un jour. Ni rien d'approchant. S'il tombait entre les pattes des Molina, Dieu sait ce qu'il deviendrait! En plus de tout le reste, les Molina sont à la tête d'un certain nombre de gangs chargés d'écouler la dope. L'argent et la drogue font la loi, dans ces milieux-là.

— Mais Raquel n'était pas mêlée à tout cela, n'est-ce pas?

— Elle n'avait rien à voir avec les gangs. En ce qui concerne la drogue, c'est une autre histoire. Elle a longtemps servi de mulet.

— De mulet?

— Elle faisait passer de la drogue entre l'Amérique du Sud et Miami. Elle ne s'est jamais fait pincer. Mais un jour, elle en a eu assez qu'on se serve d'elle, et elle a arrêté.

Angela l'écoutait sans mot dire, horrifiée et atterrée par cet univers sordide dont la réalité lui échappait.

— Ce sont les Molina qui ont retrouvé les meurtriers de Raquel. Grâce à leurs informateurs. Puis ils ont obligé les coupables à se dénoncer. Les gosses n'avaient pas le choix. Ou ils se rendaient à la police, ou ils avaient affaire aux Molina.

— Et malgré tout cela, vous voulez retourner à Miami?

— Vu d'ici, c'est vrai que cela ressemble à un enfer. Mais ce n'est pas pire là-bas qu'ailleurs. Ne vous leurrez pas, Angela: ces problèmes existent dans toutes les grandes villes.

— A certains endroits plus qu'à d'autres, fit remarquer la jeune femme.

— Tout dépend évidemment de l'environnement humain. Les quartiers résidentiels sont moins touchés que les cités ouvrières.

Il soupira et déclara d'un ton las :

— C'est une vision bien noire, je le reconnais. Pardonnez-moi de vous gâcher une aussi belle journée. Nous qui étions venus pour nous changer les idées...

— Je sais par expérience qu'on emmène ses problèmes partout avec soi.

Rafe eut un rire bref, puis il s'allongea sur la couverture, les mains croisées sous la nuque.

— Cela valait quand même le coup de venir, dit-il. Un cadre pareil fait un peu oublier toute cette misère.

Plusieurs minutes s'écoulèrent sans que ni l'un ni l'autre ne parlent. Seuls le bourdonnement d'un insecte ou le cri d'un oiseau troublaient le silence, de loin en loin. Bientôt, une douce somnolence s'empara d'Angela qui, entre veille et sommeil, se sentit assaillie par d'invraisemblables fantasmes.

Rafe se penchait sur elle et effleurait sa bouche de ses lèvres, très tendrement, comme pour la réconforter. Délicat et timide, ce baiser devenait vite torride, exigeant et passionné.

Le sang se mit à courir plus vite dans les veines d'Angela, une étrange chaleur l'envahit tandis qu'un frémissement ténu montait du creux de son être avec une lenteur exquise. Paupières closes, elle se laissa doucement envahir par cette sensation délicieuse et presque oubliée. Il y avait si longtemps qu'aucun homme n'avait fait naître en elle ce désir brûlant...

Son imagination enflammée attisait l'envie qu'elle avait de sentir sur elle le poids de son corps viril, la caresse enfiévrée de ses grandes mains carrées, mais elle savait, tout au fond d'elle-même, que tout cela n'était que rêves et illusions.

Allongée au soleil, à côté de cet homme qui l'attirait comme un aimant, c'était si bon de rêver, de croire en sa féminité, en son pouvoir de séduction, en un avenir radieux...

La voix de Rafe la rappela brusquement à la réalité.

— Angela ?

Comme un plongeur émergeant des profondeurs marines, elle refit péniblement surface et ouvrit les yeux.

— Ça va ? demanda-t-il, une note de terreur dans la voix.

Mue par une force qu'elle ne contrôlait pas, Angela noua les bras autour de son cou et l'attira à elle. C'était probablement la plus grosse bêtise de sa vie, mais elle s'en moquait.

7.

Une fraction de seconde, Angela crut que Rafe allait se dérober, mais elle n'eut pas le temps de le lâcher que déjà il se ravisait et l'embrassait avec fougue.

Cette fois, son baiser n'avait rien d'hésitant ou de maladroit. Sa bouche avide cherchait la sienne avec une fougue sauvage, presque brutale, à laquelle elle s'abandonna sans retenue. Cette passion qui éclatait la galvanisait, attisait le désir qui la consumait, cet immense brasier que Rafe avait allumé.

Il la serrait si fort contre lui qu'elle avait l'impression d'étouffer, mais elle ne souhaitait pas que cela cesse. Au contraire. Lorsqu'il unit sa langue à la sienne, elle gémit, tremblante et avide d'être aimée.

Paupières closes, la jeune femme se laissa envahir comme s'ils pouvaient mêler leurs essences. La ferveur avec laquelle Rafe explorait la douceur offerte la bouleversa, l'exalta, la transporta. Il n'y eut bientôt plus que le bruit de son cœur qui battait comme un tambour, que l'odeur, la saveur et le contact de cet homme qui l'embrasait de la tête aux pieds, l'entraînait au plus profond des ténèbres brûlantes et étouffantes de la passion.

Elle frémit tout entière lorsque Rafe s'allongea sur elle, tant étaient grandes son envie, son impatience, de sentir son poids sur son corps, sa chaleur sur ses seins, sa vigueur entre ses cuisses...

Avide de le sentir encore plus proche, elle se cambra sous lui, son corps épousant étroitement celui de Rafe. La violente pulsation qui battait au creux de son ventre la poussait irrésistiblement vers lui. Le désir qui s'épanouissait en elle était presque douloureux, mais quelles délices, aussi, dans cette attente qui s'étirait, se prolongeait jusqu'à l'extrême limite du supportable.

La main de Rafe glissa entre eux, se faufila sous ses vêtements, épousa la courbe d'un sein, puis en caressa avec une lenteur appliquée le mamelon dressé. Oubliant la réalité, n'écoutant plus que la délicieuse souffrance qui battait en elle, Angela frissonnait dans l'attente d'une union pressentie qu'elle appelait de tous ses vœux.

Ils étaient homme et femme, liés par une adéquation totale. Jamais ses sens ne lui avaient paru mieux aiguisés. Le corps de Rafe vibrait contre le sien. Ses baisers, ses caresses l'exaltaient, la portaient aux nues, toujours plus haut...

Les pleurs du bébé leur firent l'effet d'une bombe. Ils se figèrent, puis s'écartèrent brusquement l'un de l'autre. Submergée par la honte, Angela regarda Rafe, résigné, se lever pour aller s'occuper de son fils.

En proie à un maelström de sentiments divers, de la colère à l'effroi en passant par la déception et la consternation, la jeune femme contemplait silencieusement le ciel au-dessus de sa tête. Comment avait-elle pu oublier ainsi toute retenue ? Quel pouvoir magique possédait donc cet homme pour la troubler de la sorte, pour ébranler avec tant de facilité sa détermination ?

— Je suis désolé, marmonna Rafe par-dessus son épaule.

Angela n'avait aucune envie d'épiloguer sur le sujet. Parler de cet incident fâcheux ne pouvait qu'ajouter à son embarras.

— Oublions cela, voulez-vous ? dit-elle, plus morte que vive, en se relevant à son tour.

D'un pas chancelant, elle s'éloigna, s'enfonça dans les bois.

Fallait-il qu'elle eût perdu la tête pour s'enticher d'un homme comme lui ! Un agent d'infiltration de la DEA. Un homme traqué, par-dessus le marché ! Comme si sa vie n'était pas déjà assez compliquée...

Assise sur une grosse pierre, Angela resta un long moment immobile, recouvrant peu à peu la paix du corps et de l'esprit dans la lumière crépusculaire et un peu irréelle de cette fin d'après-midi. L'air commençait à fraîchir ; le soir tombait. Lorsque le soleil disparut derrière la montagne, elle fut bien obligée de regagner la clairière.

Rafe avait plié la couverture et tout rangé.

— Il faut rentrer, dit-il. Il commence à faire froid.

Acquiesçant d'un signe de tête, elle ramassa la couverture. Sans un mot, ils regagnèrent la voiture. Des étrangers, songea amèrement Angela. Voilà ce qu'ils étaient devenus l'un pour l'autre. Et tout cela par sa faute. Mais pourquoi, grand Dieu, s'était-elle jetée à sa tête ?

— Je vais conduire, si ça ne vous ennuie pas, dit Rafe.

— Non, pas du tout.

Elle lui donna les clés de sa Toyota en veillant à ne surtout pas le toucher, mais ses doigts effleurèrent malencontreusement les siens et elle sursauta, comme sous l'effet d'une décharge électrique.

A peine installée dans le siège passager, la jeune femme boucla sa ceinture et ferma les yeux. Murée dans un silence affable mais obstiné, elle croyait pouvoir faire le trajet du retour sans parler.

Mais Rafe l'entendait d'une autre oreille. Au bout de quelques kilomètres, il revint à la charge.

— Je suis désolé, pour tout à l'heure.

— Je vous ai demandé d'oublier cela, répliqua-t-elle sèchement.

— Je tiens quand même à ce que vous sachiez que je suis confus de ne pas m'être mieux contrôlé.

— Moi aussi. Mais c'est comme ça. N'en parlons plus.

Il soupira et ne dit rien pendant plusieurs minutes. Angela prit pour une reddition ce qui n'était qu'un temps de réflexion.

— Je regrette de vous avoir rendue triste, déclara-t-il sans ambages. Mais si cela peut vous consoler, je le suis aussi. Voilà ce que c'est que de goûter au fruit défendu...

Autrement dit, c'était bien fait pour elle, en conclut Angela. Elle n'avait eu que ce qu'elle méritait.

— Ne vous en faites pas pour moi, répliqua-t-elle. Je comprends très bien que vous ne veuillez pas de moi.

Rafe s'empressa de la détromper.

— Le problème n'est pas là.

— Ne vous sentez pas obligé de ménager ma susceptibilité.

— Je ne ménage rien du tout, Angela, mais je commence à me demander si nous sommes sur la même longueur d'ondes, vous et moi.

Et elle, elle commençait à en avoir assez !

— Il faut croire que non ! rétorqua-t-elle.

— C'est aussi l'impression que j'ai.

Un silence morose s'installa, qu'elle se garda bien de rompre. Lorsque Gannet County fut en vue, ils s'arrêtèrent un instant : Angela prit le volant, tandis que Rafe se cachait à l'arrière.

Ils n'échangèrent plus un mot jusqu'à l'arrivée. Angela sortit la première de la voiture pour s'assurer que la voie était libre. Puis elle ouvrit la portière et Rafe s'engouffra dans la maison, son fils dans les bras.

Angela ressortit de l'allée en marche arrière et se gara dans la rue, un peu plus loin, afin de ne pas obstruer l'entrée du garage. Lorsque à son tour, elle pénétra dans la maison, elle fut soulagée de constater que Rafe avait déjà regagné ses pénates. Moins elle le voyait et mieux elle se portait.

Emma rentra plus tôt que d'habitude, courbatue et fébrile.

— J'ai l'impression que je couve quelque chose, dit-elle en se laissant choir dans un fauteuil.

Levant le nez de son livre, Angela la regarda.

— Va vite te coucher, si tu ne te sens pas bien. Tu veux de l'aspirine ? Un Viandox ?

Emma avait une mine de papier mâché.

— J'ai pris deux comprimés juste avant de quitter la bibliothèque. Si c'est la grippe, j'espère que je ne vais pas la passer au bébé.

— Tu crois qu'un bébé de cet âge peut l'attraper ?

Emma secoua la tête, perplexe.

— Je suis mal placée pour te répondre.

— Va te mettre au lit ; je m'occupe du dîner. Si tu as besoin de quoi que ce soit, n'hésite pas à m'appeler.

— Il vaut mieux que tu ne t'approches pas trop de moi, Angela. Si tu tombais malade, ce serait catastrophique, avec ton diabète. Je vais m'enfoncer sous les couvertures et attendre tranquillement que ça passe. Il y a des côtelettes d'agneau dans le réfrigérateur.

— Ne t'inquiète pas, nous ne mourrons pas de faim.

Rassurée sur le sort de ses invités, Emma s'extirpa de son fauteuil et monta se coucher. Angela prit le chemin de la cuisine.

Gage arriva quelques minutes plus tard et monta directement voir Emma. Quel bonheur ce devait être, songea Angela, d'avoir un mari aussi aimant et prévenant...

— Gage est rentré ?

La jeune femme sursauta en entendant la voix de Rafe. Elle fit volte-face.

— Emma couve peut-être la grippe. Elle s'est couchée en arrivant et Gage est monté prendre de ses nouvelles.

— La grippe ? Il ne manquait plus que ça !

Il regarda Junior, blotti dans ses bras.

— Vous croyez qu'il risque de l'attraper ? demanda Angela, qui avait lu dans ses pensées.

— On ne sait jamais. Il vaut peut-être mieux que je ne le sorte pas de la chambre.

— Je peux vous monter votre dîner, si vous voulez ?

— Non, ce n'est pas la peine, répondit Rafe en fixant sur elle ses yeux de jais, lumineux et profonds. Le petit ne va pas tarder à s'endormir.

— Pourquoi ne l'appelez-vous jamais par son prénom ? De peur de vous attacher à lui ?

Cette phrase avait fusé sans qu'elle ne pût rien faire pour la rattraper. La réaction de Rafe la surprit.

— J'ai du mal à m'y faire, confia-t-il posément. Je préfère l'appeler Junior. Vous avez quelque chose contre les surnoms ?

— Non, rien du tout. Cela ne me regarde pas, bien sûr, mais si Raquel a appelé son fils Rafaël, c'est par amour pour vous.

Rafe fronça les sourcils.

— Eh bien, moi, je parie qu'elle cherchait à me manipuler !

Sur ce, il tourna les talons, abandonnant Angela à ses réflexions.

Ce bougre d'homme n'était décidément pas quelqu'un de facile ! songea-t-elle en soupirant. Comment Raquel, mourante, aurait-elle pu avoir de telles pensées ? Il devait être paranoïaque. Mais que lui importait, après tout ? C'était *son* problème.

Quelle mouche l'avait donc piquée ? se demandait Rafe, un étage plus haut. Angela lui reprochait de ne pas appeler son fils par son prénom et de se montrer indigne de l'amour de Raquel. Quelle ineptie !

Entre Raquel et lui, il n'y avait rien eu d'autre qu'une aventure sans lendemain. Ils se connaissaient si peu... Comment aurait-elle pu tomber amoureuse de lui ?

En appelant le bébé Rafaël, comme lui, elle espérait l'attendrir, tout simplement. Car Raquel s'était mis dans la tête que c'était lui qui devait élever l'enfant.

Ce qui, tout compte fait, n'était pas une si mauvaise idée. Le bébé n'était pas tellement gênant, et il préférait encore l'avoir avec lui plutôt que de le savoir avec les Molina.

Raquel avait sans doute cherché à le manipuler, mais pour ce qui était de l'avoir aimé, non, jamais de la vie ! Il avait vu la haine sur son visage lorsqu'il était venu arrêter son frère.

Mais Angela n'en démordait pas. Elle était persuadée que Rocky avait été éperdument amoureuse de lui. Ce qui était faux, bien sûr. Archifaux !

Allongé sur la couverture qu'il avait étalée par terre pour jouer avec le bébé, les mains croisées sous la nuque, Rafe essayait de se disculper. En dépit des apparences, il n'était pas un sale type, même si dans cette histoire, il ne s'était pas montré sous son meilleur jour. Le médecin qui lui avait annoncé la mort de Rocky et la naissance du bébé n'avait d'ailleurs pas cherché à dissimuler le mépris qu'il lui inspirait quand il lui avait avoué, dans la foulée, qu'il n'était pas au courant de la grossesse de la jeune femme, et qu'il la connaissait à peine.

Lui qui en avait toujours voulu à son père d'avoir abandonné sa famille, de ne jamais s'être occupé de lui, comment avait-il pu envisager de se débarrasser de son fils en le confiant à Nate ?

Amant irresponsable, père indigne — charmant personnage, en vérité !

Pourvu que Junior ne prenne pas cela de lui ! Pourvu qu'il soit mieux que lui ! songea Rafe, le cœur serré, en se soulevant sur un coude pour contempler le petit innocent. Rocky aussi voulait pour l'enfant un avenir meilleur que celui qui l'attendait avec les Molina. Cet avenir, qui d'autre que lui pouvait le lui donner?

Ce soir-là, Rafe et Angela dînèrent en tête à tête. Angela sentait son cœur se soulever à la seule vue de son assiette, mais bon gré, mal gré, il fallait qu'elle mange. Quelque peu tendue, l'ambiance, autour de la table, n'était pas spécialement encourageante. Rafe semblait éviter son regard et ne lui décochait pas un mot. Après la gaffe qu'elle avait faite, un peu plus tôt, en lui parlant de Raquel, cela n'avait rien d'étonnant. Elle aurait vraiment mieux fait de se taire.

Et peut-être aussi de rester chez elle. Elle qui était venue pour échapper au stress...

Une bourrasque secoua les vitres. Angela leva les yeux vers la fenêtre.

— Quel temps fait-il, en Floride? s'entendit-elle demander.

— Chaud, répondit Rafe en piquant un morceau de viande au bout de sa fourchette. Mais pas aussi chaud qu'en été. Dans les vingt-cinq degrés.

— Ce doit être agréable.

Les vitres tremblèrent de nouveau et Angela frissonna. Lugubre, le vent n'en finissait pas de gémir.

— On va avoir une tempête, on dirait.

— J'aimerais bien qu'il neige, confia Rafe, les yeux brillant d'excitation. Quand j'étais petit, à Killeen, il arrivait qu'il neige en hiver. Mais la neige ne tenait pas. J'aimerais voir pour de vrai un paysage enneigé.

Un hiver sans neige, sans frimas et verglas, Angela ne savait pas ce que c'était.

— J'ai horreur de conduire sur la neige, dit-elle.

— Alors n'allez pas au Texas ! Là-bas, les gens sont complètement perdus quand il neige. Sur les routes, c'est l'hécatombe !

— Dans le Nord, ce n'est pas tellement mieux. Chaque hiver, nous devons réapprendre à composer avec la neige.

Cet aveu parut l'amuser. Un rire bref lui échappa.

— Il y a beaucoup de neige, là où vous habitez ?

— Trop. Chaque hiver, c'est la même chose. Quand je vois des publicités pour la Floride, à la télévision, tous ces palmiers et les gens qui se promènent en T-shirt, j'ai envie d'y aller.

— Si vous venez un jour à Miami, faites-moi signe, dit Rafe après un long et pesant silence. Je me ferai un plaisir de vous servir de guide.

Elle le regarda avec surprise.

— Merci. C'est vraiment très gentil à vous.

— Ce sera pour moi l'occasion de découvrir des sites où je n'ai jamais mis les pieds. A deux, ce sera plus amusant.

Gage entra, rapportant le plateau du dîner.

— Comment va Emma ? demanda Angela.

— Pas trop mal. Mais la fièvre lui donne soif et nous sommes presque à court de jus d'orange. Je vais aller en acheter quelques bouteilles. Bravo pour le dîner, Angela. C'était excellent.

— Merci. Si vous préférez rester auprès d'Emma, je peux faire un saut au supermarché.

— Non, je vais y aller. Pour une fois que j'ai l'occasion de m'occuper d'elle...

Gage attrapa sa parka et sortit dans la tourmente, refermant vite la porte avant que le vent glacé ne s'engouffre à l'intérieur.

— Ça sent vraiment la neige, dit Angela en se levant pour aller regarder par la fenêtre.

Posant une main sur la sienne, Rafe la coupa dans son

élan. Elle retira vivement sa main, comme sous l'effet d'une brûlure, et leva les yeux vers lui. L'expression grave et mélancolique de son regard lui donna un coup au cœur.

— Mangez, Angela, dit-il avec douceur. Vous avez à peine touché à votre assiette ; ce n'est pas raisonnable.

Elle était assez grande pour savoir ce qu'elle avait à faire et n'avait pas besoin de ses conseils. En même temps, sa sollicitude la touchait. Enfin quelqu'un qui s'inquiétait pour elle...

Alors elle se rassit et se remit docilement à manger.

— Vous aviez raison, dit Rafe, planté devant la fenêtre. Il neige.

— C'est vrai ?

Elle courut à la fenêtre et écarta les brise-bise. Des milliers de flocons tourbillonnaient dans la nuit.

— Comme c'est beau ! s'exclama-t-elle, émerveillée.

— C'est magnifique.

Le ton presque révérencieux avec lequel il avait prononcé ces mots interpella Angela. Elle allait le questionner, mais Rafe ne lui en laissa pas le temps.

— Vous n'avez pas fini, lui fit-il remarquer en lui montrant son assiette.

— Ça va, j'y vais ! dit-elle en riant.

Curieusement, elle n'avait plus besoin de se forcer et mangeait à présent avec plaisir. Pendant qu'elle terminait, Rafe commença à débarrasser la table et à préparer la vaisselle. Elle le regardait s'affairer, secrètement admirative. Rafe Ortiz était un vrai prodige : aussi à l'aise dans une cuisine que devant une table à langer. Les gens comme lui la stupéfiaient. Elle était très loin de tout faire à la perfection. Et pour tout dire, elle avait même un peu tendance à bâcler.

Ils finissaient de débarrasser la table lorsque Gage rentra. Après avoir rangé dans le réfrigérateur le jus d'orange qu'il avait rapporté, il prit rapidement congé d'eux.

— Je fais la lecture à Emma, expliqua-t-il. Ça l'aide à supporter la fièvre.

— C'est une bonne idée, dirent en chœur Rafe et Angela.

Gage acquiesça en riant et s'empressa d'aller retrouver sa moitié.

— Voilà un être aimant, murmura Angela.

— Oui, dit Rafe. On ne peut pas en dire autant de moi.

Il lui parut si fragile, tout à coup, qu'elle ne put s'empêcher de le réconforter.

— Vous aimez votre fils, déclara-t-elle.

Il eut l'air étonné.

— Oui... c'est bien possible.

Drôle de réponse, songea la jeune femme. Pas question, cependant, de le sonder plus avant. Elle avait commis assez d'indiscrétions pour aujourd'hui. Emportant le café dans le salon, ils s'installèrent devant la télévision.

Viscéralement consciente de la présence de Rafe, à l'autre bout du canapé, Angela n'arrivait pas à se concentrer sur le petit écran. Elle avait la bouche sèche et son cœur battait la chamade.

« Ne sois pas ridicule ! » ne cessait-elle de se répéter... en pure perte, car ses pensées la ramenaient inlassablement en arrière. Les événements de l'après-midi demeuraient douloureusement présents dans son esprit, et son corps vibrait encore au souvenir du baiser torride qu'ils avaient échangé, de ce trop bref moment d'intimité, du désir que Rafe avait si miraculeusement su réveiller en elle.

Une étrange torpeur la saisit. La voix du commentateur se fit de plus en plus lointaine. Elle n'entendait plus le bruit du vent, qui redoublait de violence à l'extérieur. Plus rien n'existait désormais en dehors de l'homme qui était assis près d'elle, cet homme viril et séduisant qui avait si bien su la réconcilier avec la vie...

Une fois de plus, les pleurs du bébé la ramenèrent brutalement sur terre. Rafe bondit sur ses pieds et monta à l'étage, tandis qu'elle s'efforçait tant bien que mal de recouvrer ses esprits.

Elle avait honte de ses pensées impures et remerciait le ciel que Rafe n'eût pas deviné le trouble qui l'habitait. Lucide, elle s'en voulait de perdre son temps en rêveries stériles et dérisoires.

Au mieux, que pouvait-elle espérer ? Une liaison de quelques jours ? Car même si Rafe n'était pas rebuté par sa maladie, il finirait de toute façon par retourner en Floride, et elle dans l'Iowa.

Or Angela ne voulait pour rien au monde d'une aventure sans lendemain.

Rafe reparut, le bébé dans les bras.

— Pourriez-vous le tenir un instant, pendant que je prépare son biberon ?

Angela s'empressa d'accepter, mais la tâche se révéla vite plus ardue qu'elle n'avait pensé. Le bébé affamé hurlait et se débattait, gigotait et cherchait désespérément à lui échapper.

Lorsque Rafe, enfin, revint avec le biberon, elle le lui arracha presque des mains.

— Laissez-moi faire, dit-elle. Je n'aurai peut-être jamais plus l'occasion de donner le biberon à un bébé.

Il s'assit près d'elle.

— Vous ne pourrez jamais avoir d'enfants ?

— Non, j'en ai bien peur. Ce serait trop risqué. Si je contrôlais mieux mon diabète, il y aurait peut-être une chance, mais...

Elle haussa les épaules et détourna les yeux, fixant son regard sur le bébé qui tétait goulûment.

— Je suis désolé. Je sais combien c'est important pour une femme.

— Pas pour un homme ?

— Pour certains, peut-être. Cela ne faisait en tout cas pas partie de mes priorités.

— Il faut croire que tous les hommes ne fonctionnent pas de la même façon.

L'amertume qui filtrait dans la voix de la jeune femme ne passa pas inaperçue.

— Pourquoi dites-vous cela ? demanda Rafe.

Mieux valait tout lui raconter, décida Angela après une courte hésitation. Si après cela, il se détournait d'elle, elle n'aurait pas perdu son temps...

— J'ai été fiancée. Il s'appelait Lance et mon diabète ne semblait pas le déranger. A l'époque, je faisais très attention. Je suppose qu'il ne se rendait pas vraiment compte de tout ce que cela impliquait. Jusqu'au jour où je suis tombée enceinte. La machine s'est déréglée ; rien n'allait plus. Cela s'est terminé à l'hôpital, où j'ai été amenée en urgence.

Elle se tut d'un seul coup, sentant que le tremblement de sa voix risquait de se transformer en crise de nerfs. Mais elle avait le torturant devoir d'aller jusqu'au bout.

— J'ai fait un coma par hyperglycémie, et une fausse couche, par la même occasion. Mon médecin traitant m'a déconseillé de tenter une nouvelle grossesse. Quant à Lance... eh bien, il aspirait à une vie normale, avec une femme et des enfants normaux.

— Quel salaud !

Elle secoua la tête.

— Non. Il n'a fait que regarder la réalité en face. M'épouser, c'était se condamner à vivre avec une malade, à manger à heures fixes, à toujours tout prévoir. Je ne pouvais pas lui en vouloir. Qui voudrait d'une compagne qui ne peut jamais faire la grasse matinée, qui après une séance de cinéma, ne peut pas finir la soirée devant une pizza ou un hamburger, qui doit constamment se surveiller ? Personne, évidemment.

Elle avait dit cela d'un ton brusque, et même si ces mots lacéraient sa fierté comme des coups de fouet, c'était la vérité, elle le savait.

Distraitement, Rafe tendit la main vers sa nuque et prit entre ses doigts une mèche folle, échappée de la barrette qui retenait ses cheveux en un chignon souple. Un long frisson la parcourut. Miséricorde ! songea-t-elle en soupirant. Le récit de ses déboires n'avait pas sur Rafe l'effet escompté. Mais alors pas du tout...

— Il aurait pu s'adapter, fit-il remarquer en laissant courir ses doigts le long de sa nuque. Il aurait pu apprécier de se lever tôt, et de pouvoir ainsi profiter de vous plus longtemps.

— Seriez-vous romantique, par hasard ?

— Je suis réaliste, tout simplement. Votre traitement vous impose des contraintes dont il faut essayer de tirer parti. Il n'y a pas d'autre solution. Se lever tôt peut aussi avoir des avantages pour le couple. C'est bien de prendre le temps de se parler, de déjeuner en tête à tête...

Elle ne put s'empêcher de sourire.

— A vous entendre, tout va pour le mieux dans le meilleur des mondes.

— Pourquoi pas ?

Elle secoua la tête.

— Je ne peux pas avoir d'enfants, Rafe. Or la plupart des couples souhaitent fonder une famille.

— C'est une belle idiotie !

Angela ne dit rien mais elle n'en pensait pas moins. Quand elle voyait Junior niché au creux de ses bras, si adorable, elle comprenait qu'on puisse tellement désirer des enfants. Quel bonheur de tenir un bébé contre soi, songea-t-elle, la gorge serrée d'une indicible tristesse.

— Eh ! Je ne voulais pas vous faire de la peine, dit Rafe, l'air sincèrement désolé.

— Je sais, répondit-elle en souriant à travers ses larmes.

Elle renifla et se passa la main sur les yeux. Rafe continua à lui caresser la nuque, si tendrement qu'elle aurait voulu que cet instant dure toujours. Mais quand le bébé eut terminé son biberon, l'enchantement prit fin.

— Il faut que j'aille le changer, dit Rafe en lui reprenant l'enfant.

Elle monta juste après lui et s'enferma dans sa chambre. Jamais la vie ne lui avait paru aussi injuste et aussi cruelle.

Le dîner chez les Tate, le vendredi, fut tout compte fait plutôt agréable. Trois des filles de Nate y assistaient : Krissie, la cadette, encore étudiante, Carol et Wendy, toutes deux infirmières et mariées. Billy Joe Yuma, le mari de Wendy, était là aussi. Rafe reçut de tous un accueil chaleureux, mais une espèce de malaise perdura tout au long du dîner. « On ne se fabrique pas une famille en l'espace d'une soirée », songea Rafe avec lucidité.

Junior passa de bras en bras et Marge Tate se proposa même comme baby-sitter occasionnelle. C'était très gentil de sa part, mais Rafe n'avait pas l'intention de s'éterniser à Gannet County.

Il aurait pu en profiter pour demander à Nate et à son épouse de garder le bébé quand il retournerait à Miami, mais les mots refusèrent de franchir la barrière de ses lèvres, comme s'ils étaient tabous.

Plus tard, lorsqu'il se retrouva seul avec le couple, Marge lui demanda des nouvelles d'Emma.

— Elle commence à se lever, mais elle est encore très faible.

— Et Angela ? Quel dommage qu'elle ne soit pas venue !

— Elle ne se sentait pas bien, elle non plus.

En réalité, Angela le fuyait comme la peste depuis

deux jours. Il fallait reconnaître qu'il l'avait bien cherché. S'il avait gardé ses distances...

— J'ai du nouveau, annonça Nate de sa voix de stentor. Manny Molina abat enfin ses cartes.

Rafe sentit son cœur bondir dans sa poitrine.

— Quoi ?

— Dans quelques jours, tu vas recevoir la visite d'un huissier, porteur d'une assignation. Je me suis bien sûr abstenu de donner ton adresse, mais je ne pourrai garder le secret indéfiniment.

— Une assignation ?

— Imagine-toi que Manny demande la garde du bébé.

— Mais c'est de la folie !

Nate eut un petit sourire.

— C'est aussi mon avis.

— La garde de l'enfant ? A *lui* ? Avec la famille dont il est affublé, jamais il ne l'obtiendra ! De plus, seul le tribunal de mon lieu de résidence est habilité à trancher. Aucun jugement ne peut être rendu ici.

— Il a déclaré que tu avais enlevé l'enfant, expliqua Nate. Peut-être s'agit-il simplement d'une manœuvre d'intimidation...

Rafe se leva et se mit à arpenter nerveusement la pièce en marmonnant.

— Il ne peut pas faire une chose pareille, répétait-il à mi-voix comme pour essayer de s'en convaincre.

— Il faut croire que si. Le problème, dans ce genre d'affaire, c'est que ça peut traîner des années. Tu as intérêt à prendre un bon avocat, si tu veux garder le bébé. Au pire, tu peux toujours faire valoir que tu n'as pas à te soumettre à une décision prise hors de ta juridiction. Mais une fois rentré à Miami, il faudra sans doute que tu te battes de nouveau pour défendre ton bon droit.

— Vacherie ! murmura Rafe, planté devant la bibliothèque dont il fixait sans les voir les livres soigneusement alignés. Ce Manny est vraiment un pauvre type !

Nate acquiesça d'un hochement de tête et dit posément :

— Je te conseille de faire en sorte d'être irréprochable. Les tribunaux ne te feront pas de cadeau.

Lorsque Nate les ramena à la maison, Junior et lui, Rafe monta à l'avant de la voiture. A quoi bon se cacher ? Tôt ou tard, Manny finirait par le découvrir. Et puis, Manny était venu pour lui prendre l'enfant, pas pour lui tirer dessus.

Il n'allait peut-être pas le tuer, certes, mais il risquait de lui rendre la vie infernale.

Quelque peu démoralisé, Rafe espérait trouver en rentrant une oreille compatissante, mais tout le monde dormait, apparemment.

Il n'était pourtant que 22 h 30 ; Angela n'avait pas encore fait sa piqûre.

Fort de cette pensée, Rafe s'empressa d'aller coucher le bébé, puis il alla frapper à la porte de la jeune femme. N'obtenant pas de réponse, il crut qu'elle lui faisait toujours la tête. Il s'en retournait lorsque la porte s'ouvrit. Angela, drapée dans sa robe de chambre, les cheveux en bataille comme si elle sortait de son lit, apparut sur le seuil.

— J'ai besoin de parler, dit-il de but en blanc.

Elle hésita.

— Nous pouvons aller dans le salon, si vous préférez ? suggéra Rafe.

Rouge comme un coquelicot, Angela recula d'un pas pour le laisser passer.

— Venez vous asseoir, dit-elle en lui désignant un fauteuil, dans l'angle de la pièce.

Elle referma la porte et s'assit sur le bord du lit, jambes croisées.

— Que se passe-t-il ? demanda-t-elle.

— Manny revendique la garde de l'enfant.

La surprise, puis l'indignation se peignirent sur les traits de la jeune femme.

— Je n'aurais jamais pensé qu'il irait jusque-là.

— Moi non plus.

— De quel droit demande-t-il la garde du bébé ? Le père, c'est vous.

— Aucun doute là-dessus. Un test ADN l'a confirmé.

L'air grave, elle demanda :

— Qu'auriez-vous fait si le test s'était révélé négatif ?

— Je n'en sais fichtre rien !

Il se frotta les yeux, puis posa les coudes sur ses genoux.

— J'étais tellement abasourdi. Raquel aurait au moins pu me prévenir qu'elle était enceinte !

— Très juste.

Angela sentait qu'il valait mieux ne pas le contredire. Dieu seul savait de quoi il était capable, si on le poussait à bout.

— D'un autre côté, je pense que cet enfant, elle voulait l'élever seule. Elle ne m'a fait appeler que parce qu'elle savait qu'elle allait mourir.

— C'est possible.

— C'est certain ! Comment expliquer son attitude autrement ? Elle me détestait. Je sais qu'elle me haïssait.

— Pas tant que cela.

— Oh, je vous en prie, Angela, épargnez-moi ce genre de balivernes ! Je vous répète qu'elle me détestait.

— La vérité, c'est que vous avez besoin de le croire. Pour votre tranquillité d'esprit.

Il poussa une espèce de grognement, comme une bête sauvage qui s'apprête à charger.

— Quelle garce vous faites, quand vous vous y mettez !

— Vous ne vous êtes pas regardé !

Contre toute attente, il sourit.

— C'est bien la première fois qu'on me traite de garce !

Elle s'empourpra.

— Je parie que je vous ai réveillée, dit-il, et que cela vous a mise de mauvaise humeur ?

— Je suis effectivement d'une humeur exécrable, mais c'est ma faute. Ne faites pas attention.

— Dès que je vous parle de Raquel, vous vous braquez. Vous ne me croyez pas, n'est-ce pas ? Vous n'arrivez pas à croire qu'elle ne m'aimait pas, bien qu'elle ait couché avec moi et porté mon enfant. Cela vous semble inconcevable, je suis sûr ?

— Cela me dépasse un peu, je l'avoue.

Elle soupira et ferma les yeux.

— Mais nous n'avons pas vécu les mêmes choses, elle et moi. Dans son système de valeurs, c'est peut-être possible. Il se peut qu'après tout, elle vous ait détesté.

— Elle me détestait, je vous assure. Et je vais vous dire une chose, Angela : cela me démolit encore plus que si elle m'avait aimé.

Elle le regarda avec des yeux ronds.

— Pourquoi ?

— Parce que si elle m'avait aimé, elle aurait cherché à me revoir. Et les choses se seraient passées tout autrement.

— Vous l'auriez épousée ?

— Je n'en sais rien. Mais ce qui est sûr, c'est que je l'aurais arrachée à ce milieu avant qu'elle y laisse sa vie.

Comme il prononçait ces mots, une grande lumière se fit soudain en lui et il comprit que Raquel avait compté pour lui plus qu'il ne voulait l'avouer — même si depuis un an, il s'en défendait âprement.

— Vous teniez un peu à elle, malgré tout ?

— Oui, répondit Rafe avec application parce que en proie à une émotion indéfinissable, il avait peur que sa voix se coince quelque part dans son larynx.

— En ce cas, pourquoi n'avez-vous pas cherché à la revoir ?

— Vous avez le don de poser des questions embarrassantes !

Elle haussa les épaules.

— Pourquoi m'en priverais-je ? Vous l'avez voulu. Je vous rappelle que c'est *vous* qui êtes venu me chercher.

Il se passa une main dans les cheveux.

— D'accord. Ces questions, il fallait bien que quelqu'un me les pose un jour. Dieu sait que j'ai tout fait pour retarder ce moment...

— Alors ? insista Angela. Pourquoi ne l'avez-vous pas recontactée ?

— Parce que je savais qu'entre nous, c'était sans issue. Je l'avais trahie.

— Ce n'est pas elle, plutôt, qui vous a trahi ?

Il la dévisagea.

— Que voulez-vous dire ?

— Raquel vous a pris en grippe quand vous avez arrêté son frère. Mais lui aviez-vous caché que vous étiez un agent de la DEA ?

— Non, pas du tout. Mais elle n'a jamais voulu me croire.

— En êtes-vous vraiment sûr ?

Il en resta bouche bée. Cette femme était diabolique. Il fallait avoir l'esprit tordu pour aller imaginer des plans aussi machiavéliques ! Ecœuré, il faillit la laisser à ses divagations, mais la curiosité l'emporta.

— Qu'est-ce que c'est que cette histoire ?

— Sachant que vous étiez un agent de la DEA, elle devait s'attendre que vous arrêtiez son frère. Elle *savait* que vous alliez réagir et faire votre devoir.

— Chez les Molina, faire son devoir, c'est protéger les siens, quoi qu'il arrive. A supposer qu'elle m'ait cru, Raquel devait penser que je fermerais les yeux sur les agissements de son frère.

Angela n'était pas du tout de cet avis.

— Vous vous trompez, Rafe. Raquel ne plaçait pas au-dessus de tout la solidarité familiale. Sinon, c'est à son frère qu'elle aurait confié son enfant, pas à vous.

Cet argument massue le laissa un instant sans voix. Tout s'expliquait : les pièces du puzzle se mettaient en place dans sa tête sans aucune difficulté. Raquel n'était plus une énigme. Angela l'avait bel et bien percée à jour.

— Oui, et alors ? articula-t-il lentement.

Angela ramena les pans de sa robe de chambre autour de ses jambes.

— Raquel s'est servi de vous comme d'une ultime planche de salut pour s'affranchir de sa famille et sortir de ce milieu délétère qu'elle ne supportait plus.

Il savait qu'elle avait vu juste, et cette certitude le mettait affreusement mal à l'aise.

— Alors pourquoi était-elle aussi furieuse, quand j'ai arrêté son frère ?

— Elle jouait peut-être la comédie. Ou peut-être avait-elle espéré que vous l'arrêteriez *elle*...

— Franchement, cela m'étonnerait. Les condamnations pour trafic de drogue sont très lourdes. Sa vie aurait été fichue.

— Elle feignait peut-être de vous en vouloir pour que personne, dans sa famille, ne soupçonne à quel point elle était soulagée. Je suppose que cette arrestation leur a mis du plomb dans l'aile.

— Pour l'instant, ils se tiennent à carreau.

— Raquel a donc réussi son coup. Elle s'est servie de vous, et une fois son but atteint, elle vous a tourné le dos.

Abasourdi, Rafe peinait à rassembler ses idées. Maintenant qu'Angela avait éclairé sa lanterne, cette étrange histoire lui apparaissait sous un jour nouveau. Comment avait-il pu être dupe à ce point ? Raquel avait-elle réellement été aussi machiavélique ?

— Peut-être, dit-il après un silence.

— Pour moi, cela ne fait aucun doute. Ce que vous me racontiez à propos de Raquel manquait singulièrement de cohérence. Et puis, je trouvais étrange qu'elle ne veuille pas que le bébé soit confié à sa famille.

Il hocha la tête, réfléchissant à tout ce qu'il venait d'entendre. Ses convictions s'effondraient une à une comme de vulgaires châteaux de cartes. Il ne savait plus que penser ; il se sentait complètement perdu.

Désemparé, il l'était depuis qu'on lui avait mis dans les bras un bébé qui s'était révélé être son fils. Sa vie avait brusquement basculé ; du jour au lendemain, il s'était trouvé privé de tous ses repères, de tout ce en quoi il croyait.

Il se leva et marcha jusqu'à la fenêtre.

— Manny pourrait vous voir, fit remarquer Angela.

— Aucune importance. De ce côté-là, je n'ai plus rien à craindre de lui. Il ne ferait pas la bêtise de me tirer dessus, maintenant qu'il a intenté une action en justice contre moi.

S'il ne craignait plus pour sa vie, Rafe n'était pas pour autant rassuré. Manny ne venait-il pas encore de prouver qu'il était prêt à tout pour arriver à ses fins ?

— Les parents biologiques ont des droits qui prévalent sur ceux des autres membres de la famille, déclara Angela, comme si elle avait lu dans ses pensées.

— Sauf quand les parents sont déclarés inaptes.

— Vous n'êtes pas inapte !

— Ah oui ? dit-il en la regardant, un sourire cynique plaqué sur les lèvres. Que va penser le juge quand il va découvrir que je ne savais même pas que j'avais conçu cet enfant ?

— Vous ne pouviez pas le savoir, puisque Raquel ne vous l'avait pas dit.

— Oui, mais *pourquoi* ne me l'a-t-elle pas dit ? On

peut supposer tout ce qu'on veut. Et puis, le juge risque de tiquer lorsqu'il apprendra pourquoi j'ai traversé tout le pays pour venir jusqu'ici et retrouver Nate.

— Nate est votre frère ; cela se comprend.

— Si j'ai fait tout ce trajet, Angela, c'est parce que je pensais laisser le gosse à Nate et retourner illico à Miami pour reprendre mon travail à la DEA.

Elle le fixait avec des yeux ronds, les lèvres pincées, horrifiée par ce qu'elle venait d'entendre. Elle lui rappela le médecin de l'hôpital, scandalisée d'apprendre qu'il n'était même pas au courant que Raquel était enceinte. Fallait-il qu'il fût vraiment méprisable pour s'attirer ainsi la désapprobation de tous...

— Voilà, dit-il. Maintenant, vous savez. Vous pourrez témoigner.

Puis, sans attendre son reste, il sortit de la chambre en tirant la porte derrière lui.

Enfin une bonne chose de faite ! songea-t-il. Angela savait maintenant à quoi s'en tenir. Elle lui épargnerait désormais ces regards langoureux qui lui tapaient sur les nerfs.

N'empêche qu'il n'était pas beaucoup plus avancé. Car tel que c'était parti, ce n'était pas demain la veille qu'il recouvrerait sa tranquillité d'esprit.

Rafe tremblait à la seule idée que Manny obtînt à sa place la garde de l'enfant.

8.

La matinée était grise et froide. Glacée jusqu'à la moelle par le vent mordant qui soufflait de la montagne, et aveuglée par les flocons épars qui voltigeaient dans l'air, Angela ne fut pas fâchée, son jogging terminé, de rentrer se mettre au chaud. Emma, qui allait beaucoup mieux, était partie travailler, au grand dam de Gage qui avait tenu à l'accompagner.

Rafe devait être dans sa chambre. Elle ne l'avait pas vu au petit déjeuner, ni même croisé dans l'escalier. A croire qu'il l'évitait...

Sans doute avait-il honte. Il y avait de quoi. Comment avait-il pu envisager d'abandonner son fils ?

Mais qui était-elle pour le juger ? se demanda soudain la jeune femme en s'asseyant devant une tasse de thé et une demi-douzaine de crackers. Il avait le droit de ne pas avoir envie de s'occuper d'un bébé vingt-quatre heures sur vingt-quatre. La surprise avait été de taille, il fallait le reconnaître. Il eût été étonnant qu'il se résigne à quitter du jour au lendemain un métier qui le passionnait. Cet enfant lui était tombé dessus sans crier gare. Il aurait fallu être un saint pour l'accueillir à bras ouverts et tout lui sacrifier.

Rafe devait se sentir bien seul, songea-t-elle en soupirant. Il n'avait pas d'amis et Nate n'était encore guère plus qu'un étranger.

Ce n'étaient pas ses affaires, bien sûr, mais elle n'avait jamais pu s'empêcher de s'inquiéter pour les autres. On le lui avait souvent reproché à la banque. Elle n'était pas payée pour aider les malheureux à s'en sortir, mais pour préserver les intérêts de la banque. Mais c'était plus fort qu'elle.

La page était tournée et une nouvelle vie l'attendait. Au lieu de ressasser, il fallait aller de l'avant, penser à l'avenir, à ce qu'elle allait devenir.

Et Rafe, qu'allait-il devenir ? Dans le fond, il était bien plus à plaindre qu'elle.

Le téléphone sonna. Elle décrocha et reconnut la voix d'Emma.

— Tout se passe bien, à la maison ?

— On ne peut mieux, la rassura-t-elle. Et toi ? Comment te sens-tu ?

— Oh, moi, je suis en pleine forme. Gage ne me quitte pas d'une semelle, il est adorable. Dis-moi, j'ai pensé à quelque chose. Lundi, je ne travaille pas. Si nous allions faire un tour à Casper, toutes les deux ?

— Excellente idée !

— Super ! Je me sens pousser des ailes. Cela fait des lustres que je n'ai pas couru les magasins. Gage est plein de bonne volonté quand il m'accompagne, mais il en a vite assez.

— Tu as intérêt à prévoir de bonnes chaussures !

— Je ne mettrai pas de talons aiguilles, sois tranquille ! Bon, je vais te laisser, maintenant ; j'ai du travail. Avec ce temps, tu verrais le monde qu'il y a à la bibliothèque...

Après avoir raccroché, Angela vaqua encore un moment dans la cuisine, puis elle monta prendre sa douche et se changer.

A 11 heures, Rafe n'avait toujours pas montré le bout de son nez. N'y tenant plus, la jeune femme alla frapper à sa porte.

Il ouvrit, torse nu, vêtu en tout et pour tout d'un pantalon de jogging qui avait vu de meilleurs jours. Il avait les paupières gonflées et les cheveux en bataille.

— Je vous réveille ? Je suis désolée.

— J'étais en train de me lever. Il y a un problème ?

Plantée devant lui comme une idiote, Angela songea qu'elle aurait mieux fait de s'abstenir. Il était si... impressionnant, dans cette tenue.

— Je voulais juste, euh... m'assurer que tout allait bien.

— Tout va bien.

La conversation étant close, elle tourna les talons. Mais Rafe lui mit une main sur l'épaule.

— J'ai un service à vous demander. Pendant que je prends ma douche, pourriez-vous descendre avec Junior et commencer à lui donner son biberon ?

Quel bonheur de tenir un bébé dans ses bras ! songeait Angela quelques minutes plus tard, en regagnant la cuisine. Joli comme un cœur dans une grenouillère flambant neuve, Junior était gai et plein de vie.

Et il avait toujours aussi bon appétit ! Le biberon qu'elle lui donna dans le salon, confortablement installée dans le rocking-chair, ne resta pas plein longtemps.

Consciencieuse, Angela s'appliqua ensuite à lui faire faire son rot. S'occuper du bébé était un vrai plaisir. Pour une fois qu'elle se sentait utile...

Le bébé semblait tellement se plaire dans ses bras que Rafe le lui laissa et s'assit sur le canapé.

— Il est en pleine forme, fit remarquer Angela. Pauvre chou ! S'il savait ce qui se trame à son propos...

— Il n'y est pour rien. Tout est ma faute.

— N'exagérez rien.

— Je n'exagère pas. C'est la vérité.

— Vous... n'envisagez plus de l'abandonner, n'est-ce pas ?

— Non. Je ne le confierais à personne, et surtout pas à Manny.

— Qui, en dehors de moi, sait que vous aviez l'intention de le laisser à Nate ?

— Mon chef de service. Elle trouvait que c'était une bonne idée. On ne peut pas infiltrer le milieu de la drogue quand on a un bébé sur les bras.

— Non, c'est évident. Vous a-t-elle poussé à prendre cette décision ?

— Elle m'a poussé à prendre *une* décision. Quelle qu'elle soit.

— Et qu'avez-vous décidé ?

Il poussa un soupir à fendre l'âme.

— Je ne peux pas abandonner le petit, mais je ne veux pas davantage abandonner mon travail. Un vrai dilemme ! Je suppose qu'il va falloir que je me résigne à mener une vie plus routinière.

— Et cela vous coûte tant que cela ?

— Ça va me changer. J'ai toujours pensé qu'il fallait vivre dangereusement. J'aime le risque. D'ailleurs, je me demande si je ne suis pas déjà en train de rouiller.

Angela ne put retenir un éclat de rire.

— Vous n'avez pas l'air trop rouillé !

— J'entends pourtant grincer les rouages de mon cerveau. C'est horrible à dire, mais j'ai parfois l'impression de n'être plus bon à rien, de dépenser toute mon énergie à m'occuper de ce bébé.

Cet aveu, émis d'un ton calme, avait les accents de la sincérité.

Angela hocha la tête.

— Donnez-le-moi, dit brusquement Rafe. Il faut que j'aille le changer.

Il monta avec Junior. Dix longues minutes s'écoulèrent pendant lesquelles Angela attendit sans rien faire. Puis elle se leva et alla regarder par la fenêtre. Il neigeait dru, à présent. Elle frissonna, malade de froid et de solitude.

La vie était décidément trop injuste...

Gage fit irruption en milieu d'après-midi. Rafe avait attendu pour redescendre qu'Angela eût regagné sa chambre.

Cela valait mieux ainsi. Elle en savait déjà beaucoup trop sur lui. Il ne tenait pas à lui dévoiler tous les secrets de son âme. Le seul moyen de se protéger était de lui parler le moins possible.

Mais l'arrivée inopinée de Gage vint contrarier ses plans.

— Emma est gelée. Je viens lui chercher un pull, expliqua Gage. Tout le monde va bien ?

— Tout le monde dort, sauf moi.

Gage sourit.

— Alors, s'il te plaît, donne cette lettre à Angela, quand elle sera réveillée.

Joignant le geste à la parole, il tira de la poche poitrine de sa veste de cuir une enveloppe à fenêtre.

— Je n'y manquerai pas, dit Rafe en prenant la lettre.

Quelle barbe ! songea-t-il. Lui qui avait décidé d'éviter Angela...

Après le départ de Gage, la maison lui parut étrangement calme et silencieuse. Depuis que Junior avait fait dans sa vie une entrée en fanfare, il avait un peu perdu l'habitude de la solitude.

La vérité, c'était que la compagnie d'Angela lui manquait. Qu'il le veuille ou non, il ne supportait plus de n'avoir personne à qui parler, de se retrouver seul entre quatre murs.

Eh bien, songea-t-il, l'humeur morose, cela promettait !

En attendant, le ronronnement monotone du réfrigérateur l'agaçait et la vue des flocons de neige, qui virevoltaient derrière les fenêtres, le déprimait. Incapable de rester en place une seconde de plus, Rafe prit l'enveloppe et monta à l'étage.

La lettre à la main, il frappa à la porte d'Angela. Elle lui ouvrit tout de suite mais ne dit rien, visiblement méfiante.

— Gage m'a demandé de vous remettre ceci.

Elle prit l'enveloppe et l'examina.

— La banque pour laquelle je travaillais. Merci.

Sur le seuil de la porte, devant Rafe qui ne savait s'il devait partir ou rester, elle décacheta la lettre et tira de l'enveloppe une feuille de papier de mauvaise qualité sur laquelle étaient griffonnées à l'encre bleue quelques phrases apparemment difficiles à déchiffrer. Au fur et à mesure qu'elle lisait, Rafe voyait les traits de son visage s'affaisser. Lâchant la lettre, elle fit brusquement volte-face et enfouit la tête dans ses mains, les épaules soulevées par de violents sanglots.

Sans se préoccuper de savoir s'il avait tort ou raison, Rafe ramassa la lettre et la parcourut des yeux.

« Chère mademoiselle Jaynes,

» Vous ne vous souvenez probablement pas de moi, mais vous avez saisi notre ferme l'été dernier. Je voulais que vous sachiez que je vous suis reconnaissante de tout ce que vous avez fait pour empêcher ça. Mais il faut aussi que je vous dise que mon mari s'est suicidé deux semaines plus tard. Je ne sais pas ce que les enfants et moi allons devenir... »

Rafe ne fit ni une ni deux : obéissant à un instinct profond, à un élan de tout son être, il prit la jeune femme dans ses bras et l'étreignit tendrement. Elle pleurait sans bruit contre sa poitrine, mouillant sa chemise de ses larmes. Confronté à sa détresse, il sentit quelque chose se briser en lui. Les vannes de ce puits d'émotions si soigneusement enfoui au plus profond s'ouvrirent toutes grandes, libérant d'un seul coup la compassion qu'elle lui inspirait.

— Vous n'y êtes pour rien, s'entendit-il murmurer.

Voyant qu'elle tremblait comme une feuille, il la fit s'asseoir sur le lit. Pour ne pas la priver du réconfort de ses bras, il s'assit à côté d'elle et la laissa pleurer tout son soûl contre son épaule.

— Bande de salauds ! marmonna-t-il en serrant les poings. Ils n'auraient jamais dû vous faire suivre cette lettre. C'est d'une cruauté sans nom.

— Ils ont bien fait, bredouilla Angela entre deux sanglots. Il fallait que je sache ; puisque c'est arrivé par ma faute.

— Non, Angela. Vous n'êtes en rien responsable de cette tragédie. La sécheresse ou la chute des cours du blé qui ont ruiné cette famille ne sont pas de votre fait. Et si cet homme s'est suicidé, vous n'y êtes pour rien. Vous ne lui avez pas tendu la corde pour se pendre. Cessez de vous culpabiliser. Rien de tout cela n'est votre faute.

Elle leva la tête et le regarda à travers ses larmes.

— Si, c'est ma faute. Au moins en partie. J'aurais dû trouver un moyen de les tirer de là.

— Vous avez fait tout ce qui était en votre pouvoir. Cette femme elle-même le dit. C'est la vie, Angie. Personne ne peut rien contre les coups du sort.

— Et ces pauvres gosses..., bredouilla-t-elle, que vont-ils devenir ?

Sa tête nichée au creux de l'épaule de Rafe, elle pleura à chaudes larmes sur le malheur de cette pauvre veuve, sur l'inflexibilité des règles bancaires et la cruauté des créanciers, sur son incapacité à intervenir.

Impuissant à la calmer, Rafe la berçait comme une enfant en lui murmurant des paroles de réconfort, en lui répétant encore et encore qu'elle n'y était pour rien.

Ses sanglots s'espacèrent, puis cessèrent, comme si elle n'avait plus la force de pleurer.

— Il faut que je mange quelque chose, dit-elle d'une voix enrouée. Toutes ces émotions...

— Dites-moi ce que vous voulez ; je vais aller vous le chercher.

— Il y a des bonbons, sur la commode.

La lâchant à regret, Rafe se leva. Il prit les bonbons, lui en déplia un et le lui tendit.

— Merci. Mon sucre sanguin va remonter et...

Elle n'alla pas au bout de sa phrase. Se détournant brusquement, elle se mit à marteler son oreiller à grands coups de poing.

— J'en ai assez de tout ça ! Plus qu'assez !

Rafe ne dit rien. Il se mettait à sa place. Entre sa conscience qui la taraudait, et sa maladie qui ne lui laissait aucun répit, Angela avait de quoi se décourager.

Comme en écho à son désarroi, le vent fit soudain entendre un long sifflement lugubre pareil à celui d'un train solitaire traversant la nuit.

Sans un mot, Angela se tourna vers Rafe et se réfugia dans ses bras, en quête de chaleur et de réconfort.

Rafe ne se fit pas prier pour les lui donner. Il avait *tant* besoin de se sentir utile. C'était là toute sa raison d'être. A l'agence, il avait fait en sorte qu'on ne puisse pas se passer de lui. En devenant le meilleur, il était aussi devenu irremplaçable.

Si Junior avait aussi facilement fait sa conquête, c'était en partie parce que Rafe se savait, là aussi, irremplaçable. Il était et serait toujours le père de cet enfant.

En se réfugiant dans ses bras, Angela faisait de lui le plus heureux des hommes.

Mais s'il flattait son ego, le contact de ce corps lové contre le sien suscitait en lui un trouble insidieux... et délicieux, auquel il s'abandonna sans retenue, paupières closes.

Au diable la prudence dont il s'entourait d'habitude ! Et s'il devait ensuite souffrir comme un damné, eh bien, tant pis ! De toute façon, il était *déjà* trop tard. Les murs de sa tour d'ivoire n'étaient plus qu'un amas de ruines.

Les sirène d'alarme avaient retenti trop faiblement pour qu'il les entende. Il tenait Angela dans ses bras, et c'était désormais tout ce qui comptait.

Laissant parler son cœur, Rafe serra plus étroitement la jeune femme contre lui. Docile, confiante, elle resta longtemps sans bouger. Puis elle leva vers lui ses grands yeux bleus, qui brillaient d'un éclat fiévreux.

L'air hagard, les joues rouges, elle lui parut plus émouvante que jamais dans son désordre de mèches ébouriffées. Et infiniment désirable.

Il dut se faire violence pour ne pas donner libre cours à ses instincts les plus primaires. Son cœur s'emballait, son souffle s'affolait. Il rêvait de s'emparer de sa bouche, d'en explorer tous les secrets, de sentir sa peau sous ses doigts, le parfum de son corps, de la faire frémir et gémir de plaisir...

Le bruit du vent ne fut bientôt plus qu'un vague murmure. L'air de la pièce devint torride, saturé de l'odeur des phéromones que libéraient leurs corps brûlant de désir.

A la seconde où Rafe abaissa sa bouche vers celle d'Angela, il comprit qu'il s'apprêtait à commettre une énorme erreur. Mais il s'en moquait.

Il s'en moquait d'autant plus que la jeune femme accueillit son baiser avec une avidité égale à la sienne. Les reins en feu, Rafe prit possession de sa bouche et leurs langues se mêlèrent, dansèrent, se caressèrent, brûlantes comme le désir qui les consumait.

En proie à la même impatience, à la même faim à assouvir, Angela s'agrippait à lui comme une noyée à une bouée de sauvetage.

Dans un sursaut de mauvaise conscience, Rafe songea encore une fois qu'il avait tort. Mais dans une semaine, deux tout au plus, il regagnerait Miami. Leur liaison prendrait fin d'elle-même. Il ne prenait pas trop de risques...

Mus par la force d'un instinct qui transcendait tout, ils finirent par rouler sur le lit, toujours enlacés, leurs bouches soudées, les baisers succédant aux baisers dans une frénésie que ni l'un ni l'autre ne cherchaient plus à contenir. Angela s'arquait contre lui en gémissant, son corps frêle vibrant de ce même désir farouche et incontrôlable qui dominait le sien.

Exaspérés par la barrière de leurs vêtements, ils se pressaient l'un contre l'autre, tentant désespérément d'apaiser l'incendie qui faisait rage en eux.

Avec des gestes fébriles, Rafe débarrassa la jeune femme de son sweater, puis s'attaqua à son jean, tandis que les doigts impatients d'Angela s'acharnaient sur les boutons de sa chemise. D'un coup de talon, il retira ses chaussures et d'une traction des bras, il fit glisser le jean récalcitrant d'Angela et l'expédia à l'autre bout de la pièce, telle une dépouille inutile. Il put alors venir à la rescousse d'Angela qui bataillait avec la fermeture Eclair de son pantalon. Il acheva de se déshabiller et retomba sur le lit, enfin nu.

Vêtue d'une simple culotte de coton blanc et d'un soutien-gorge assorti, Angela lui parut si belle et si sensuelle, malgré sa fragilité, si émouvante, qu'une nouvelle flambée de désir lui incendia les reins. Il dut étouffer une plainte et réprimer une fois de plus une brutale pulsion animale pour ne pas se jeter sur elle.

Elle prit une profonde inspiration et Rafe reçut son souffle chaud en plein visage. Entre ses longs cils, ses prunelles bleues brillaient comme des éclats de verre. Elle chercha le regard de Rafe, soudain éperdue.

— Je peux encore arrêter, dit-il d'une voix gutturale en fermant les paupières pour mieux puiser en lui la force de se contrôler.

S'arrêter était la dernière chose au monde qu'il souhaitait, lui qui rêvait de lui arracher ses sous-vêtements et de s'enfoncer en elle, au plus profond de cette intimité chaude et humide qu'il devinait si accueillante.

Mais quitte à mourir de déception, il aurait tout arrêté, si elle le lui avait demandé.

L'espace d'un redoutable instant, elle parut hésiter. Puis elle l'attira à elle avec une ardeur presque désespérée, son corps épousant d'instinct le sien.

Le feu qui les consumait depuis des jours explosa brusquement, donnant à leurs ébats une allure frénétique. Rafe s'abattit sur elle avec un grognement sourd, fit sauter les ultimes remparts de sa pudeur et s'empara de ses seins aux mamelons dressés comme d'une place forte trop longtemps convoitée. Le saisissant aux épaules, Angela planta les ongles dans sa peau moite de sueur et creusa les reins en gémissant.

Les mains de Rafe glissèrent sur les hanches d'Angela, l'incitant à nouer ses jambes autour des siennes, à s'ouvrir à lui. Lorsqu'il emprisonna dans sa paume le doux renflement de son sexe, un violent frémissement le secoua et elle s'arqua contre lui, offerte et soumise, implorant silencieusement un soulagement que lui seul pouvait lui donner.

Fier et ému, troublé jusqu'au vertige, Rafe ne demandait pas mieux que d'abréger ses souffrances. Il s'enfonça en elle lentement, étouffant d'un long baiser sa litanie rauque. Un instant, il resta sans bouger pour savourer la sensation de ce fourreau de chair brûlante, puis, en appui sur ses coudes, il se mit à aller et venir en elle de plus en plus vite, Angela adoptant d'emblée ce rythme frénétique, comme si la danse effrénée de leurs corps possédés par l'amour pouvait effacer l'attente, le doute et la souffrance.

S'arrachant brièvement à l'état de transe qui était le sien, Rafe ouvrit les yeux pour contempler la jeune femme. Son regard était chaviré, et ses lèvres humides, rouges et gonflées de l'avoir tant embrassé, luisaient comme des fruits mûrs juste après la rosée... Il songea, ébloui, qu'ils étaient homme et femme, liés par une adéquation totale. Jamais encore il n'avait rien connu d'aussi fort ni d'aussi émouvant. Puis il se sentit basculer, entraîné par des forces impétueuses, et sombra dans un abîme vertigineux et incroyablement voluptueux.

Brutale et infinie, la jouissance irradia tout son corps et il cria son nom en frémissant tandis qu'Angela le rejoignait au firmament.

Lointains tout d'abord, puis de plus en plus présents, les pleurs du bébé tirèrent Angela de la douce torpeur dans laquelle elle avait sombré et dont elle parvenait difficilement à émerger.

Elle sentit bouger Rafe, à côté d'elle. Il lui effleura les lèvres d'un baiser et se dressa sur son séant. Puis elle l'entendit murmurer :

— Je reviens tout de suite.

Elle ne fit pas un mouvement, n'ouvrit même pas les yeux. Il se leva, traversa la chambre d'un pas lourd et sortit dans le couloir, refermant la porte d'un bruit sec, définitif.

Angela eut l'impression qu'une main de glace lui broyait le cœur. Elle se sentait rejetée, mal-aimée et elle avait honte. Terriblement honte. Roulant sur elle-même, elle s'enfonça sous les couvertures et enfouit son visage dans l'oreiller.

Quelle sotte ! songea-t-elle en réprimant ses larmes.

Elle était seule et malheureuse, mais elle l'avait bien cherché.

Rafe ne reviendrait pas. Le bébé n'était qu'un prétexte. Il en avait profité pour filer. Mais à quoi donc s'attendait-elle ? Elle savait bien qu'en faisant l'amour avec Rafe, elle n'avait rien d'autre à espérer que ces quelques minutes d'intimité partagée. Qu'était-elle allée s'imaginer ?

— Ça va ?

Suave et profonde, la voix de Rafe la fit sursauter. Elle ne s'attendait pas à le voir rappliquer, le bébé dans les bras, un biberon à la main... dans le plus simple appareil.

— J'ai été un peu long, dit-il d'un ton d'excuse. Le biberon n'était pas prêt.

Elle acquiesça d'un rapide hochement de tête et enfouit de nouveau son visage dans l'oreiller.

Mais lorsqu'elle entendit craquer les lattes du sommier et qu'elle sentit le matelas s'enfoncer, elle voulut savoir ce qu'il fabriquait. Il s'était glissé entre les draps et avait couché le bébé entre eux. Allongé sur le flanc, en appui sur un coude, Rafe donnait le biberon à son fils.

Cette promiscuité la dérouta un peu. Si on lui avait dit qu'elle paresserait un jour en compagnie d'un homme aussi séduisant que Rafe et d'un bébé adorable, elle ne l'aurait jamais cru.

Le premier moment de surprise passé, elle ne put résister à l'envie de prendre l'enfant contre elle. Un flot de tendresse la submergea tandis qu'elle serrait Junior dans ses bras.

« Profites-en, Angela, l'occasion ne se représentera pas de sitôt », souffla alors en elle une petite voix perfide.

Angela s'arrêta de respirer. L'oppression qu'elle ressentait était si forte qu'elle crut, une fraction de seconde, que son cœur allait exploser. Le sang se mit à couler dans ses veines comme un torrent, battant à coups redoublés dans ses tempes.

En dépit des apparences, ils ne formaient pas une vraie famille, tous les trois. Tout ceci n'était qu'une imposture. Mais la jeune femme n'arrivait pas à s'arracher à cette douce quiétude. Elle avait besoin de croire un petit moment encore, juste un instant volé à l'éternité, que cet homme était son mari, cet enfant, le sien, et que ce bonheur n'aurait jamais de fin.

Son biberon terminé, Junior se mit à jouer avec ses pieds en gloussant de plaisir.

— Que ne donnerais-je pour avoir un peu de sa joie de vivre ! murmura Angela.

— Nous serions sans doute aussi heureux que lui, si nous passions nos journées à nous prélasser et à jouer avec nos doigts de pied.

— Oui, évidemment, admit-elle en riant.

Junior s'agrippa à son index et s'amusa à le secouer. Attendrie, elle se pencha sur lui et l'embrassa sur le front.

— Je suis sûr que vous seriez la plus douce des mamans, dit Rafe d'une voix étrange.

Angela le regarda, intriguée. Qu'essayait-il de lui dire ? Il se détourna brusquement, se leva et prit dans ses bras le bébé qui s'endormait.

— Je vais le recoucher, dit-il simplement en s'en allant.

Il regrettait déjà, songea-t-elle, le cœur déchiré. Il ne voulait même pas jouer à faire comme si. S'était-il seulement donné la peine d'essayer ? Même pas ! Rafe Ortiz était bien trop égoïste ; il l'avait déjà prouvé par le passé.

Folle de rage, Angela bondit hors du lit, fit un tas des vêtements de Rafe, éparpillés aux quatre coins de la chambre, et les jeta dans le couloir. Puis elle ferma la porte à clé, en proie à une indicible détresse. Il lui semblait qu'un vent d'acrimonie balayait la terre entière de son souffle glacial.

⁂

Quel sale caractère ! songea Rafe, mi-figue, mi-raisin, en ramassant ses vêtements.

Angela était vraiment un cas. Mais dans son genre, il n'était pas mal non plus.

Avec tous les drames de son existence, Angela avait des circonstances atténuantes, alors que lui n'avait aucune excuse pour s'être une fois de plus conduit comme un pauvre type. Pourvu, au moins, qu'il ne l'ait pas mise enceinte ! Il ne faudrait pas qu'en plus, elle perde encore une fois son bébé...

A quel jeu jouaient-ils, Angela et lui ? se demanda-t-il une fois rhabillé, en descendant se préparer un peu de café. Au chat et à la souris ?

Mais que lui importait, dans le fond, puisque leur liaison allait de toute façon bientôt se terminer ? Il aurait mieux valu pour tous les deux ne jamais la commencer. Sans cette maudite lettre, qui avait mis Angela dans tous ses états, rien ne serait arrivé. Que ne s'était-il contenté de la consoler...

Elle devait penser qu'il avait profité de la situation. Ce qui n'était pas complètement faux. Raquel ne l'avait-elle pas traité de lâche ? N'avait-il pas une fâcheuse tendance à prendre chez les autres ce qui lui faisait envie pour ensuite leur fausser compagnie ?

Rafe n'était pas loin de penser qu'il était l'être le plus ignoble que la terre eût jamais porté.

Un coup frappé à la porte d'entrée le tira de ses réflexions.

Il alla ouvrir et se trouva nez à nez avec un huissier. La stupéfaction tétanisa tous ses muscles.

— Rafe Ortiz ? demanda l'homme d'un ton bourru.

— Lui-même.

L'huissier lui remit une grosse enveloppe brune en

échange d'une signature, le salua d'un hochement de tête et fila.

Debout sur le pas de la porte, en plein courant d'air, Rafe considérait l'enveloppe d'un œil torve. La rage qui faisait bouillonner son sang comme un acide lui donnait des envies de meurtre.

— Rafe ? appela Angela, derrière lui. Qu'est-ce que c'est ?

Il claqua la porte et se retourna.

— Ce salaud de Manny a bel et bien intenté une action en justice contre moi ! Il me le paiera. Je vais lui faire passer le goût du pain, croyez-moi !

— Nate vous avait prévenu.

— Je sais. N'empêche que tant que je n'avais pas l'assignation entre les mains...

De colère, il jeta l'enveloppe à travers le vestibule.

— Vous devriez quand même regarder de quoi il s'agit, suggéra Angela. A tout hasard. Pour avoir une idée de la marche à suivre.

— La marche à suivre, je la connais ! Je vais me dégoter le meilleur avocat qu'on puisse trouver dans ce trou perdu et me débrouiller pour faire annuler la procédure.

— La faire annuler ?

— Oui. Pour la simple et bonne raison que je ne réside pas ici. Je suis seulement de passage.

Mais Rafe était beaucoup moins sûr de son coup qu'il n'en avait l'air. La partie n'était pas gagnée. Loin de là. Tout ce qu'il savait, c'était qu'en aucun cas il ne laisserait Manny Molina lui prendre son fils. Dût-il le tuer pour l'en empêcher.

— Je..., bredouilla Angela en rougissant. Je suis désolée pour tout à l'heure. Je ne sais pas ce qui m'a pris de jeter vos vêtements dans le couloir.

— Moi, je sais. Et entre nous, vous avez très bien fait.

Car voyez-vous, je suis une vraie calamité pour le genre humain.

Sur ce, il ramassa l'enveloppe et tourna les talons, la laissant méditer ces paroles.

9.

La neige, qui était tombée tout le week-end en flocons légers et incertains, recouvrait le paysage d'un épais manteau blanc.

Rafe y prêta à peine attention. Il avait d'autres chats à fouetter que de s'extasier sur les paysages enneigés du Wyoming.

Dès la première heure, le téléphone dans une main, l'annuaire dans l'autre, Rafe avait fait le tour des avocats de la ville. Le premier représentait Manny, le second ne traitait jamais d'affaires relevant du droit familial, mais le troisième fut le bon. Contre toute attente, il obtint le jour même un rendez-vous avec Constance Crandall.

Fallait-il en conclure qu'elle était moins compétente que les autres ? se demanda-t-il, vaguement inquiet. Les clients ne se pressaient pas à sa porte, apparemment. Ce n'était jamais bon signe. D'un autre côté, Gannet County n'était pas Miami...

De toute façon, il n'avait pas vraiment le choix.

Lorsqu'en milieu de matinée, Angela rentra de son jogging, les joues rougies par le froid, il ravala sa fierté et lui demanda de garder le bébé pendant qu'il se rendait chez l'avocate.

— Je peux vous y conduire, si vous voulez.

Il déclina son offre.

— C'est tout près d'ici. Si je pouvais éviter de sortir Junior par un temps pareil, ce ne serait pas plus mal.

Angela parut s'émouvoir qu'il se préoccupât ainsi du bien-être du bébé. Son air ébloui l'agaça. Vouloir laisser Junior à la maison n'avait pourtant rien d'extraordinaire. C'était juste une question de bon sens.

A Miami, les choses risquaient d'être beaucoup plus compliquées. Comment ferait-il, avec le bébé sur les bras, pour consulter un avocat ? Où trouverait-il au pied levé une personne de confiance à qui laisser Junior ?

Mais il n'en était pas là. Pour l'heure, il devait aller voir cette Constance Crandall et lui expliquer qu'il tenait à garder le bébé, même s'il devait perdre son travail et y laisser sa santé.

L'humeur maussade, il enfila ses vêtements les plus chauds, et paré à affronter la tourmente, il se mit en route, maudissant à chaque pas la neige qui collait à ses chaussures et ralentissait sa progression, et le froid qui engourdissait ses mains et ses pieds insuffisamment protégés. Que diable était-il venu faire dans une contrée pareille ?

L'étude de Me Crandall se trouvait dans l'une des grandes bâtisses cossues qui s'alignaient le long de Front Street. Il fut accueilli par une secrétaire entre deux âges dont l'air efficace et avisé lui fit une excellente impression. Transi, il accepta avec joie le café qu'elle lui proposa... et lui apporta dans une tasse en faïence et non un gobelet en plastique comme il s'y attendait.

Moins de dix minutes plus tard, il fut introduit dans le bureau de l'avocate, une pièce spacieuse et agréable, dont il remarqua en premier lieu la cheminée dans laquelle flambaient de vraies bûches.

Constance Crandall avait une épaisse crinière châtain

roux et des yeux verts très perçants derrière les verres épais de ses lunettes à monture d'écaille. Son extrême jeunesse le surprit.

— Vous exercez depuis combien de temps? demanda-t-il d'emblée.

— Un an, répondit-elle sans paraître se formaliser de son manque de tact.

— Vous vous sentez à la hauteur?

— Je me suis spécialisée dans le droit familial, et au cours de cette première année, j'ai traité six cas de conflits pour garde d'enfants.

Six, seulement, songea Rafe, dubitatif. Mais encore une fois, avait-il le choix ? Il tendit les papiers apportés par l'huissier.

— Le plaignant est l'oncle de mon fils. Il revendique la garde du bébé.

— La loi fait généralement prévaloir les droits des parents contre ceux des autres membres de la famille, monsieur Ortiz.

Elle prit rapidement connaissance du dossier et leva de nouveau les yeux vers lui.

— Je vois que le plaignant vit en Floride. Et vous, monsieur Ortiz, où habitez-vous?

— Egalement à Miami.

— Aucune action en justice ne peut donc être intentée ici. Seuls les tribunaux du lieu de résidence de l'enfant sont compétents pour trancher. Ce problème doit être réglé à Miami. Cela présente-t-il un inconvénient à vos yeux?

— Oui et non. En fait, j'aurais préféré me débarrasser de ce souci le plus vite possible.

— En ce cas, voyons ce que nous pouvons faire. Il y a peut-être un moyen de porter l'affaire devant les tribunaux locaux. Mais il faudrait que vous puissiez prouver que l'enfant réside à Gannet County.

Rafe hésita.

— Qu'ai-je à gagner à régler le problème ici plutôt que là-bas ?

— Cela ira plus vite. Les affaires étant moins nombreuses ici qu'à Miami, les délais s'en trouvent raccourcis. En outre, on ne badine pas avec les droits parentaux, dans le Wyoming. Mais vous n'êtes pas pour autant assuré d'avoir gain de cause. Tout dépend de l'impression que vous ferez au juge. Avez-vous de la famille dans la région, monsieur Ortiz ?

Comme il tardait à répondre, elle ajouta :

— Tout ce que vous pourrez être amené à me dire est couvert par le secret professionnel. Cela restera entre nous.

— Nate Tate est mon demi-frère. C'est la raison pour laquelle je suis venu à Gannet County. Je pensais qu'il pourrait se charger du bébé... jusqu'à ce que mon travail me permette de le reprendre.

Il était un peu en deçà de la vérité, mais tant pis ! Rafe se serait fait hacher menu plutôt que d'avouer que sa première intention avait été d'abandonner le bébé.

Le visage de l'avocate s'illumina d'un grand sourire.

— Nate Tate ? Je n'en espérais pas autant. L'affaire est dans le sac, monsieur Ortiz. Et si vous me parliez de ce Manny Molina ?

Lorsqu'il rentra, Rafe trouva Angela installée dans le salon avec Junior. Elle lui mimait des comptines et des jeux de doigts qui semblaient le fasciner.

— Vous avez vu comme il est attentif ? s'extasia la jeune femme. Je suis sûre qu'il comprend tout ce que je lui raconte.

La gaieté d'Angela et l'enthousiasme qu'elle montrait à s'occuper de Junior faisaient réellement plaisir à voir, même si Rafe était un peu jaloux de son fils parce qu'il monopolisait toute l'attention de la jeune femme.

Angela daigna enfin lui accorder un regard.

— Alors ? Comment ça s'est passé ? demanda-t-elle.

— Relativement bien, je pense. Mais je boirais bien quelque chose de chaud ; il fait tellement froid dans ce patelin. Allons dans la cuisine ; je vous raconterai tout en préparant un peu de café.

Constance Crandall lui avait recommandé de ne parler à personne de son litige avec Manny Molina, mais il avait toute confiance en Angela. Entre eux, les barrières s'étaient levées les unes après les autres et il savait que désormais, il pouvait tout lui dire, sans peur, sans fausse honte, comme s'ils se connaissaient depuis toujours.

— Je lui ai tout raconté, dit-il en posant sur la table deux tasses remplies de café fumant.

Angela en eut le souffle coupé.

— Vous lui avez dit que vous vouliez laisser Junior à Nate ?

— Oui, mais sans préciser qu'au départ, mon intention était de le lui laisser définitivement. D'ailleurs, si je devais me séparer de lui, aujourd'hui, ce serait pour un laps de temps très court, juste pour me permettre de régler mes affaires.

Elle se contenta d'acquiescer d'un hochement de tête, mais Rafe remarqua qu'elle serrait plus étroitement le bébé contre elle.

— Elle m'a conseillé de me faire domicilier ici, où les tribunaux sont moins surchargés qu'à Miami, et où en tant que beau-frère de Nate, j'ai toutes les chances de gagner.

Les yeux brillant comme des étoiles, Angela s'exclama en riant :

— J'en étais sûre ! Nate passe pour un saint, dans le

coin, et tout ce qu'il dit est parole d'évangile. S'il déclare que la garde de Junior doit vous revenir, personne ne s'avisera de le contredire. Absolument personne.

Comme il ne répondait pas, elle fronça les sourcils.

— Mais ? dit-elle. Je sens qu'il y a un *mais*.

— Eh bien, le problème, maintenant, c'est qu'il va falloir que parle à Nate de cette idée saugrenue que j'ai eue de vouloir lui confier le bébé.

Non seulement il avait honte, mais en plus, Rafe craignait que son demi-frère ne le jugeât mal.

— Ne vous en faites pas, Rafe. Je pense que Nate comprendra. C'est un homme bon et charitable.

Rafe secoua la tête.

— Je devais avoir perdu la raison. Confier mon fils à un étranger ? Il faut être fou pour faire une chose pareille !

— A votre place, j'irais lui parler tout de suite, dit Angela. Je ne sais pas si vous êtes comme moi, mais j'ai horreur de temporiser.

— Moi, c'est pareil, confia-t-il en se levant.

Il s'approchait du téléphone lorsqu'on frappa à la porte d'entrée.

Il alla ouvrir, tandis qu'Angela, mue par un sixième sens, le rejoignait dans l'entrée.

— Manny ! dit Rafe en esquissant un mouvement de recul.

Avant même d'entendre son nom, Angela savait qui était cet homme trapu d'origine hispanique qui leur rendait visite.

— Salut, Rafe ! Tu me fais entrer ou tu me laisses geler sur pied ?

Sans attendre d'y être invité, Manny franchit le seuil en bousculant Rafe au passage. Craignant le scandale, celui-ci préféra ne rien dire et se contenta de fermer la porte.

— Mais c'est mon neveu ! dit l'homme en désignant le bébé, dans les bras d'Angela. Regardez-moi ça, si ce n'est pas honteux ! Quel père exemplaire, en vérité ! Il se débarrasse du bébé en le confiant à une étrangère. Et moi qui étais venu pour essayer de trouver un terrain d'entente ! Mais si c'est pour que tu laisses mon neveu aux mains d'une étrangère...

— Je ne suis pas une étrangère, monsieur Molina, coupa Angela.

— Non, s'empressa de confirmer Rafe.

— Qui est-elle, en ce cas ?

Rafe regarda Angela et répondit sans hésiter, comme sous le coup d'une inspiration soudaine :

— Angela est ma fiancée.

— Votre fiancée ? s'insurgea Angela à mi-voix.

Elle avait réussi à entraîner Rafe dans la cuisine sous prétexte qu'elle avait besoin d'un coup de main pour préparer le biberon.

— Non mais vous vous rendez compte de ce que vous venez de lui dire ? Comment pouvez-vous mentir avec un tel aplomb ?

— Dans mon métier, c'est chose courante. Je mens comme je respire.

— Je croyais pourtant que vous disiez toujours la vérité, rétorqua Angela, qui se demandait s'il plaisantait ou parlait sérieusement.

— Pas si ma vie ou la vie d'un être aimé est en jeu.

Elle lui jeta un regard noir.

— Je ne vous crois pas.

— Ecoutez, ce n'est pas la mer à boire, plaida-t-il. Juste l'affaire de cinq ou dix minutes, le temps de nous débarrasser de lui. Pensez au bébé, Angela. C'est de *lui* qu'il s'agit. Pas de nous !

Elle regarda Junior et dit posément :
— Préparons-lui vite un biberon. Il ne faudrait pas que ce tordu de Manny nous prenne pour des fous.
Il se chargea du biberon mais une fois prêt, il le lui tendit.
— Je préfère garder les mains libres, au cas où.
Elle ne lui demanda pas de préciser sa pensée. Mais elle était du même avis.
Manny attendait toujours dans l'entrée. Il les considéra de ses petits yeux de fouine.
— Querelle d'amoureux, hein ?
— Non, répondit sèchement Rafe. Je n'ai pas d'explication à te donner et je ne suis même pas tenu de te parler. Je te rappelle que nous sommes adversaires dans un procès.
Manny eut un geste de la main.
— D'après mon avocat, le juge va renvoyer l'affaire devant les tribunaux de Miami. Alors, qui est-elle ? Une vagabonde que tu as ramassée dans la rue ?
Angela serra les poings si fort que ses ongles blessèrent ses paumes. Elle voyait tressauter sur la joue de Rafe les muscles de ses mâchoires crispées.
— Je t'interdis de parler de ma fiancée en ces termes, tu m'entends ! Tu n'as pas à savoir qui elle est, de toute façon ! Quant au procès, il aura bel et bien lieu ici. Alors, maintenant, tu déguerpis, et tu prends contact avec mon avocate.
Manny parut insensiblement déstabilisé.
— On fait le méchant ? dit-il en scrutant Rafe de son regard perçant. Laisse-moi te dire que ce n'est pas en abandonnant mon neveu à une étrangère que tu vas en obtenir la garde. Que ce soit ici, ou à Miami, le juge aura vite fait de trancher.
Sans un mot, Rafe lui montra la porte. L'espace d'une redoutable seconde, Manny ne bougea pas. Puis il tourna les talons et sortit en jurant entre ses dents.

— Ce type est détestable, déclara Angela tandis que Rafe refermait la porte.

— Je ne l'ai jamais beaucoup aimé.

— Il est vulgaire et suinte l'hypocrisie. Je comprends que vous l'ayez pris en grippe.

— Pour ce qui est de nos fiançailles..., commença Rafe.

— Il n'y a pas de fiançailles ! coupa Angela d'un ton sans réplique.

— Evidemment. Mais les autres n'ont pas besoin de le savoir.

Elle lui jeta un regard méfiant.

— Il est hors de question que je le jure sur la Bible.

— Je ne vous en demande pas tant. Nous sommes d'ailleurs encore très loin de prêter serment, les uns et les autres. Mais si Manny nous croit fiancés, il risque d'abandonner plus vite la partie...

Angela accepta. Pour Rafe ou pour le bébé ? Elle n'aurait su dire avec certitude pour lequel des deux. Mais le résultat était le même.

— En attendant, dit-elle en lui tendant Junior, il faut que je monte faire ma piqûre.

Il lui décocha son plus beau sourire, celui qui faisait fondre le cœur d'Angela, même par temps glacial.

— Merci, Angie.

— Ne me remerciez pas. Je suis sûre que je vais adorer jouer les fiancées.

Il la regarda monter l'escalier. Tandis qu'il contemplait, fasciné, le balancement de ses hanches, un tiraillement familier dans les reins le ramena en pensée à l'après-midi du samedi. Cette incapacité à contrôler ses propres pulsions augmenta encore la mauvaise humeur qu'avait provoquée la visite de Manny. Par tous les diables, n'avait-il pas assez d'ennuis comme ça ? Quel besoin avait-il de tomber amoureux maintenant ?

⁂

— Zut de zut ! murmura Angela en constatant qu'une fois de plus son sucre sanguin était au plus bas.

Vite, un bonbon ! Que faire, à présent ? Désemparée, Angela hésitait à s'injecter sur-le-champ sa dose d'insuline.

Ce séjour à Gannet County ne lui valait décidément rien. Avec toutes ces émotions, sa glycémie n'arrêtait pas de faire le Yo-yo.

Rafe ne lui laissait aucun répit. Voilà qu'à présent, il clamait qu'ils étaient fiancés. *Fiancés !* Il fallait vraiment qu'il fût contraint et forcé pour affirmer une chose pareille !

Elle l'aurait volontiers étranglé. Le monstre ne s'était même pas rendu compte de l'impact de ses paroles.

Faire sa piqûre maintenant l'obligeait à redescendre illico pour se sustenter, or Angela ne se sentait pas le courage d'affronter Rafe tout de suite.

Ce sale menteur !

Il fallait tout d'abord qu'elle se remette de ses émotions car elle ne voulait surtout pas risquer d'éclater en sanglots devant lui et encore moins de lui sauter à la gorge.

Son calme recouvré, Angela se fit sa piqûre d'insuline et prit le chemin de la cuisine.

Rafe était au téléphone. Avec Nate, à en juger par les quelques bribes de conversation qu'elle put saisir au passage. Sans plus se préoccuper de lui, Angela commença à se préparer à manger. Elle avait la tête qui tournait et les jambes un peu flageolantes, mais elle n'y fit pas vraiment attention, préoccupée qu'elle était par les conséquences imprévisibles qu'avait eues la visite de Manny.

La salade qu'elle était en train d'éplucher lui tomba des mains. Sentant que ses jambes allaient se dérober, Angela tendit le bras vers une chaise...

Quand elle reprit conscience, elle était allongée sur une civière et des flocons de neige lui tombaient sur le visage. Rafe se pencha sur elle.

— Je vous retrouve à l'hôpital. A tout de suite, Angie.

Puis il l'embrassa sur le front, quelques secondes avant que les portes de l'ambulance ne se referment avec un grand fracas.

Rafe fouillait fébrilement dans le sac d'Angela, à la recherche de ses clés de voiture. Grâce à Dieu, il finit par mettre la main dessus. Il faudrait qu'il se décide à aller récupérer sa Chevrolet à la fourrière.

Le bébé, à présent. L'emmener à l'hôpital ne l'enchantait pas vraiment, mais avait-il le choix ?

Moins de cinq minutes plus tard, Rafe put enfin se mettre en route. Il avait peur et maîtrisait mal le tremblement de ses jambes, la sueur de ses paumes.

La dernière fois qu'il s'était rendu à l'hôpital, ça avait été pour apprendre la mort de Raquel et la naissance de son fils. Il se revit devant la tombe de la jeune femme avec le bébé, mais il se passa quelque chose d'étrange. Le nom qui figurait sur le marbre blanc était celui d'Angela.

— Rocky, viens-nous en aide, je t'en prie ! s'entendit-il murmurer. Nous ne voulons pas la perdre.

Nous. Junior et lui. Ni l'un ni l'autre ne pouvaient se permettre un second deuil. Angela faisait déjà partie de leur vie. Le bébé s'était attaché à elle d'autant plus facilement qu'il n'avait jamais connu sa mère. Il avait besoin de sa présence, de sa douceur, de son sourire...

Ce serait catastrophique si elle venait à disparaître. Mais Rafe préférait ne pas y penser. Lui qui n'avait jamais connu son père et avait pourtant souffert toute sa vie de son absence savait ce que c'était que de se sentir orphelin.

La leçon à en tirer était qu'il ne fallait jamais s'attacher. Junior en ferait à son tour l'amère expérience. Mais rien ne pressait, Seigneur ! Il avait tout le temps pour apprendre.

— Elle ne va pas mourir, dit-il au bébé. Je te jure qu'elle ne va pas mourir.

C'était un vœu pieu, qui n'avait d'autre but que de le rassurer lui-même tout en réconfortant Junior, mais il se surprit à prier pour qu'il se réalise.

Nate était déjà sur place, assis dans la salle d'attente des urgences.

— Ils l'ont emmenée, dit-il simplement. Le Dr Randall s'occupe d'elle.

— Etait-elle consciente ?

Nate secoua la tête.

Ils restèrent assis sans rien dire pendant de longues minutes. Junior somnolait dans les bras de Rafe.

— Le médecin a dit qu'il n'y en avait pas pour longtemps, dit soudain Nate. J'espère qu'il ne se trompe pas.

— Moi aussi. Je n'aime pas beaucoup attendre dans ce genre d'endroit.

Nate posa une main sur l'épaule de Rafe.

— Ne t'en fais pas, mon gars. Elle va vite ressortir.

Rafe ferma les paupières un bref instant.

— Elle est tombée d'un seul coup. Je n'ai rien compris. Quand je l'ai vue par terre, toute blanche...

— Que lui est-il arrivé ?

— Je n'en sais rien. Nous avons reçu la visite de Manny. C'est peut-être ce qui l'a perturbée. Ce matin, elle a fait son jogging, comme d'habitude. Le froid, peut-être...

Comme Nate l'encourageait d'un hochement de tête, Rafe confia d'un ton humble :

— Je ne connais pas grand-chose à cette maladie. Toujours est-il qu'après le départ de Manny, nous nous sommes un peu disputés, elle et moi. Puis elle est montée faire sa piqûre d'insuline. Je te téléphonais, quand elle est redescendue pour préparer quelque chose à manger. Et c'est là que... boum !

— Ce genre de malaise est inévitable. Tu n'y es pour rien.

Rafe regarda Nate avec surprise. Sa culpabilité se voyait-elle tant que cela ?

— J'ai déjà tellement de choses à me reprocher.

— Justement ! Ce n'est peut-être pas la peine d'en rajouter. A propos, qu'avais-tu à me dire de si important ?

Nate fixait sur lui son regard si clairvoyant qu'il décourageait toute esquive. Alors Rafe s'ouvrit à lui de tout ce que jusqu'ici, il n'avait osé lui avouer, se déchargeant enfin d'un fardeau devenu trop lourd à porter.

Nate l'écouta jusqu'au bout sans broncher. L'expression de son visage ne trahissait ni surprise ni désapprobation ; elle reflétait juste son incommensurable bonté.

Mais quand Nate retira la main de son épaule, Rafe crut à une condamnation de sa part. Accablé, il attendit le verdict. La culpabilité se répandait en lui, se diffusait dans tous les replis de son être, dans chaque cellule de son corps. Le couperet allait tomber et il l'avait bien mérité.

Un long et torturant silence, troublé un bref instant par le hurlement d'une sirène d'ambulance, suivit sa confession.

Quand la voix grave et bien timbrée de Nate se fit enfin entendre, elle n'était ni accusatrice ni vindicative.

— Il y a des années, quand je n'étais encore qu'un gosse, j'ai mis Marge enceinte et je n'en ai rien su.

Rafe tendit l'oreille.

— En fait, je suis parti à la guerre avant qu'elle s'aperçoive qu'elle attendait un enfant. Parce que autrement, je te jure que je l'aurais épousée, même s'il avait fallu, pour que son père consente au mariage, que je le menace de mon fusil. Mais quand elle s'est rendu compte qu'elle était enceinte, j'étais déjà loin. Son père l'a obligée à aller vivre chez une cousine. Marge n'avait que seize ans et à l'époque, les grossesses hors mariage étaient très mal vues.

Abasourdi, Rafe acquiesça d'un hochement de tête.

— Elle n'a jamais reçu les lettres que je lui ai écrites et les siennes ne me sont jamais parvenues. J'en veux toujours à sa cousine, même après toutes ces années. Sans nouvelles de moi, me croyant mort, Marge a abandonné le bébé.

Ces mots tombèrent dans le silence pesant comme un caillou dans l'étang. Oubliant sa propre détresse, Rafe leva les yeux sur son demi-frère. Au pli de ses lèvres, il sut qu'il était dévasté.

— Marge ne m'a jamais parlé de cet enfant. Même après mon retour. Même après notre mariage. Son père lui avait recommandé de garder le secret. Marge ne voulait pas me faire de peine et comme l'enfant avait été adopté...

— Mais tu as fini par apprendre son existence.

Nate hocha gravement la tête.

— Un jour, vingt-sept ans plus tard, un jeune homme s'est présenté à ma porte. Il recherchait ses parents biologiques.

— Mon Dieu ! Quel choc ça a dû être !

Nate soupira et secoua la tête comme pour fermer la porte aux souvenirs.

— Oui, mais ce qui m'a choqué, ce n'est pas tant que Marge ait abandonné l'enfant, que le fait qu'elle m'ait menti pendant toutes ces années.

Une vieille colère fusa dans son regard, puis retomba, diluée par une amère résignation.

— Je n'ai pas supporté qu'elle ne m'ait rien dit. Cette période a été la plus noire de ma vie. Je n'étais plus moi-même. On me croyait devenu fou.

— Il y avait de quoi.

Plongeant son regard dans le sien, Nate reprit, après un silence plein de réticences :

— Si je te raconte tout ça, c'est pour que tu saches que je comprends ta démarche. Cet enfant, tu ne l'aurais pas laissé à n'importe qui. Tu voulais t'assurer de la probité de la personne à qui tu le confierais. Et cela est tout à ton honneur. Mais à l'avenir, je te demanderai instamment de ne jamais plus me mentir sur des choses aussi importantes. Même par omission.

— Je n'ai pas vraiment menti. J'ai su, en arrivant ici, que je ne laisserais Junior à personne. Même pas à toi.

— En ce cas, tu n'as strictement rien à te reprocher. Mais si tu veux que Marge et moi gardions le petit pendant quelques semaines ou quelques mois, le temps pour toi de régler tes affaires, ce n'est pas un problème. Et si tu décidais finalement de nous le laisser, nous l'élèverions comme notre propre petit-fils. Nous sommes prêts à t'aider, mon gars. La famille, ça sert à cela.

Trop ému pour parler, Rafe se contenta de hocher la tête en regardant le bébé, blotti contre lui. Son vœu le plus cher, en cet instant, était qu'un jour, l'enfant ressemblât à Nate Tate.

*
**

Au bout d'une demi-heure interminable, le médecin vint leur annoncer qu'Angela était tirée d'affaire et qu'elle allait bientôt pouvoir rentrer.

Rafe aurait voulu plus de précisions, mais ni Nate ni lui n'étant de la famille de la malade, le médecin n'aurait rien dit de plus, aussi dut-il renoncer à poser des questions.

Rassuré, Nate put retourner travailler. Comme il s'apprêtait à partir, Rafe le rappela.

— Il y a encore une chose dont je voulais te parler. J'ai vu une avocate, ce matin : Me Crandall.

Nate fronça les sourcils.

— Et ?

— Le procès peut avoir lieu ici. Il faut simplement que je déclare que le bébé est à votre charge pendant quelque temps. Il paraît que si tu es sur les rangs, Manny n'a aucune chance d'obtenir la garde de l'enfant.

Le visage de Nate s'illumina.

— Connie Crandall est un vrai génie ! Je suis ravi pour toi, et Marge va être enchantée de pouvoir pouponner.

— Il n'est pas certain que ça marche, dit Rafe d'une voix hésitante. Tu comprends, je ne peux pas *vraiment* prouver que l'enfant est domicilié ici. Le juge peut renvoyer l'affaire devant les tribunaux de Miami.

— Ça vaut quand même le coup d'essayer. Mais, tu sais, il faudrait peut-être que tu envisages de rester.

Quel intérêt avait-il à retourner à Miami ? se demanda Rafe, après le départ de Nate. Si c'était pour que tous les quatre matins, Manny vienne lui chercher noise ou le supplier de lui laisser voir l'enfant, il valait mieux qu'il n'y remette jamais les pieds.

D'autant plus qu'à présent, Rafe savait à quoi s'en tenir. Il avait acquis la certitude que Manny cherchait à lui faire payer l'arrestation d'Eduardo. Ce salaud n'avait rien trouvé de mieux, pour se venger de lui, que d'essayer de lui prendre l'enfant.

Junior était bel et bien devenu son talon d'Achille.

Lorsqu'un bon moment après, Angela ressortit de la salle de soins, elle était ébouriffée et elle avait l'air gêné, mais elle n'avait plus ce teint cadavérique qui avait épouvanté Rafe quand il l'avait vue évanouie sur le carrelage de la cuisine. Un gros pansement recouvrait son poignet, à l'endroit de la perfusion.

— Je suis désolée, dit-elle en s'avançant vers lui.

— Comment est-ce arrivé ?

— Mon sucre sanguin a chuté et je ne me suis pas préoccupée assez vite de le faire remonter.

Elle haussa les épaules.

— C'est idiot, n'est-ce pas ?

— Non, répondit Rafe en lui prenant la main. Vous avez des excuses. Nous avons eu beaucoup d'émotions, ce matin. Ce qui est idiot, en revanche, c'est que je n'ai pas pensé à vous apporter une veste. Je vais vous donner la mienne.

Angela secoua la tête.

— Je n'en ai pas besoin. Je suis plus habituée au froid que vous. Mais vous pourriez aller chercher la voiture. Quand vous serez devant la porte, donnez juste un petit coup de Klaxon.

— D'accord. Cela ne vous ennuie pas si je vous laisse Junior ?

Elle le regarda, ébahie, comme s'il avait perdu la tête.

— Vous me faites encore confiance ? articula-t-elle finalement.

— Quelle question ! Evidemment, que je vous fais confiance !

— Après que je me suis évanouie sous vos yeux ?

Il la fit s'asseoir sur une chaise et lui mit le bébé dans les bras.

— Je sais que vous ne risquez rien pour l'instant. Mais arrêtez de discuter, sinon vous allez encore vous retrouver en hypoglycémie.

Sur ce, il la laissa. Lorsqu'il jeta un coup d'œil par-dessus son épaule, il vit son expression extasiée tandis qu'elle contemplait l'enfant qu'elle serrait dans ses bras.

Ce soir-là, une tempête de neige s'abattit sur Gannet County. Des congères commencèrent à se former le long des rues et devant les maisons. Après dîner, Rafe et Gage firent un saut au supermarché. Mieux valait prévoir un peu de stock, au cas où les rues viendraient à être bloquées.

Pendant ce temps, Angela et Emma bavardaient dans le salon en sirotant leur infusion.

— Et dire qu'à la météo, ils avaient annoncé un radoucissement ! déclara Emma en riant. J'espère au moins que la neige tiendra jusqu'à Thanksgiving. Tu seras encore là, dis-moi ?

— Je ne le pense pas. Je ne voudrais pas abuser de ton hospitalité. Ni de celle de Gage. Vous avez été si gentils de m'accueillir chez vous.

— Si tu juges préférable de rentrer, je ne te retiendrai pas de force, bien sûr. Mais si tu n'es pas à une semaine près, j'aimerais vraiment que tu restes. Gage et moi apprécions beaucoup ta compagnie. Tu sais, la maison nous paraît parfois un peu vide...

Une ombre passa sur le visage d'Emma, qui ajouta, un ton plus bas :

— Le bébé va me manquer, lui aussi.

— A moi aussi, confia Angela dans un souffle.

Elles échangèrent un regard plus éloquent que toutes les paroles qu'elles auraient pu prononcer.

— Quand tu es là, on a un peu l'impression d'être en famille. Alors ne te presse surtout pas de rentrer.

— Je te remercie, Emma. Je vais y réfléchir.

Angela savait, cependant, qu'elle ne resterait pas. Outre le fait qu'elle risquait de se retrouver à court d'argent, prolonger son séjour rendrait plus difficile sa recherche d'un nouvel emploi.

Involontairement, Emma avait mis sur le tapis la question qu'Angela redoutait d'aborder : celle de son avenir. Bon gré mal gré, elle allait devoir rentrer et se mettre en quête d'un travail. Elle allait devoir quitter Rafe et Junior avant d'être trop attachée à eux.

Rafe lui manquerait, lui aussi. Il était lunatique et insondable, mais attachant, malgré tout. Et tellement séduisant...

Mais on ne fondait pas une relation sur une simple attirance physique. Rafe et elle n'avaient aucun avenir ensemble. Ils étaient aussi mal assortis que possible et n'avaient rien en commun, en dehors de leur amour pour Junior.

Troublée par la tournure que prenaient ses pensées, Angela leva les yeux. A son regard plein de sagacité rivé sur elle, elle comprit qu'Emma l'avait percée à jour.

— Que penses-tu de Rafe? demanda-t-elle sans hésiter.

Une lueur narquoise dansa dans les prunelles vertes d'Emma.

— Avec lui, tu es sûre de ne jamais t'ennuyer!

Angela ne put s'empêcher de rougir.

— Trêve de plaisanteries! dit Emma en reprenant son sérieux. Je pense que Rafe est un homme blessé. Il a souffert plus qu'il ne l'imagine.

Angela soupira.

— Je me suis juré, il y a des années, de ne pas tomber dans ce genre de piège. Ma vie est déjà bien assez compliquée comme ça. Et puis, après ce que j'ai vécu avec qui-tu-sais...

— Ce bon vieux Lance, dit Emma en riant. Celui-là, si je l'avais eu sous la main, je lui aurais fait passer un mauvais quart d'heure ! Comme sale égoïste, il se posait là !

— Il n'y avait que moi pour ne pas m'en rendre compte, se lamenta Angela.

— L'amour rend aveugle — mais seulement pour un temps.

— Une fois m'a suffit. Je n'ai pas envie de recommencer.

Emma eut un sourire énigmatique.

— Il y a un autre aphorisme qui s'applique exactement à toi : chat échaudé craint l'eau froide. De peur de ne pas faire le bon choix, tu vas te condamner à la solitude. Pour ce qui est de te compliquer l'existence avec quelqu'un qui a *aussi* des problèmes, je pense que tu fais un mauvais calcul, Angela. Des problèmes, nous en avons tous. Mais c'est seulement en en parlant, en les partageant qu'on peut arriver à les résoudre.

— Il n'y a pas que ça, ojecta Angela. Je dois avouer que je suis devenue un peu égoïste, après Lance.

— Ce n'est pas étonnant ! Mais l'égoïsme n'est pas forcément un défaut. Tout dépend de son degré.

— Oui, évidemment. Point trop n'en faut. Une relation ne saurait être une voie à sens unique.

Angela posa sa tasse vide sur la table basse et se leva. Préoccupée par ce que venait de lui dire Emma, elle se mit à faire les cent pas.

Si Rafe aimait tant Junior, c'était parce que le bébé était la seule personne au monde dont il n'avait rien à craindre. La seule personne au monde à dépendre de lui entièrement.

Marqué comme il l'avait été par l'absence de son père, puis la défection de sa mère, il était incapable d'aimer quelqu'un qui risquait de l'abandonner, de le faire souffrir de nouveau.

Non, Rafe n'était décidément pas un homme pour elle.

S'arrêtant devant Emma, elle déclara tout de go :

— Je crois qu'il vaut mieux que je m'en aille. Il faut que je rentre pour me mettre à la recherche d'un emploi.

— Tu pourrais chercher d'ici.

— Je dois rentrer, de toute façon.

Emma n'insista pas. Une expression indéchiffrable sur le visage, elle murmura :

— Comme tu voudras.

Angela n'était pas bien sûre elle-même de savoir ce qu'elle voulait. Mais elle avait au moins une certitude : il *fallait* de toute urgence qu'elle s'éloigne de Rafe.

10.

Finalement, ils ne furent pas bloqués par la neige. La tempête se calma un peu avant minuit, si bien qu'au petit matin, les chasse-neige purent déblayer les rues. Comme d'habitude, Emma et Gage partirent travailler et comme d'habitude, Angela sortit faire son jogging.

Debout devant la fenêtre de la cuisine, en compagnie de Junior, qui babillait dans son transat, Rafe n'en finissait pas d'admirer la lumière éblouissante — presque aveuglante — du soleil qui se réfléchissait sur la neige. Jamais il n'avait vu une telle clarté ni une telle blancheur.

— Dommage que tu ne sois pas plus grand. Nous serions allés faire un bonhomme de neige, tous les deux.

Comme Rafe repensait, en regardant son fils, à la décision qu'il avait prise pendant la nuit, suite à sa conversation avec Nate, Angela entra par la porte de derrière en tapant des pieds pour se débarrasser de la neige qui collait à ses chaussures de jogging. Elle avait les joues rouges et les yeux brillants.

— Qu'est-ce que c'est beau ! dit-elle, un peu essoufflée.

— Beau, mais froid, fit remarquer Rafe. Vous avez l'air gelée.

— Je suis complètement frigorifiée.

— Je vais vous préparer du café. Ça va vous réchauffer.

Pendant qu'il s'affairait, elle monta prendre sa douche et se changer.

Quel courage ! songea Rafe. Angela avait vraiment du mérite d'affronter sa maladie avec autant d'énergie et de volonté. Que ne prenait-il exemple sur elle, lui qui depuis des heures tournait autour du téléphone sans pouvoir se décider à le décrocher...

Lorsqu'elle redescendit, Angela se précipita sur le placard.

— Vite, les crackers !

Inquiet, Rafe la dévisagea. Dieu merci, elle semblait en pleine forme. Pour rien au monde il n'aurait voulu la voir s'évanouir de nouveau.

Vive et enjouée, sans paraître remarquer l'intérêt inaccoutumé que lui portait Rafe la jeune femme s'assit à table pour boire son café et manger ses crackers.

Du fond de son transat, Junior fit des pieds et des mains pour attirer son attention. Avec un sourire attendri, Angela lui donna son index à triturer. Puis elle tourna vers Rafe un regard plein de malice.

— Vous devriez profiter de la neige, dit-elle. Bientôt vous suerez dans la fournaise de Miami et penserez avec nostalgie au froid revigorant qu'il fait ici.

— On ne sue pas à Miami, répliqua-t-il. On se liquéfie.

Elle pouffa de rire.

— Mais je ne suis pas près de repartir.

A ces mots, elle se figea, et bizarrement, son sourire disparut.

— Comment cela ?

— Ce satané procès va sûrement m'obliger à rester dans le coin pendant quelque temps.

Elle hocha lentement la tête.

— Je vois.

Rafe éprouva comme un soulagement d'avoir exprimé verbalement sa décision de rester. Voilà, c'était dit. Il ne risquait plus à présent de faire machine arrière. Les dés étaient jetés.

— Il va falloir que je trouve un appartement pour Junior et moi. Nous ne pouvons rester indéfiniment chez Emma et Gage.

— Et votre travail ?

Rafe haussa les épaules.

— Je vais demander un congé pour convenances personnelles, me débrouiller d'une façon ou d'une autre. Au pire, je démissionnerai.

— Mais je croyais que vous adoriez votre métier ?

— Comme vous dites, je l'ador... *ais*. Au passé. Entre-temps, beaucoup de choses ont changé.

Elle acquiesça de nouveau et grignota un cracker comme pour se donner une contenance. Qu'aurait-elle pu dire ? Il se rendait compte lui-même de l'étrangeté de son attitude.

— Je suis contente pour vous, lança-t-elle d'un ton qui manquait singulièrement de conviction. Mais il y a une chose à laquelle vous n'avez pas pensé.

— Laquelle ?

— Votre prétendue fiancée rentre chez elle à la fin de la semaine.

Rafe ne répondit pas, attendant la suite.

— Il va falloir que vous racontiez une histoire à Manny. Mais je crois que les mensonges, ça vous connaît !

Qu'avait-il fait pour mériter cette pique ? se demanda-t-il, perplexe. Pourquoi Angela éprouvait-elle soudain le besoin de lui faire du mal ?

Incapable de trouver la moindre réponse à cette question, il se contenta d'affirmer :

— Oui, je suis le roi des menteurs.

— Bon, eh bien, je vous souhaite une bonne continuation. Je suis sûre que vous aurez gain de cause. Il n'y a aucune raison pour qu'on vous enlève la garde de l'enfant. Vous vous en sortez si bien...

Elle lui décocha un petit sourire.

— Je viens de repenser à quelque chose.

Sans explication, elle se leva et sortit, et Rafe en resta comme deux ronds de flan, à se demander quelle mouche l'avait piquée.

On ne pouvait décidément faire confiance à personne, songea-t-il, fataliste. Tôt ou tard, on s'en mordait les doigts.

Anéantie, Angela porta les mains à ses tempes. La vie, en ce bas monde, était vraiment cruelle, songea-t-elle en regrettant de ne pouvoir se terrer au fond de son lit jusqu'au retour d'Emma.

Elle ne s'expliquait pas elle-même pourquoi elle avait aussi mal réagi, quand Rafe lui avait annoncé qu'il restait, alors qu'elle, elle partait. Puisqu'elle savait qu'il n'était ni le bon ni l'élu, que lui importait ? Qu'est-ce qu'il lui avait pris de l'agresser de la sorte ?

Si c'était parce qu'il n'avait pas cherché à la retenir, c'était vraiment de la bêtise de sa part.

Elle n'avait plus toute sa tête. A moins que ce ne fût son sucre sanguin qui lui jouât encore des tours... Désireuse d'en avoir le cœur net, Angela contrôla de nouveau sa glycémie. Impeccable !

A quoi bon continuer à se masquer les yeux ? Pourquoi vouloir à tout prix nier l'évidence ? La vérité, c'était qu'elle était profondément déçue. Après ce qui s'était passé entre eux samedi, elle avait espéré, tout au fond d'elle-même, que leur relation évoluerait vers une plus grande complicité.

Tout menteur qu'il était, Rafe ne lui avait pourtant fait aucune promesse. Des serments, des mots d'amour, il n'en avait jamais prononcé. C'était elle qui s'était bercée d'illusions. C'était elle qui s'était imaginé, pour Dieu sait quelle raison, que l'Amour avec un grand A n'était peut-être plus très loin...

Et dire qu'elle s'était juré solennellement qu'on ne l'y reprendrait plus ! Angela devait bien admettre qu'une fois de plus, elle était tombée dans le piège.

Non, elle n'était pas un simple objet de plaisir qu'on pouvait prendre ou jeter à son gré.

C'était la deuxième fois, mais c'était aussi la dernière. Elle s'interdisait désormais de tomber amoureuse, à moins d'avoir reçu une demande en mariage en bonne et due forme.

De Rafe, bien sûr, elle n'était pas vraiment amoureuse. Il était bien trop distant, insaisissable, pour susciter un tel sentiment. C'était juste qu'elle le trouvait très attirant...

Pourquoi, alors, son indifférence l'affectait-elle avec cette violence inattendue ? D'où venait l'accablant sentiment de solitude qui l'assaillait, à la perspective de le quitter dans trois jours ?

Le jeudi matin, un soleil radieux brillait dans le ciel et il faisait une température presque estivale. Les quelques plaques de neige qui subsistaient de la tempête, à l'ombre des arbres et des maisons et au bord des trottoirs, fondaient à vue d'œil.

Lorsqu'elle rentra de son jogging, Angela monta directement prendre sa douche. Elle n'avait pratiquement pas revu Rafe, depuis l'avant-veille, mais il n'avait pas l'air de s'en plaindre. Ils étaient redevenus des étrangers, l'un pour l'autre.

Angela avait beau se répéter dix fois par jour que cela

valait mieux ainsi, elle n'en était pas plus tranquille pour autant. Car où qu'elle aille, elle sentait sa présence, dangereuse et menaçante.

Elle avait hâte de rentrer chez elle pour pouvoir tourner la page, une fois pour toutes.

Forte de cette pensée, elle redescendait manger quelque chose, lorsqu'elle vit Rafe, son fils dans les bras, qui l'attendait au pied de l'escalier.

— J'ai quelque chose à vous demander, dit-il, un peu gêné et maladroit. Nous allons visiter des appartements... et j'aimerais beaucoup que vous veniez avec nous.

Sur le moment, elle en resta muette de saisissement.

— Pourquoi ? répliqua-t-elle. C'est *vous* qui allez y habiter.

— Oui, mais... j'aurais besoin de vos conseils. Jusqu'ici, je n'ai jamais loué que des studios fonctionnels et sans âme. Du moment que j'avais un lit pour dormir et un placard pour ranger mes chemises de rechange... Là, c'est différent. Il y a le petit. Dans quelques mois, il marchera à quatre pattes, grimpera partout. Voilà pourquoi je préférerais avoir votre avis.

— Mais je ne m'y connais pas plus que vous.

— Deux avis valent mieux qu'un.

— Celui de Gage, qui a eu des enfants, est sans aucun doute plus avisé que le mien.

— Gage travaille. Je suis désolé d'avoir l'air d'insister. Je n'aurais pas dû demander...

Comme il était poli et réservé, tout à coup ! Angela détestait cela. Elle le préférait encore froid, distant et arrogant. Et puis, comment refuser, quand c'était demandé aussi gentiment ?

— D'accord, dit-elle en soupirant — et en se maudissant intérieurement de s'être laissé avoir par les sentiments. Mais je crains de ne pas vous être d'une grande utilité.

Elle n'avait pas grand-chose à faire, cet après-midi et, autant l'avouer, elle se faisait une joie de passer quelques heures en compagnie de Rafe et de Junior.

Son départ étant prévu pour le lendemain, elle n'avait aucune raison de se priver de cette petite sortie, qui ne pouvait en aucun cas porter à conséquence.

Les deux premiers appartements qu'ils visitèrent étaient au deuxième étage, ce qu'ils considérèrent tous deux comme rédhibitoire.

— Ce sont probablement des précautions inutiles, fit remarquer Angela tandis qu'ils se rendaient chez Maud, où Rafe l'avait invitée à déjeuner. D'ici à ce que Junior marche...

— D'après ce qu'on m'a dit, cette histoire de garde d'enfant risque de ne pas être réglée avant quatre ou cinq ans.

— Et la DEA, alors ? Comment allez-vous faire ?

— J'ai obtenu trois mois de congé sans solde. Après... j'aviserai le moment venu.

— Votre décision est prise, et bien prise, si je comprends bien ?

— En ce qui concerne le petit ? Un peu, qu'elle est prise ! J'irai jusqu'au bout.

Une émotion si intense s'empara de la jeune femme qu'elle demeura un instant pétrifiée, partagée entre le rire et les sanglots, l'envie de se jeter à son cou et celle de prendre la fuite. Peut-être l'avait-elle mal jugé, finalement...

Tout doux, ma belle, ne t'emballe pas ! songea-t-elle en s'empressant de reprendre le contrôle de ses pensées.

Fidèle à elle-même, Maud les accueillit avec sa brusquerie habituelle. Elle alla même jusqu'à faire des reproches à Rafe.

— Je n'aime pas votre ami, déclara-t-elle.

— Quel ami ?

— Celui qui vous a suivi depuis Miami.

— Qu'est-ce qu'il vous a fait ? demanda Rafe, très intrigué.

— Il ose me dire comment je dois diriger mon restaurant, à moi qui suis là depuis bientôt quarante ans ! Pour qui se prend-il, cet énergumène, pour me donner des conseils et me critiquer ?

— C'est tout Manny ! s'exclama Rafe, amusé. Il tient un restaurant à Miami.

— Ici, on n'est pas à Miami.

— Il faut croire qu'il ne l'a pas compris.

— Eh bien, dites-lui de ma part que s'il n'aime pas mon restaurant, il n'a qu'à aller manger ailleurs !

— Dites-le-lui vous-même, Maud. Manny n'a jamais été mon ami.

— Dame ! Je le lui ai dit, mais ça ne l'a pas empêché de revenir. S'il me cherche, il va me trouver ; c'est moi qui vous le dis !

Son bloc à la main, elle repartit au pas de charge vers la cuisine.

— Dommage que Maud ne soit pas le juge en charge de l'affaire, dit Rafe en souriant.

— Avec elle, ce serait vite réglé !

Angela s'absenta un instant pour aller faire sa piqûre. Lorsqu'elle revint des toilettes, la table était vide. Rafe avait dû en profiter pour aller changer le bébé, songea-t-elle en se rasseyant.

Trop tard ! Manny Molina, qui venait d'entrer dans le restaurant, l'avait repérée et fondait sur elle, tel un prédateur sur sa proie.

Une véritable sensation de panique la prit à la gorge.

— Oh, non ! s'exclama-t-elle en fixant obstinément la nappe à carreaux.

Sa petite manœuvre échoua. L'homme affichait un sourire doucereux.

— Tiens, tiens ! dit-il avec une jovialité forcée. La fiancée de Rafe.

Ce mot malheureux faillit la perdre. Se ressaisissant *in extremis,* Angela leva vers lui un visage serein et déterminé.

— Monsieur Molina. Vous n'êtes pas censé m'adresser la parole.

— Depuis quand ? Vous n'êtes pas partie prenante dans ce procès.

Il se glissa sur la banquette, en face d'elle.

— Qu'avez-vous fait du beau Rafe ? demanda-t-il de sa voix de fausset dans laquelle perçait une sourde jubilation. Vous aurait-il déjà abandonnée ?

Angela préféra éluder sa question.

— Et si vous vous décidiez à m'exposer votre problème, monsieur Molina.

— Mon problème ? glapit-il, soudain écarlate. Ce n'est pas le mien, ma chère, mais celui de Rafe. Il a enlevé l'enfant à sa famille.

— La famille du bébé, c'est lui, répliqua Angela.

Manny secoua la tête. Une grimace haineuse déformait ses traits.

— Il n'est qu'un imposteur, un salaud qui a engrossé ma sœur avant de lui briser le cœur. Il peut critiquer mon frère Eduardo, mais il ne vaut pas mieux que lui, croyez-moi ! Il passe son temps à traîner dans les rues et dans les bars, à s'acoquiner avec les pires voyous qui soient.

— Il fait ça pour son travail.

— Peu importe. Ces agents de la DEA sont bien tous les mêmes : ils font les malins parce qu'ils ont l'aval du gouvernement, mais ils sont encore plus pourris que les types qu'ils traquent. Et dix fois plus menteurs ! Rafe Ortiz comme les autres ! Et je me fais fort de le prouver.

Noyés dans des plis de graisse, les yeux bruns de Manny s'étrécirent et son sourire graveleux vacilla, lorsqu'il vit arriver Rafe, le bébé dans les bras.

— Tu importunes ma fiancée, siffla Rafe d'un ton menaçant.

— Fiancée, mon œil ! Tu ferais mieux de la boucler, Ortiz. Tes mensonges vont te coûter très cher, je te préviens !

Maud vint se mêler à la conversation.

— Faut-il que j'appelle la police ?

Elle darda sur Manny un regard noir.

— Je vous ai demandé de ne pas remettre les pieds ici. Mais je n'ai peut-être pas été assez claire. Vous avez trente secondes pour déguerpir. Pas une de plus !

Manny se leva en jurant entre ses dents et partit sans demander son reste. Pendant quelques secondes, Angela ne dit rien. Elle se triturait les mains pour les empêcher de trembler.

— Il n'a pas l'air de plaisanter, observa-t-elle finalement.

— Qu'est-ce qu'il a dit ?

— Que vous ne valiez pas mieux que les voyous que vous arrêtiez.

Rafe haussa les épaules et installa Junior dans son siège.

— C'est possible. Sauf que je n'encourage pas les gens à se droguer et que je n'approvisionne pas ceux qui se droguent déjà. Et que je n'enfreins pas la loi, bien sûr.

— Jamais ?

Il plongea ses yeux noirs dans ceux de la jeune femme.

— Non, jamais, répondit-il tout net. Ce qui ne veut pas dire que je n'ai pas été tenté, une fois ou deux, de me substituer à la justice, parfois un peu trop lente et trop procédurière. Certains de mes collègues le font. Moi, je suis réglo. Il faut savoir attendre. Je peux être très patient, quand il le faut.

Il soupira et se passa une main dans les cheveux.

— Manny doit se rendre compte que la partie n'est pas encore gagnée.

— Je ne vois pas comment il pourrait gagner, dit Angela.

— J'aimerais bien être aussi optimiste que vous...

Après manger, ils s'arrêtèrent devant une autre agence immobilière. Angela était restée dans la voiture, mais elle n'eut pas à attendre longtemps. Trois minutes plus tard, Rafe revenait en brandissant un trousseau de clés.

— On ne voit ça qu'en province ! déclara-t-il avec un grand sourire qui chavira une fois de plus le cœur de la jeune femme.

Mais qu'avait-il de si spécial pour l'affecter corps et âme ? se demanda-t-elle en se mordant la lèvre pour ne pas pleurer.

La gorge inexplicablement serrée, elle fit mine de regarder par la fenêtre pour ne pas qu'il voie les larmes qui emplissaient ses yeux.

La première maison qu'ils visitèrent était trop petite et trop vétuste. La deuxième sentait le pipi de chat. Ils en ressortirent si vite que la porte n'avait même pas eu le temps de se refermer.

— J'ai l'impression que ça ne va pas être facile, dit Rafe en lui jetant un regard désabusé.

Comme elle ne répondait pas, il ajouta :

— Je ne demande pas la lune. Mais j'ai besoin d'un minimum de confort, et pour le petit, d'un maximum de sécurité.

Angela hocha la tête.

— Vous n'êtes pas très loquace, fit remarquer Rafe.

— Ce n'est pas à moi de décider, autant que je sache !

— J'ai besoin de votre contribution, Angela, dit-il d'une voix humble, comme si toute sa vie en dépendait. Je ne veux pas risquer de me retrouver encore une fois dans une cage à lapin.

— Il ne faut pas exagérer. Vous n'êtes pas à ce point dépourvu de jugeote.

Il la regarda en riant.

— Je ne suis qu'un homme. Or en ce domaine, les femmes nous sont bien supérieures. Vous avez l'instinct de la nidification.

Mus par une force magnétique, leurs regards venaient de se croiser et c'était comme si rien, tout à coup, ne pouvait les détacher l'un de l'autre. Troublée jusqu'au vertige, Angela détourna vite les yeux.

Ils reprirent les visites et tombèrent enfin sur une maison qui correspondait à ce qu'ils cherchaient. Elle comportait deux chambres et elle avait été entièrement repeinte. La cuisine et la salle de bains étaient récentes et le reste était en bon état.

Sans vraiment s'en apercevoir, Angela se prit au jeu et commença à faire des projets d'aménagement, à prévoir l'emplacement du canapé, celui des plantes vertes, la couleur des rideaux. Quand elle s'aperçut que Rafe l'écoutait religieusement, et qu'un sourire amusé flottait sur ses lèvres, elle se tut, consternée.

— J'apprécie beaucoup vos conseils, dit-il avec un sourire encourageant. Vous avez du goût et d'excellentes idées.

Elle rougit comme une collégienne qu'un professeur aurait complimentée pour ses bons résultats.

— Merci, dit-elle dans un souffle.

Il s'avança vers elle, le bébé dans les bras.

— Vous rêvez d'avoir une maison, n'est-ce pas? murmura-t-il en lui effleurant la joue.

— J'ai tout ce qu'il me faut, se défendit Angela.

— En êtes-vous bien certaine?

Comme hypnotisée par son regard étrangement pénétrant, elle songea que dans son esprit, son appartement n'avait jamais été en effet qu'un lieu de passage, un abri provisoire. En attendant...

— Je n'ai jamais eu de maison, moi non plus, confia

Rafe d'un ton dans lequel filtraient le regret et l'amertume.

— Celle-ci peut devenir la maison de vos rêves, dit-elle.

Il secoua la tête.

— Ma vie n'est pas ici, Angie. Pas plus que la vôtre. Mais je crois que je la cherche encore.

Angela retint son souffle, stupéfaite de l'entendre exprimer le sentiment qu'elle-même avait tant de fois éprouvé. Elle avait souvent, elle aussi, eu l'impression de chercher sa vie, un peu comme la Belle au bois dormant attendant l'arrivée du Prince Charmant. Sauf qu'elle, bien sûr, elle risquait de l'attendre longtemps...

Soudain, une vague de mélancolie submergea la jeune femme.

— Ne faites pas cette tête-là, dit Rafe. On dirait que vous allez fondre en larmes.

Il s'approcha encore. Son visage était à présent si près du sien qu'elle pouvait sentir sur sa joue la chaleur de son souffle.

— Un jour viendra, Angie, où vous aurez tout ce dont vous rêvez.

— Non ! dit-elle en s'écartant de lui. Vous mentez ! Jamais aucun homme ne voudra de moi. Alors cessez de me raconter des histoires et ramenez-moi à la maison. Il faut que je fasse mes valises.

— Angie...

— Ne m'appelez pas comme ça ! Je ne suis pas un ange. Je ne suis l'ange de personne. Vous me ramenez ou faut-il que je rentre à pied ?

Le retour se déroula dans le plus profond silence. Dès que la voiture se fut immobilisée, Angela sauta à terre. Entrant en trombe dans la maison, elle monta dans sa chambre et entreprit de faire ses valises. Il fallait qu'elle parte. Loin. Le plus vite possible.

Forte de cette pensée, elle jeta ses affaires pêle-mêle dans les deux valises ouvertes sur le lit. Tant et si bien que quand vint le moment de les fermer, elle se trouva bien embêtée. Ce fut la goutte d'eau qui fit déborder le vase. A bout de nerfs, Angela se jeta sur son lit et éclata en sanglots.

En venant à Gannet County, elle avait fait la plus grosse bêtise de sa vie. Jamais elle ne s'était sentie aussi frustrée et aussi malheureuse qu'au cours de ces deux semaines, passées à envier le bonheur d'Emma et Gage, et à s'imaginer que le destin, le hasard ou la chance avait peut-être mis Rafe sur son chemin...

Rafe était comme un gâteau, dans la vitrine du pâtissier. Un gâteau qu'elle devait se contenter de manger des yeux. Il n'était et ne serait jamais pour elle.

On frappa à la porte, mais elle fit comme si elle n'avait pas entendu. *La paix!* Elle voulait qu'on la laisse en paix. Quand elle aurait pleuré toutes les larmes de son corps, elle se lèverait, bouclerait ces maudites valises et s'en irait.

Mais ses plans allaient être bouleversés. Lorsqu'elle entendit la porte s'ouvrir, elle se retourna d'un bond et vit Rafe.

— Laissez-moi tranquille.

Il poussa un soupir.

— J'ai comme l'impression que j'ai dit, ou fait quelque chose de mal. Je veux savoir ce que c'est.

— Allez-vous-en. Je ne suis pas d'humeur à discuter.

— Moi non plus! répliqua-t-il en entrant dans la chambre et en claquant la porte derrière lui.

Elle ne l'avait encore jamais vu en colère, et devait admettre qu'il était plutôt impressionnant. Mais il lui en fallait plus que ça pour l'intimider.

— Arrêtez de vous conduire comme une brute! Si vous croyez qu'en claquant les portes, vous allez me faire peur...

— Je ne crois rien du tout ! Mais si je ne me retenais pas, je... Je...

— Vous me frapperiez ? C'est ça ?

Il lâcha un juron sonore.

— Je n'ai encore jamais frappé une femme, et ce n'est pas aujourd'hui que je commencerai !

Il se passa une main sur le front.

— Ecoutez, Angie...

— Je vous ai interdit de m'appeler comme ça !

— D'accord. *Angela.* Maintenant, écoutez-moi...

— Je n'ai pas envie de vous écouter. Je veux juste qu'on me fiche la paix.

— Pour l'amour du ciel, Angela, dites-moi ce que j'ai fait de mal !

Sa voix gronda, comme soulevée par une vague de fureur trop longtemps contenue. Le silence qui s'ensuivit parut d'autant plus dense à Angela.

Rafe leva les mains en signe de reddition.

— Pardonnez-moi, dit-il. Je n'aurais pas dû crier. Mais par pitié, dites-moi ce qu'il y a que vous ne supportez pas, chez moi.

— Rien.

— Rien ? Vous vous mettez dans cet état sans aucune raison ?

— Oui.

— Je ne vous crois pas.

— Nous voilà bien ! dit Angela en se dressant sur son séant. Maintenant, si vous vouliez bien me laisser, je pourrais terminer mes bagages.

Rafe se laissa choir dans le fauteuil, croisa les jambes et se mit à la regarder droit dans les yeux.

— En m'y prenant autrement, j'aurai peut-être plus de chance. Alors, voilà. Je sais que je suis un pauvre idiot. Ce n'est pas nouveau. Mais je ne risque pas de changer, si personne ne me dit ce qui ne va pas dans mon attitude.

En dépit de sa colère et de son exaspération, Angela ne put s'empêcher de le plaindre. Il devait être sacrément mal dans sa peau.

— Vous n'êtes pas un idiot.

— Ah ? C'est bizarre. Chaque fois que je me penche sur le gâchis qu'est ma vie, je me dis que je dois être inapte quelque part.

— Oui, et alors ? Ça n'a rien d'extraordinaire. Nous sommes des milliers dans ce cas.

Ses yeux de jais étaient toujours rivés sur elle, comme s'il cherchait à percer tous ses secrets, à se frayer un chemin à travers les coins les plus intimes de son esprit.

— Comparée à la forteresse derrière laquelle vous vous retranchez, ma tour d'ivoire est un château de cartes, dit-il enfin, au bout de ce qui sembla être à Angela une éternité.

Elle se sentit blêmir. Un coup de poing en plein plexus ne lui aurait pas fait plus d'effet.

— Je ne vois pas ce que vous voulez dire, bredouilla-t-elle.

— Vraiment ? Et si nous reprenions la discussion de tout à l'heure ? Je vous disais que je rêvais d'avoir une maison. Qu'avez-vous à répondre à cela ?

Angela haussa les épaules, incapable d'articuler une parole.

— Vous voyez ? Vous refusez d'en parler. La différence entre vous et moi, c'est que moi je suis capable d'exprimer mes désirs et d'espérer qu'un jour ils se réaliseront. Vous, vous les tuez dans l'œuf.

— C'est faux !

— Oh, que non ! Je vous rends folle, n'est-ce pas ?

— Je n'ai jamais dit ça !

— Vous vous feriez tuer plutôt que de l'avouer ! Mais je l'ai lu sur votre visage. Mes années de galère m'ont au moins appris quelque chose. Je vous rends folle, avec cette manie que j'ai de faire trois pas en avant et quatre en arrière ? C'est évident. D'ailleurs, je comprends que vous puissiez être déroutée.

Comme elle gardait obstinément le silence, il reprit :

— Vous, vous fonctionnez différemment. Vous ne faites pas trois pas en avant — et quatre en arrière quand vous sentez que cela devient dangereux pour vous. Non, vous vous fermez le pont-levis d'entrée de jeu.

— C'est faux, répéta Angela, mais avec un peu moins d'assurance que la première fois.

— C'est l'exacte vérité. Et cela n'a jamais été aussi vrai que maintenant. Je suppose que je suis un peu trop envahissant ?

Elle le haïssait. Si les regards pouvaient tuer, il serait déjà mort une bonne dizaine de fois.

— Allez-y, fusillez-moi du regard ! Je l'ai sûrement mérité. Mais il y a une chose, Angie, qu'il faut que vous gardiez présente à l'esprit : je peux reculer quand j'ai peur, et que je me sens menacé, mais je reviens toujours à l'assaut. *Toujours*, vous m'entendez ? Si... vous partez, évidemment, il y a un peu moins de chances.

— Quelles chances ? Je ne suis qu'une autre Raquel pour vous !

Rafe avait les lèvres pincées. Tous ses muscles semblaient tendus comme des cordes de violon.

— C'est ce qu'on appelle un coup bas, ma chérie.

— Je ne suis pas votre chérie !

— Vous ne serez jamais celle de personne, si vous ne vous donnez pas au moins une chance.

Tout en continuant de darder sur lui un regard furibond, au fond d'elle-même, Angela se rendait bien compte qu'elle faisait preuve d'un brin de mauvaise foi. Mais elle ne pouvait s'en empêcher. Il fallait qu'elle s'en aille. C'était la seule issue possible.

— Depuis que nous sommes amants, vous me fuyez !

Les mots avaient jailli malgré elle. Ils lui avaient échappé, malgré elle, car jamais elle n'aurait fait à Rafe l'aveu de son désarroi. Mais ce qui la trahissait plus que les mots eux-mêmes, c'était l'accent de détresse avec lequel elle les avait prononcés.

— C'est vrai, admit-il d'un ton radouci. J'avais peur. Et vous ? On ne peut pas dire que vous ayez recherché ma compagnie. Est-ce par peur, également ?

— Ecoutez, cette discussion est stérile. Je pars, et vous, vous prenez en main votre destin, quel qu'il soit. Nous ne nous reverrons jamais plus, alors, franchement, je vous le demande, quel intérêt cela peut-il avoir de savoir si vous avez peur, si j'ai peur, ou lequel d'entre nous est le plus idiot des deux ?

Il y eut une longue pause, que Rafe finit par rompre, comme à regret.

— Pour moi, c'est d'un intérêt capital. Je veux être sûr que l'idiot, cette fois, ce ne sera pas moi.

Elle le regarda, médusée, se demandant ce qu'elle devait en conclure. Rafe, qui s'était levé, s'agenouilla devant elle, prit son visage dans ses mains en coupe et l'embrassa avec une ferveur quasi religieuse, une fougue qui l'ébranla jusqu'au tréfonds de son être.

— Soyez l'idiote, si cela vous chante, dit-il doucement sans la lâcher, mais moi, je préférerais encore brûler dans les flammes de l'enfer plutôt que de refaire une deuxième fois la même erreur.

Elle n'eut pas le temps de répondre, ni même celui de saisir le sens exact de ses paroles que déjà, la bouche de Rafe s'emparait de nouveau de la sienne, déclenchant en elle une tempête incontrôlable, une bourrasque de passion et de désir d'une force inouïe, qui fit voler en éclats ses résolutions les plus farouches.

Il lui était impossible de résister à cet homme. Tout en

elle n'aspirait qu'à se confondre avec lui, qu'à le sentir plus proche, abîmé en elle, sa chair mêlée à la sienne. Les forces qui faisaient rage en elle défiaient la raison. Frappée de mutisme, Angela découvrait avec consternation qu'elle était en danger comme jamais auparavant. Mais rien ni personne n'aurait pu l'arracher aux bras de Rafe. Ce qui allait se passer entre eux était inéluctable, comme le jour succède à la nuit.

Et au diable les conséquences ! Angela savait qu'elle souffrirait, qu'elle resterait toute sa vie marquée, hantée par le regard de Rafe, par sa voix, par l'odeur de sa peau. Mais elle voulait s'en imprégner à jamais.

Refusant farouchement de penser à demain, Angela s'arqua et ses doigts glissèrent des épaules de Rafe à ses hanches. Elle le voulait à elle. Une dernière fois. Même si sa vie devait s'en trouver bouleversée.

Car demain, Angela ne serait plus tout à fait la même. Mais quelle importance ?

11.

Rafe joua de son corps comme d'un beau violon, révélant une virtuosité insoupçonnée. Longtemps Angela vibra entre ses bras tandis que montait d'elle une douce litanie, une mélodie d'amour.

Emprisonnée dans une étreinte qu'elle ne pouvait briser, elle s'aperçut soudain que Rafe avait donné sans recevoir. Alors, Angela le toucha, le caressa, elle lui donna du plaisir avec ses mains et avec sa bouche, sans penser à rien, si ce n'était au désir obsédant de faire une brèche dans sa peur et de l'amener à son tour à vaincre ses résistances.

Et quand elle y parvint, quand il cria son nom en frémissant, en la serrant contre lui, en s'abandonnant en elle, Angela s'effondra sur lui en savourant intensément la pression de ses bras noués autour d'elle... comme s'il ne devait plus jamais la lâcher.

Allongés côte à côte, ne communiquant plus que par des soupirs et de doux frôlements, ils restèrent un temps infini sous le drap. Comblée, sereine, Angela rêvait d'éternité. Que n'aurait-elle donné pour pouvoir prolonger cet instant à jamais !

Rafe gardait les yeux rivés sur elle, comme s'il craignait de la perdre.

Entre eux, pas de malaise, pas de fausse note, et même le différend qu'ils avaient eu un moment plus tôt ne pouvait gâcher la perfection de ce qu'ils venaient de vivre. Demain serait là bien assez tôt; Angela aurait alors tout loisir, pendant le trajet de retour, de se traiter d'idiote.

Rafe se souleva sur un coude et lui effleura les lèvres d'un baiser léger.

— As-tu besoin de manger quelque chose?

— Non, s'empressa de répondre Angela en se blottissant contre son amant.

Pour rien au monde elle n'aurait voulu rompre la magie de l'instant présent. Surtout pour se soumettre aux contraintes de sa maladie. Tout cela paraissait si loin...

Mais l'après-midi touchait à sa fin et déjà, une douce pénombre les enveloppait. Angela savait que, bon gré mal gré, la réalité n'allait pas tarder à les rattraper. Rafe irait donner son biberon à Junior. Elle irait se faire sa piqûre d'insuline. Puis ils descendraient tous les deux pour dîner avec Emma et Gage. La soirée serait tendue et interminable, chacun s'efforçant d'être gai et de différer le moment des adieux.

— Tu es bien pensive, fit remarquer Rafe.

Elle lui sourit, mais le cœur n'y était pas.

L'espace d'une seconde, le visage de Rafe revêtit une expression étrange, presque douloureuse.

— Es-tu vraiment obligée de partir? demanda-t-il, si bas, qu'elle l'entendit à peine.

— Il faut que je rentre...

— Oui, bien sûr. Mais tu n'es pas à une semaine près, puisque tu as démissionné.

Le cœur d'Angela manqua un battement. Pourquoi cette insistance? Parce qu'il trouvait pratique d'avoir sous la main une maîtresse docile et peu encombrante? Non, elle était injuste.

— Quel intérêt aurais-je à rester une semaine de plus ?

— Eh bien, cela te laissera encore un peu de temps pour te reposer et stabiliser ta glycémie. Après ce qui s'est passé lundi...

— Ce n'était qu'un malaise. Rien de grave.

— Qu'arriverait-il si tu en avais un autre en cours de route ?

— Je ferai plus attention. Le malaise de lundi est entièrement dû à ma négligence.

Il parut hésiter, puis plongeant ses yeux noirs dans les siens, il déclara, comme on se jette à l'eau :

— Je voudrais que tu restes.

Angela retint son souffle. Le cœur battant, elle sonda son regard, scruta son visage comme pour y lire une certitude. Mais ses traits ne reflétaient rien d'autre que son désir de la voir rester.

Elle ferma les yeux, se demandant si ce *Je voudrais que tu restes* méritait qu'elle prenne le risque d'y croire, elle dont la confiance, une fois déjà, avait été trahie.

Certes, avec Lance, les choses s'étaient passées différemment. Il lui avait tout de suite déclaré sa flamme et ils s'étaient fiancés presque dans la foulée. Lance n'avait pas vraiment eu le temps de se rendre compte de ce qu'était le diabète, au quotidien. Quand ils avaient commencé à vivre ensemble, il avait découvert la réalité des piqûres d'insuline, des en-cas plusieurs fois par jour. Si elle n'était pas tombée enceinte, sans doute leur relation aurait-elle tourné court les tout premiers jours...

— Angie ?

Elle ouvrit les paupières et vit le regard de Rafe, droit, lumineux et sincère.

— Reste, dit-il dans un murmure. Rien qu'une semaine de plus.

Une semaine..., songea-t-elle avec amertume. Le temps pour lui de se lasser d'elle.

Mais Rafe serait peut-être le dernier à lui dire *Reste*.

Une semaine... Rien qu'une semaine. Cela n'allait rien changer. Elle pouvait bien s'accorder une semaine pour se donner du bon temps. Elle avait le droit d'avoir, comme tout le monde, une relation amoureuse.

Elle inspira à fond, ne sachant si elle s'apprêtait à signer sa perte ou à prendre un aller simple pour le paradis...

— D'accord, s'entendit-elle répondre.

— Super ! dit-il en la serrant dans ses bras avec emportement et en couvrant son visage de baisers jusqu'à ce qu'elle demande grâce en riant. Mais à présent, il va falloir descendre. Emma et Gage sont rentrés depuis un petit moment.

— Déjà ? dit Angela en se redressant. Mais quelle heure est-il ?

— L'heure de faire ta piqûre.

Comme elle se levait, Rafe la retint par un bras.

— Laisse-moi te regarder la faire, dit-il gravement. Cela fait partie de toi ; tu ne dois pas me le cacher.

— Mais il n'y a aucune raison...

— Si, coupa Rafe en lui posant un doigt sur les lèvres. Ne pas le faire devant moi, c'est ne pas me faire confiance.

Confiance ! Quel besoin avait-il de lui parler de confiance, quand leur relation prendrait fin dans une semaine ? se demanda Angela, perplexe. Mais pourquoi ne pas accepter ? Cela pouvait être un test. Si Rafe ne supportait pas de la voir se piquer, elle préférait le savoir tout de suite, avant d'avoir défait ses valises...

Cela restait malgré tout très gênant. Personne, pas même Lance, n'avait jamais eu accès à cet aspect de son intimité.

La jeune femme avait l'impression, cependant, que Rafe voulait dédramatiser ce geste qu'elle devait accomplir quatre fois par jour. Lui montrer que s'injecter de l'insuline était aussi banal que se brosser les dents ou se coiffer.

S'efforçant d'ignorer son regard posé sur elle, elle sortit son matériel. Elle eut soudain honte de sa nudité, honte des traces de piqûres sur ses cuisses, et elle s'y prit comme un manche pour se prélever une goutte de sang au bout du doigt.

— Tu dois avoir mal aux doigts, à force, fit remarquer Rafe.

— Un peu.

Le plus souvent, elle n'y faisait même plus attention.

Elle prit la seringue, passa sur sa cuisse un tampon d'alcool, pinça la peau et inséra l'aiguille. Puis elle désinfecta de nouveau et jeta la seringue dans la poubelle de la salle de bains.

— Je suis désolé que tu sois obligée de faire ces piqûres, dit Rafe en se penchant pour embrasser sa cuisse à l'endroit de l'injection. Mais je suis content que tu aies le cran de les faire. Maintenant, il faut que j'aille voir Junior.

Il se leva, se rhabilla en vitesse et ramassa ses chaussures. Puis, il déposa un baiser sur ses lèvres et sortit de la chambre.

Que lui arrivait-il ? se demanda Angela. Si elle n'avait pas été aussi lucide, elle aurait presque pu croire qu'il était bouleversé.

— Vous pouvez rester autant que vous voulez, Angela, déclara Gage, le soir au dîner. Emma et moi, nous apprécions beaucoup votre compagnie.

— Je m'accorde une semaine supplémentaire, mais ensuite, il faudra *vraiment* que je rentre, même si je n'en ai aucune envie.

Angela croisa le regard de Rafe, qui lui sourit discrètement. Le cœur battant, elle plongea les yeux dans son assiette, pour cacher son émoi, lorsqu'elle surprit sur le visage d'Emma un air entendu.

Il n'y avait aucune conclusion à tirer de tout cela, songea-t-elle, lucide et désabusée. Rafe lui avait demandé de rester une semaine de plus, pas la vie entière. Et comme une semaine valait quand même mieux que rien, elle avait accepté. Voilà, il n'y avait pas de quoi se monter la tête.

Après dîner, Rafe leur proposa à tous une promenade, mais Emma avait des choses à préparer pour le lendemain, et Gage préférait rester avec elle.

Angela, Rafe et Junior se mirent donc en route tous les trois. Il faisait incroyablement doux et la nuit était claire, presque transparente.

— C'est fou le nombre d'étoiles qu'on voit ici ! s'exclama Rafe, tandis qu'ils se baladaient dans les rues, main dans la main. Je suis sûr qu'à Miami, nous n'en avons pas la moitié !

— Mais c'est impossible, voyons ! répondit Angela en riant. On les voit moins là-bas, à cause des lumières de la ville, mais il y en a tout autant.

— Non, je t'assure. Il n'y a pas la Voie lactée, à Miami.

Elle rit encore et le traita d'idiot. Puis ils rebroussèrent chemin et Rafe déclara :

— C'est dommage qu'ils n'aient pas besoin d'un agent de la DEA, à Gannet County. Je crois que je me serais bien plu...

— Cela vaudrait peut-être le coup de creuser un peu. Ici, évidemment, c'est trop petit. Mais il y a des villes plus importantes, dans le Wyoming, où tu aurais peut-être des chances.

— A Casper, par exemple. Ce ne serait peut-être pas mal...

— Le froid ne te rebute plus, on dirait ?

— Repose-moi la question quand il y aura de nouveau moins cinq au thermomètre !

Dans quinze jours ? Dans un mois ? Le cœur d'Angela bondit dans sa poitrine tandis qu'un fol espoir germait dans son esprit. Peut-être aurait-elle mieux fait de partir, finalement. Cela risquait d'être plus difficile dans une semaine. Infiniment plus difficile...

Elle ne savait pas à quoi s'en tenir, partagée en permanence entre le rire et les larmes, prête à sauter de joie à un moment, et à sombrer dans le plus profond désespoir l'instant d'après.

Et tout cela à cause de Rafe. Elle n'aurait pas dû l'écouter. Mais il était trop tard. Même si elle ne savait pas dans quoi elle s'était embarquée, elle devait à présent aller jusqu'au bout.

Une fois rentrés, ils allèrent chacun de son côté : Rafe pour s'occuper du bébé, elle pour se faire sa piqûre d'insuline.

Sous le jet brûlant de la douche, Angela décida de prendre la vie comme elle venait. Une semaine, c'était peu. Elle avait intérêt à en profiter au maximum.

Elle entendit glisser la paroi coulissante de la douche et vit Rafe enjamber le bord du bac. Un sourire nonchalant sur les lèvres, il lui prit le gant de toilette des mains et entreprit de la laver, méthodiquement, de la tête aux pieds, sans oublier la moindre parcelle de peau.

Troublée jusqu'au vertige, Angela l'agrippa aux épaules et s'en remit à lui, corps et âme. Ce tête-à-tête sur fond de vapeurs parfumées créait une atmosphère dangereusement intime, mais peu lui importait, à présent. Paupières closes, elle se laissa doucement submerger par les sensations exquises que Rafe faisait naître sous ses doigts savonneux. Elle sentit petit à petit son esprit et son corps s'apaiser, sa tension refluer, tandis qu'une délicieuse chaleur l'envahissait.

C'était si bon qu'elle aurait voulu que cela ne s'arrêtât jamais. Mais Rafe lui mit le gant et le savon dans la main.

— A mon tour, maintenant !

Elle prit autant de plaisir à le laver qu'elle en avait eu à être lavée par lui. Elle ne se lassait pas d'admirer ce corps viril, souple et dur à la fois, de passer et repasser le gant sur sa large poitrine, dont la toison frisée l'émouvait, sur ses épaules carrées, ses hanches plates, son dos musculeux.

Lorsqu'elle vit les cicatrices sur son flanc droit, elle suspendit son geste et l'interrogea du regard.

— Des coups de couteau, dit-il d'un ton neutre, dénué d'émotion.

Une sensation de panique étreignit Angela.

— Angie, c'est de l'histoire ancienne. Cela ne doit pas t'inquiéter.

Mais le charme était rompu. Et s'envola du même coup la belle insouciance avec laquelle la jeune femme s'était embarquée, l'après-midi même, dans cette aventure d'une semaine volée à l'éternité. Implacable, la réalité s'imposait de nouveau à elle dans toute sa cruauté.

Rafe exerçait un métier dangereux. Il avait failli se faire tuer. Elle allait bientôt le quitter...

Furieuse contre elle-même, elle lui tourna le dos et s'empressa de se rincer.

— Angie ?

— Laisse-moi, s'il te plaît. J'ai envie... d'être seule.

— Comme tu voudras, dit Rafe d'un ton glacial.

Elle descendit de la douche, enroula une serviette autour d'elle et sortit de la salle de bains aussi précipitamment que si elle avait eu le diable à ses trousses.

Cela ne pouvait pas durer. A quoi bon continuer cette sinistre comédie ? Elle n'avait rien à attendre de Rafe Ortiz. Rien du tout, en dehors d'un grand chagrin d'amour.

⁂

« Qu'elle aille au diable ! » songea Rafe en se frictionnant vigoureusement sous le jet puissant de la douche. Il en avait assez, et même plus qu'assez, de se faire éconduire à tout bout de champ, apparemment sans raison.

Qu'est-ce qu'elles avaient, ses cicatrices ? Angela savait, pourtant, qu'il s'était fait poignarder. Il se souvenait très bien le lui avoir raconté.

Rafe sortit du bac à douche et se planta devant le miroir accroché derrière la porte. D'un coin de la serviette, il essuya la buée qui l'empêchait de voir son reflet... et ses maudites cicatrices. Elles n'étaient pas si effrayantes que ça, bon sang ! Deux larges estafilades argentées dans sa peau mate. Pas tout à fait lisses, soit, mais le chirurgien qui l'avait recousu avait malgré tout fait du bon boulot.

Pourquoi diable Angela s'était-elle enfuie, si ce n'était pas à cause de ces deux malheureuses cicatrices ?

Il voulait savoir. Il avait besoin de comprendre. Il ne pouvait se permettre de faire le moindre faux pas. Il avait déjà perdu Raquel...

Raquel lui avait tourné le dos, exactement comme Angela venait encore une fois de le faire, et il l'avait laissée s'en aller. Il y repensait chaque fois qu'il regardait son fils.

Il ne commettrait pas deux fois la même erreur. Mais pouvait-il, décemment, passer son temps à courir après Angela pour savoir ce qui ne tournait pas rond ?

Avec un soupir, il se sécha et, la serviette nouée autour de la taille, s'empressa de regagner sa chambre. Quand il se réveillerait demain matin, Angela serait sans doute partie.

Mais cela valait peut-être mieux ainsi. Ce n'était pas parce qu'il s'était conduit avec Raquel comme le dernier des imbéciles qu'il devait à présent se laisser malmener.

Non, il n'y avait vraiment aucune raison. Angela lui avait signifié clairement, et à plusieurs reprises, qu'elle ne voulait pas de lui.

Il était temps pour lui de jeter l'éponge.

Mais c'était plus facile à dire qu'à faire.

Le lundi matin, Angela commença à regretter d'avoir accepté de rester une semaine de plus. C'était tout juste si Rafe lui adressait encore la parole.

Elle savait pourquoi il lui faisait la tête et elle avait des scrupules à ne pas s'excuser pour sa conduite inqualifiable du jeudi soir. Mais elle ne s'expliquait pas elle-même ses mouvements d'humeur. Chaque fois qu'il tentait une approche, elle ruait des quatre fers comme une jument farouche.

Franchement, il avait de quoi lui en vouloir.

Telle était sa disposition d'esprit lorsqu'elle rentra de son jogging, en milieu de matinée, et qu'elle trouva Rafe et Junior en train de prendre leur petit déjeuner.

L'air maussade et mal réveillé, Rafe lui dit bonjour du bout des lèvres.

— Le bébé t'a empêché de dormir? demanda-t-elle aimablement.

— Non, pas le bébé.

Elle faillit s'enquérir de ce qui l'avait dérangé, puis jugea plus prudent de s'abstenir.

— Ecoute, Rafe, je voulais te dire combien j'étais désolée de t'avoir rembarré, l'autre soir.

Il resta sans réaction. Versant ses œufs brouillés dans une assiette, il se mit à table, en face de Junior.

— Ce n'est pas grave, dit-il sans même la regarder.

— Si, ça l'est. Je ne sais pas ce qui m'a pris...

Il haussa les épaules, comme s'il s'en moquait éperdument.

— Peu importe. N'en parlons plus.

Des larmes de dépit dans les yeux, Angela détourna la tête et se servit quelques crackers et un verre de lait, qu'elle apporta sur la table.

— Je n'avais pas l'intention de te blesser, dit-elle en s'asseyant à son tour. Je ne suis pas comme ça, d'habitude.

Comme il ne répondait pas, elle renonça et attaqua ses crackers.

La sonnerie stridente du téléphone vint troubler leur tête-à-tête silencieux. Sans se lever, Rafe décrocha le récepteur et répondit.

— Rafe Ortiz, à l'appareil. Oh, bonjour, Connie! Comment ça va?

Connie? Angela sentit un grand froid s'insinuer en elle, soudain. Qui était cette femme? Une collègue de travail, sans doute. Son chef de service, peut-être... Les brèves questions qu'il posa ne la mirent pas sur la voie. Puis il raccrocha et se remit à manger.

— Tu sais, dit-elle après un nouveau silence, je crois que je vais rentrer. A quoi bon rester? Je partirai demain.

La réaction de Rafe ne se fit pas attendre. Mais elle était très différente de ce qu'Angela avait imaginé.

— Si tu pouvais attendre mercredi, dit-il tout à trac.

Surmontant tant bien que mal sa déception, la jeune femme le défia du regard, stimulée par un violent sentiment de révolte.

— Pourquoi? demanda-t-elle

— C'était mon avocate, au téléphone. Le juge veut nous voir tous les deux. Une entrevue est prévue pour demain, alors si tu pouvais ne partir que mercredi, ce serait bien.

— Pourquoi? Je n'ai rien à voir avec tout ça, moi. A moins que le juge ne nous croie fiancés?

Elle s'était mise à crier.

— C'est probablement le cas, continua-t-elle. Cet imbécile de Manny a dû cracher le morceau, et le juge veut avoir une idée de ce à quoi je ressemble. Dieu du ciel, me voilà dans de beaux draps !

Rafe continuait de manger, imperturbable... et muet comme une carpe.

— Puisque c'est comme ça, je pars cet après-midi même ! Quand tu verras le juge, tu lui serviras un de ces mensonges dont tu as la spécialité.

— Je ne mens pas, dit-il posément.

— Sauf quand cela t'arrange.

— Sauf quand c'est nécessaire, et jamais sous serment.

— Cela ne te laisse pas beaucoup d'occasions de dire la vérité ! répliqua Angela avec aigreur.

Il la dévisagea.

— En tout cas, je ne me mens pas à moi-même.

Elle sentit sa nuque se raidir.

— Qu'essaies-tu de me dire ?

— Rien de plus que ce que je t'ai déjà dit.

Il se leva et porta son assiette dans l'évier.

— Je n'ajouterai qu'une chose, Angie : tu pourrais être la plus merveilleuse des femmes si tu te décidais enfin à sortir de ta coquille et à t'intéresser à quelqu'un d'autre que toi.

Sur ce, Rafe prit Junior et tourna les talons, sortant de la pièce et, elle en avait bien peur, de sa vie.

Rafe et Angela se rendirent au palais de justice le lendemain matin pour voir le juge. Angela avait râlé et tempêté, mais au bout du compte, elle n'avait pas eu le courage de faire ses valises. Si sa seule présence pouvait aider Rafe à garder son fils, elle ne pouvait la lui refuser. Mais elle avait un peu l'impression, en montant en voiture avec lui, d'être une condamnée se rendant à l'échafaud. Ni l'un ni l'autre ne disaient mot et le gouffre qui les séparait, d'un siège à l'autre, n'avait rien à envier au Grand Canyon.

L'avocate de Rafe, Constance Crandall, les attendait devant le palais de justice.

— L'affaire s'annonce plutôt bien, dit-elle. Le juge nous est d'ores et déjà favorable.

Le juge Williams était une femme d'une quarantaine d'années, élégante et agréable à regarder. Elle les fit entrer dans son cabinet et s'asseoir sur les chaises tapissées à haut dossier qui se trouvaient face à son bureau.

— Au vu de ce que j'ai lu dans le dossier, le litige devrait être vite réglé. Mais il m'a paru nécessaire de vous poser quelques questions pour éclairer certains points. Je pense, monsieur Ortiz, que cela devrait me suffire pour trancher. Donc, si ce que m'a dit votre avocate est exact, vous avez la preuve absolue que cet enfant est le vôtre ?

— Oui, Votre Honneur. J'ai fait pratiquer un test ADN.

— Est-il possible d'avoir une copie des résultats ?

— Cela ne devrait pas poser de problèmes. Il suffit de la demander à mon médecin traitant.

— Parfait. Si vous pouviez nous communiquer son nom et son numéro de téléphone, ma secrétaire pourrait prendre contact avec lui dès cet après-midi.

Rafe tira son portefeuille de la poche de sa veste et en sortit une carte de visite.

— Merci, dit le juge Williams en donnant la carte à sa secrétaire. Voyons à présent les faits qui vous sont reprochés. M. Molina prétend que vous vous êtes enfui avec l'enfant pour que lui et sa famille ne puissent pas le voir. Qu'avez-vous à répondre à cela ?

Rafe regarda le bébé, qu'il tenait dans ses bras. Plusieurs secondes s'écoulèrent pendant lesquelles Angela retint son souffle.

— C'est en partie vrai, Votre Honneur, répondit-il posément. Juste avant de mourir, Raquel — la mère du bébé, Raquel Molina — a confié au médecin de l'hôpital qu'elle voulait que je soustraie l'enfant à sa famille et prenne en charge son éducation.

— Pour quelle raison?

— Parce que les Molina sont des trafiquants de drogue notoires. Ils importent depuis des années de la cocaïne d'Amérique du Sud.

— Comment le savez-vous?

— Je travaille à la Drug Enforcement Agency, Votre Honneur.

— Je vois, dit le juge Williams en se radossant au dossier de son fauteuil. Combien de membres de la famille sont impliqués dans le trafic de drogue?

— Il y a quelques mois, j'ai arrêté et fait inculper le frère de Manny Molina. Nous savons que sa mère — la grand-mère du bébé — prend également part à ce trafic, et qu'à une époque, Raquel elle-même servait de mulet pour le compte de sa famille.

— Qu'en est-il de M. Manuel Molina?

Rafe hésita et de nouveau, Angela s'arrêta de respirer.

— A ce jour, nous ne détenons aucun preuve formelle contre lui.

Le juge Williams hocha lentement la tête et regarda le dossier qu'elle avait sous les yeux.

— Il exerce le métier de restaurateur, dit-elle.

— Il se dit restaurateur, en effet.

Le juge Williams écrivit quelque chose et demanda :

— Aviez-vous d'autres raisons d'amener l'enfant ici?

— Quelques autres, oui, répondit Rafe sans se troubler. Je n'aurais sans doute pas quitté Miami aussi précipitamment si Manny Molina n'avait pas débarqué chez moi, un soir, sans crier gare. Il m'avait fait suivre.

— Oui, et où est le problème?

— Je suis — ou plutôt j'étais — un agent d'infiltration. J'opérais sous une couverture et mon adresse devait rester secrète pour des raisons de sécurité. Or Manny Molina fréquente toutes sortes de truands qui pouvaient avoir des raisons de m'en vouloir. Et comme en plus, j'avais fait arrêter son frère, j'ai préféré partir sans attendre mon reste. J'avais peur que le bébé ne soit kidnappé, ou qu'on n'essaie de se servir de lui contre moi.

Ces paroles furent accueillies par un nouveau hochement de tête.

— Vous êtes donc parti. Mais pourquoi avoir choisi de venir ici ?

Angela sentit que l'heure de vérité avait sonné. Rafe n'allait pas pouvoir se défiler plus longtemps. Relevant la tête avec peine, il se força à affronter le regard du juge.

— Il se trouve que j'ai un demi-frère qui vit ici. Nathan Tate. J'ai pensé qu'il pourrait garder mon fils pendant que je m'occuperais de mes affaires.

— De quelles affaires ?

— De ma reconversion. Avec un enfant sur les bras, il est vite devenu évident que je ne pourrais continuer à travailler comme agent d'infiltration.

— Avez-vous laissé l'enfant à votre frère ?

Rafe secoua la tête.

— Je n'ai pas pu, admit-il d'un ton si humble qu'Angela en eut le cœur chaviré.

— Avez-vous l'intention de le ramener à Miami ?

— Certainement pas ! Je serai peut-être amené à y retourner pour régler quelques détails, mais en aucun cas je n'élèverai mon fils là-bas.

— Dans ces conditions, où se trouve la résidence de l'enfant ?

Flairant le piège, Angela ne put s'empêcher d'intervenir.

— Il cherche un appartement.

Le juge Williams eut un froncement de sourcils réprobateur.

— Est-ce exact, monsieur Ortiz ?

— Oui, Votre Honneur.

— Actuellement, la résidence de l'enfant se trouve donc ici. Sommes-nous bien d'accord, monsieur Ortiz ?

— Absolument.

— Aucun conflit de juridiction ne semble donc à craindre. Puisque l'enfant réside ici et que c'est ici que M. Molina a choisi de déposer sa plainte, l'affaire est recevable.

Elle se ravança sur son siège et posa les coudes sur son bureau.

— Monsieur Ortiz, à qui laisserez-vous l'enfant, quand vous retournerez à Miami ?

— A Nathan Tate.

Angela eut l'impression de voir le juge Williams réprimer un sourire.

— Nous savons tous ici quelle sorte d'homme est le shérif Nathan Tate. Maintenant, monsieur Ortiz, il y a une chose que m'a dite M. Molina sur laquelle j'aimerais que vous vous expliquiez. Il affirme que vous avez laissé le bébé aux soins d'une étrangère que vous faites passer pour votre fiancée.

Le cœur d'Angela bondit dans sa poitrine et sa bouche se remplit d'un goût de cendre.

— Mlle Jaynes est-elle une étrangère pour vous ?

Rafe regarda Angela, qui scrutait son visage avec anxiété.

— Mlle Jaynes n'est certainement pas une étrangère, Votre Honneur. Je la considère comme une amie.

— Mademoiselle Jaynes ?

Un sourire idiot lui vint aux lèvres tandis qu'elle confirmait :

— Je connais bien M. Ortiz, Votre Honneur. Et j'ai pour lui beaucoup d'admiration et le plus grand respect.

— Etes-vous fiancés, M. Ortiz et vous ?

Angela sentit ses paumes se couvrir de sueur. La question qu'elle redoutait le plus d'entendre venait enfin sur le tapis, comme si le juge Williams avait voulu la garder pour la fin. De toute évidence, elle les attendait au tournant.

— Non, Votre Honneur, nous ne sommes pas fiancés. M. Ortiz l'a fait croire à M. Molina uniquement pour couper court à ses propos venimeux et se débarrasser de lui. Nous sommes simplement amis.

— Vivez-vous en concubinage ?

Plus morte que vive, Angela parvint cependant à soutenir sans ciller le regard implacable du juge Williams.

— Non. Nous habitons chez des amis communs, mais nous ne vivons pas ensemble. Ce qui ne signifie pas que je ne souhaiterais pas vivre avec lui.

Rafe eut un mouvement de surprise et la regarda.

— Je crois, Votre Honneur, que M. Ortiz fait passer le bien-être de son fils avant tout le reste. Jamais, au grand jamais, il ne ferait quoi que ce fût qui pût nuire à cet enfant. Il n'est pas de meilleur père que lui.

De nouveau, un vague sourire flotta sur les lèvres du juge, constata Angela. A moins que ce ne fût un effet de son imagination ?

— Globalement, dit le juge en s'adressant à Rafe, il s'agit pour moi de juger si oui ou non, vous avez l'intention d'abandonner votre fils.

— Je reconnais avoir une fois ou deux envisagé cette solution, Votre Honneur. Mais c'était au tout début. J'étais désemparé. Je me suis retrouvé du jour au lendemain chargé d'un bébé dont je n'avais jamais entendu parler. Ma... enfin, la mère de l'enfant n'avait pas jugé utile de m'informer de sa grossesse. La surprise a donc été totale quand, à l'hôpital, on m'a annoncé que j'étais papa...

D'un signe de tête, le juge l'encouragea à continuer.

— Je me suis senti complètement dépassé par les événements. Et si j'ai songé à l'adoption, c'est parce que j'avais vraiment l'impression de ne pas être à la hauteur, et que je ne voyais pas comment je pourrais m'occuper de ce bébé et continuer à travailler à la DEA.

Rafe poussa un long soupir.

— Mais je ne pouvais me résoudre à l'abandonner, aussi ai-je fini par renoncer. Venir ici s'est révélé être une excellente chose, parce que j'ai pu m'occuper de lui à plein temps et que je me suis rendu compte que pour rien au monde je ne le confierais à qui que ce soit. Je suis prêt à changer de métier, à changer de vie, à faire tout ce qu'il faudra pour donner à cet enfant tout l'amour et toute l'attention qu'il est en droit d'attendre de moi. Voilà, Votre Honneur, tout ce que je peux vous dire.

Le juge hocha de nouveau la tête. L'expression de son visage demeurait cependant indéchiffrable.

— Merci, monsieur Ortiz. Vous m'avez donné toutes les précisions requises. Vous serez informé de ma décision d'ici un jour ou deux.

Sur les marches du palais de justice, Rafe interrogea son avocate.

— C'est fichu, n'est-ce pas ? Je n'aurais jamais dû lui dire que j'avais songé à faire adopter Junior.

— Je n'en sais rien, répondit Connie après un silence. Peut-être aurait-il mieux valu ne rien dire, en effet.

Rafe baissa la tête.

— Je savais que j'allais tout flanquer par terre !

— Je ne suis pas de cet avis, dit Angela. Ton plaidoyer était sincère et très émouvant. Tu as prouvé au juge que tu tenais à Junior plus qu'à n'importe quoi.

Il fit la grimace, visiblement peu convaincu.

— Je te remercie pour ton soutien, Angie. Ces paroles me touchent beaucoup.

— Ne désespérez pas, Rafe, dit Connie. N'oubliez pas

que vous êtes le père du bébé. Devant un tribunal, c'est un argument de poids, croyez-moi.

— Maigre consolation, se lamenta Rafe en regardant son avocate s'éloigner. Manny a dû vanter les avantages pour le bébé d'avoir une grande famille, avec des grands-parents, des oncles et des cousins à ne plus savoir qu'en faire. J'ai beau être le père, je n'en suis pas moins célibataire et solitaire, ma seule famille consistant en un demi-frère.

— Un demi-frère qui se trouve être Nate Tate, fit remarquer Angela. A lui tout seul, il vaut bien une douzaine de grands-mères !

Rafe se força à rire, mais on voyait que le cœur n'y était pas.

— Il faut rentrer, dit-il. Il va être l'heure de ta piqûre d'insuline. Mais auparavant, laisse-moi te remercier d'être venue, et aussi d'avoir dit au juge que tu aimerais vivre avec moi.

Son désarroi était si visible qu'Angela fut tentée de le prendre dans ses bras. Mais il regagnait déjà la voiture.

Quoi d'étonnant ? songea-t-elle, le cœur serré. Elle aurait eu bonne mine de le consoler, après l'avoir tant de fois rejeté !

Elle sut qu'entre eux, quelque chose s'était brisé, par sa faute. A trop craindre de se mettre en danger, elle avait fini par tout gâcher. Et c'était bête à en pleurer.

12.

En début d'après-midi, la neige recommença à tomber.

Mais la neige n'intéressait plus personne. Junior dormait à poings fermés et Angela était bien trop occupée à faire ses valises pour s'inquiéter du temps qu'il faisait. Seul dans le salon, et accaparé par ses sombres pensées, Rafe ne songeait pas non plus à regarder au-dehors.

Il appréhendait déjà le moment où il lui faudrait laisser le bébé à Manny.

Il tenait à cet enfant plus qu'à sa propre vie et se sentait prêt à tout pour le garder.

— Que vas-tu faire ?

La voix d'Angela le tira brusquement de ses réflexions. Il tourna vers elle un regard interrogateur.

— S'ils décident de t'enlever la garde de Junior, compléta-t-elle.

— Je le mettrai dans la voiture et l'emmènerai loin d'ici. Je ne les laisserai jamais me prendre mon fils !

— J'étais sûre que c'était ce que tu dirais.

— Qu'aurais-je pu dire d'autre ? Cet enfant m'est devenu aussi indispensable que l'air que je respire. J'ai besoin de lui autant que lui a besoin de moi. Jamais personne avant lui n'avait tenu une telle place dans ma vie. Manny savait ce qu'il faisait, quand il a décidé de s'en prendre à lui.

Il se détourna, souhaitant presque qu'Angela s'en aille pour pouvoir ronger son frein en paix. D'un autre côté, il aurait aimé qu'elle le prenne dans ses bras et lui rappelle qu'il y avait des choses agréables dans l'existence.

— Et si au moins, il agissait dans l'intérêt de l'enfant..., dit-il, la gorge si serrée que les mots avaient du mal à passer. Mais ce n'est pas le cas. Manny se moque pas mal de savoir si Junior sera mieux avec eux qu'avec moi. Tout ce qui l'intéresse, c'est de me mettre des bâtons dans les roues, de me faire payer l'arrestation d'Eduardo.

— C'est bien possible.

— C'est certain ! assura-t-il. Et comme ce bébé, je l'aime, et que je suis sans doute le seul à tenir vraiment à lui, je ferai tout pour le garder. *Tout*, tu m'entends ?

— Tu n'auras pas à en venir à de telles extrémités.

— Je n'en suis pas aussi sûr que toi. A l'heure qu'il est, le juge doit se demander ce que c'est que ce père qui a été tenté d'abandonner son enfant.

— A l'heure qu'il est, le juge doit se dire que tu as fait preuve d'une grande franchise, et de beaucoup de courage, aussi, pour avouer ainsi ce qui risquait de te perdre.

Il éclata d'un rire amer.

— J'aurais pu mentir.

— Non, tu as dit toi-même que tu ne mentais jamais sous serment. En outre, je sais que tu n'as rien dit qui ne soit exact.

Il tourna vers Angela un regard las.

— Et toi, que penses-tu de moi ? De cette intention que j'ai eue, à une époque, de faire adopter Junior ?

— Etant donné les circonstances, ta réaction est

compréhensible. Tu as eu peur de ne pas pouvoir t'en occuper. Beaucoup de gens abandonnent leurs enfants quand ils ne peuvent pas s'en occuper. Ce n'est pas forcément une mauvaise chose.

— Peut-être, mais moi, je ne *voulais* pas m'en occuper.

— C'est normal, au début. D'autant plus que ce bébé t'est tombé dessus sans prévenir. Tu n'as pas eu huit ou neuf mois pour te faire à l'idée que tu allais être papa.

— N'empêche que je ne comprends toujours pas ce qui a pu me passer par la tête.

— Tu sais pourquoi cela t'obsède autant ? Parce que tu aimes Junior. Il ne t'a pas fallu longtemps pour t'attacher à lui, alors, je t'en prie, oublie ce qui s'est passé avant.

Rafe contempla longuement le visage d'Angela

— Quand tu as dit que tu souhaiterais vivre avec moi, le pensais-tu vraiment ?

Désarçonnée par sa question, Angela ouvrit de grands yeux et retint son souffle. Un instant, il craignit qu'elle ne se fermât comme une huître, ce qu'elle faisait d'habitude quand il la poussait dans ses retranchements.

De longues, très longues secondes s'écoulèrent pendant lesquelles elle le regarda sans rien dire. Rafe commençait à croire qu'elle ne répondrait jamais lorsque, enfin, elle se décida.

— Oui.

Ce oui caracola dans son cœur et lui donna soudain envie de faire des cabrioles, de chanter à tue-tête, de battre des mains. Puis un doute affreux s'insinua dans son esprit. En proie à une vertigineuse sensation de vide, il demanda :

— C'est un oui définitif ? Ou bien y a-t-il des conditions ?

— Définitif, répondit Angela d'une voix enrouée.

Il se tourna vers la fenêtre et déclara sans la regarder :

— Tant mieux. Il ne reste plus à espérer que le juge me laissera la garde de mon fils.

Il entendit distinctement la question muette d'Angela, mais il préféra de ne pas y répondre, et elle finit par s'en aller. C'était aussi bien. Tant qu'il ne savait pas s'il n'allait pas être obligé de s'enfuir avec Junior, il ne voulait faire aucun projet.

Angela hésitait à partir. Ses valises étaient pratiquement prêtes, mais elle sentait, tout au fond d'elle-même, qu'il fallait qu'elle attende la décision du juge.

Les deux jours qui suivirent, ils les passèrent à jouer aux cartes, Rafe cherchant par tous les moyens à s'occuper l'esprit. Dans cette ambiance tendue, ils se gardèrent bien de parler d'avenir, ou de quoi que ce soit les concernant personnellement.

Le vendredi, Rafe se mit à arpenter le rez-de-chaussée de long en large, comme un lion en cage. Angela ne sortit pas faire son jogging. La tension montait d'heure en heure. Une étrange sensation faite d'anxiété, de fébrilité et d'impatience, montait en elle.

A 10 h 50, le téléphone sonna. Rafe empoigna le récepteur, dit quelques mots, écouta et raccrocha.

Il tourna vers Angela un visage défait.

— Le juge a rendu son verdict. Connie va passer au palais de justice pour récupérer les papiers avant qu'ils soient mis au courrier.

Angela se sentit pâlir, son cœur s'emballa, cognant dans sa gorge.

— Le juge a décidé quoi ? demanda-t-elle d'une voix blanche.

— Elle n'en sait rien.

La tension monta encore d'un cran. Les minutes

s'étirèrent, interminables. Les aiguilles de la pendule de la cuisine avançaient avec une lenteur exaspérante. Angela n'en pouvait plus d'attendre.

Vingt minutes. Vingt-cinq. Un coup frappé à la porte d'entrée les fit se précipiter pour ouvrir dans un même élan.

Connie arborait un large sourire.

— Voilà, dit-elle en tendant à Rafe une liasse de feuilles agrafées ensemble. Je tenais à vous les remettre en mains propres. Débouté avec préjudice.

Rafe regarda les papiers puis l'avocate.

— Ce qui veut dire ?

— Ce qui veut dire que le juge a rejeté la requête de Molina. Il n'a même pas la possibilité de faire appel puisqu'il y a préjudice. Vous êtes tiré d'affaire, Rafe. Le bébé reste avec vous.

La main de Rafe se mit à trembler et ses yeux s'emplirent de larmes.

Puis il renversa la tête en arrière et poussa un énorme « Wahoo ! » qui ébranla les vitres. Angela riait, mais quand il la souleva de terre pour l'entraîner dans une gigue endiablée, elle glapit.

Connie les congratula l'un et l'autre et prit congé, après les avoir assurés encore une fois que l'affaire était classée et que Rafe n'avait désormais plus rien à craindre de Manny Molina.

« Voilà, tout est bien qui finit bien », songea Angela quelques instants plus tard, tandis que Rafe s'employait à expliquer à son fils qu'il ne risquait plus de perdre son papa.

Elle les observa longuement, le cœur serré, comme pour graver dans sa mémoire chaque détail de leurs traits, puis elle les laissa à leurs tendres effusions et monta chercher ses valises.

Rafe n'avait plus besoin d'elle. Il était temps de partir.

⁂

— Où vas-tu, comme ça ?

Angela se détourna de ses valises posées sur le lit et regarda Rafe, qui se tenait sur le seuil, l'air sombre et tourmenté.

— Je rentre, dit-elle d'une voix si assurée qu'elle en fut la première étonnée. Tu n'as plus besoin de moi, maintenant.

— Comment cela ? J'ai dit ça, moi ?

Elle secoua la tête. Sa gorge lui parut très sèche, soudain.

— Tu n'en as pas eu besoin. Tu m'as demandé d'attendre jusqu'à l'audience. Je suis finalement restée pour te tenir compagnie en attendant la décision du juge. Mais c'est fini. Tout est rentré dans l'ordre ; je n'ai plus qu'à m'en aller.

— Mmm... Une fois de plus, tu prends la fuite ? demanda-t-il.

Mais il s'agissait plutôt d'une affirmation.

— Ce n'est pas une fuite !

— Si ce n'en est pas une, ça lui ressemble étrangement.

La mort dans l'âme, Angela se tourna vers ses valises.

— Tu te trompes, Rafe ; ce n'est pas du tout ce que tu crois. C'est juste que toi et moi, il faut que... nous retournions à nos occupations.

Elle se demandait comment elle arrivait encore à s'exprimer normalement, sans que sa voix ne la trahisse en se brisant.

— En ce cas, si je te demande de rester encore un peu, tu ne vas pas monter sur tes grands chevaux et ruer dans les brancards ?

Elle lui fit face, les yeux brillant de fureur.

— Parfait, dit Rafe avec un calme exaspérant. Je me sens un peu rassuré. Mais oserais-je te dire que mon vœu le plus cher est de partager ma vie avec toi ?

Une fraction de seconde, le cœur d'Angela s'arrêta. Puis il se remit à battre à grands coups sourds. Ce devait être un rêve, une hallucination, un mauvais tour que lui jouait son imagination...

— Je veux te garder auprès de moi pour toujours, déclara Rafe d'une voix bien réelle. Junior aussi a besoin de toi. Nous l'élèverons ensemble. Je vais demander une mutation et nous nous installerons dans une ville où tu pourras reprendre tes études, si c'est ce que tu veux. Nous aurons une maison. Une *vraie* maison.

Angela toussota pour se débarrasser de l'émotion qui commençait à former une boule dans sa gorge, et s'assit sur le bord du lit, car ses jambes menaçaient de se dérober.

— Mais nous passons notre temps à nous disputer, bredouilla-t-elle d'une voix étranglée.

— Et alors ? L'amour et la haine ne sont-ils pas les revers d'une même médaille ?

Il avait dit cela sur un ton de défi, d'une manière presque désespérée.

— Avec le temps, nous apprendrons à mieux nous connaître, ajouta-t-il plus doucement. Tu apprendras à me faire confiance.

Il s'agenouilla devant elle et prit ses deux mains dans les siennes.

— Je comprends que tu ne me fasses pas confiance, Angie. Mais il faut que tu me donnes une chance de te prouver que moi, contrairement à cet autre type, je ne t'abandonnerai pas au bout de deux mois. C'est tout ce que je te demande. De me donner ma chance.

— Mais pourquoi, Rafe ? Pourquoi ?

Elle le regardait, priant de tout son cœur pour qu'il lui donne la bonne réponse.

— Parce que je t'aime. Je tiens à Junior et à toi plus qu'à ma propre vie et je crois qu'il en sera toujours ainsi.

Chassant du dos de la main les larmes de joie qui l'aveuglaient, Angela ferma un instant les paupières pour puiser en elle la force de murmurer :

— Je suis malade, Rafe.

— Et alors ? Aucun de nous n'est à l'abri de la maladie. Qui sait si dans dix ans, je n'aurai pas un cancer... ? Ton diabète n'est pas si gênant que ça, finalement. Il faut juste que tu fasses attention.

— Mais je pourrais... mourir, dit-elle dans un souffle.

— Moi aussi. Comme n'importe qui d'autre. Personne n'y échappe. Mais on essaie en général de ne pas trop y penser.

— Je ne pourrai pas avoir d'enfants.

— J'en ai un ; ce n'est déjà pas si mal. Si tu en veux d'autres, nous pourrons sûrement en adopter. Il y a tant de gosses en attente d'un foyer, d'une famille pour les accueillir et les aimer.

Le cœur d'Angela battait de plus en plus vite et ses larmes coulaient à présent à flot continu. A bout d'arguments, elle ne demandait qu'à se laisser persuader.

— Il suffit d'y croire, Angie. Il faut arrêter d'être aussi négative et regarder l'avenir avec confiance et sérénité.

Vaincue, et convaincue, Angela abaissa ses dernières barrières et se jeta dans ses bras en pleurant et riant à la fois.

— Je t'aime, Rafe.

Il se raidit et s'écarta légèrement pour voir son visage.

— Enfin..., chuchota-t-il, éperdu. Redis-le-moi, je t'en prie...

— Je t'aime, Rafe.

— Seigneur ! Ces mots-là, je les ai attendus toute ma vie.

D'un mouvement brusque, trop longtemps retenu, il l'attira dans ses bras et la serra contre lui avec emportement.

— Je t'aime, répéta Angela tout contre sa tempe.

Ces mots si tendres et si doux, jamais elle ne se lasserait de les lui dire, et jamais elle ne se lasserait de les entendre. Par une sorte de contrat tacite, ils semblaient être le gage d'un avenir radieux.

Épilogue

— Angie ? Tu es prête ? appela Rafe de la cuisine.

Il se dépêcha de ranger dans le lave-vaisselle les bols du petit déjeuner. Puis il attrapa sa cravate jetée négligemment sur le dossier d'une chaise et se la noua autour du cou.

Il n'arriverait jamais à s'habituer au costume et à la cravate. Au bout de cinq ans, il rechignait toujours autant à les porter. Mais ce n'était qu'un détail. Il ne regrettait pas son ancienne vie, dans les bas-fonds de Miami. Et il adorait son métier d'instructeur à Quantico, au siège du FBI. A Noël, il irait voir son frère, à Gannet County. Non, il n'avait vraiment pas à se plaindre.

— Nous sommes tous prêts ! déclara Angela avec entrain.

Il se retourna et vit sa femme et les trois enfants qui l'attendaient dans le vestibule. Junior, qui se faisait maintenant appeler Rafie, trépignait déjà d'impatience. En ce jour solennel d'entrée à la grande école, il étrennait un cartable et des baskets flambant neufs. Rafie donnait la main à Melinda, une fillette de douze ans, que Rafe et Angela avaient adoptée trois ans plus tôt.

Melinda était diabétique. Mais elle était resplendissante de santé, ce matin, et jolie comme un cœur sans sa robe de velours côtelé.

Venait enfin Squirrel, qui s'appelait en réalité Jason, mais qui ne voulait d'autre nom que Squirrel. Ils l'avaient adopté tout bébé parce que sa mère ne pouvait s'en occuper. Il était légèrement autiste mais ses progrès, au centre dans lequel Angela travaillait comme éducatrice, étaient spectaculaires.

— Tout le monde est là ? demanda Rafe.

— Oui, s'écrièrent-ils tous en chœur, même Squirrel, qui ne voulait pas être de reste.

— Alors en voiture !

Sur le pas de la porte, Angela se retourna pour lui donner un baiser.

— Je t'aime, murmura-t-elle.

— Je t'aime aussi, assura-t-il tendrement.

Il les chérissait tous les quatre et leur était reconnaissant de lui avoir donné le foyer qu'il n'avait jamais eu.

Avec un sourire béat, il ferma la porte de la maison et grimpa à son tour dans la voiture familiale.

Que fallait-il de plus pour être heureux ?

COLLECTION

Coup de folie

Quand l'humour fait pétiller l'amour

1 roman par mois, le 15 de chaque mois

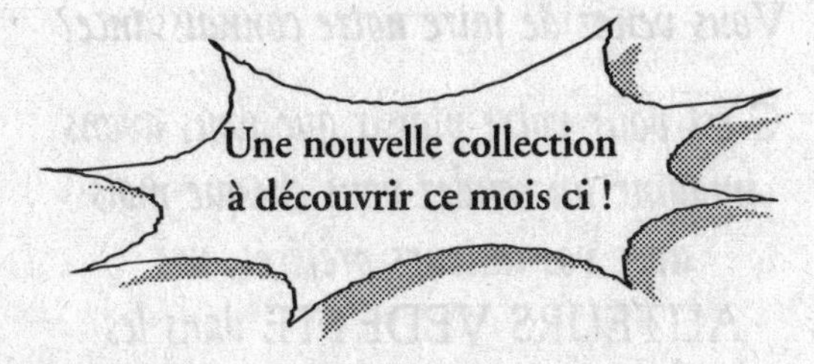

Opération Cupidon, Holly Jacobs – n° 1

L'instigatrice : Carrie Delaney, 28 ans, styliste
Activité favorite : téléphoner tous les jours à Jack, son meilleur ami, avec qui elle partage tout, sauf _ hélas ! _ son lit.
Vie privée : fantasme trop sur Jack pour penser à autre chose.

La victime : Jack Templeton, 30 ans, avocat
Activité favorite : travailler, mais rester disponible pour Carrie chaque fois qu'elle le sollicite… c'est-à-dire souvent !
Vie privée : va de rupture en rupture sans savoir pourquoi.

Le scénario :
1 : Réserver un séjour pour deux sur Romance Island, une île de rêve strictement réservée aux couples.
2 : Y entraîner Jack, sans lui donner de détails sur l'endroit.
3 : Sur place, lui sortir le grand jeu pour qu'il comprenne que la femme de sa vie est là, sous ses yeux, et qu'il est temps de passer aux choses sérieuses…

Chère lectrice,

Vous nous êtes fidèle depuis longtemps?
Vous venez de faire notre connaissance?

C'est pour votre plaisir que nous avons imaginé un rendez-vous chaque mois avec vos auteurs préférés, vos AUTEURS VEDETTE dans les collections Azur et Horizon.

Les AUTEURS VEDETTE vous donneront rendez-vous pour de nouveaux livres vedette.

Pour les reconnaître, cherchez l'étoile... Elle vous guidera!

Éditions Harlequin

LE FORUM DES LECTEURS ET LECTRICES

CHERS(ES) LECTEURS ET LECTRICES,

VOUS NOUS ETES FIDÈLES DEPUIS LONGTEMPS?

VOUS VENEZ DE FAIRE NOTRE CONNAISSANCE?

SI VOUS AVEZ DES COMMENTAIRES, DES CRITIQUES À FORMULER, DES SUGGESTIONS À OFFRIR, N'HÉSITEZ PAS... ÉCRIVEZ-NOUS À:

LES ENTERPRISES HARLEQUIN LTÉE.
498 RUE ODILE
FABREVILLE, LAVAL, QUÉBEC.
H7R 5X1

C'EST AVEC VOS PRÉCIEUX COMMENTAIRES QUE NOUS ALLONS POUVOIR MIEUX VOUS SERVIR.

DE PLUS, SI VOUS DÉSIREZ RECEVOIR UNE OU PLUSIEURS DE VOS SÉRIES HARLEQUIN PRÉFÉRÉE(S) À VOTRE DOMICILE, NE TARDEZ PAS À CONTACTER LE SERVICE D'ABONNEMENT; EN APPELANT AU (514) 875-4444 (RÉGION DE MONTRÉAL) OU 1-800-667-4444 (EXTÉRIEUR DE MONTRÉAL) OU TÉLÉCOPIEUR (514) 523-4444 OU COURRIER ELECTRONIQUE: AQCOURRIER@ABONNEMENT.QC.CA OU EN ÉCRIVANT À:

ABONNEMENT QUÉBEC
525 RUE LOUIS-PASTEUR
BOUCHERVILLE, QUÉBEC
J4B 8E7

MERCI, À L'AVANCE, DE VOTRE COOPÉRATION.

BONNE LECTURE.

HARLEQUIN.

VOTRE PASSEPORT POUR LE MONDE DE L'AMOUR.

ROUGE PASSION
De fiévreuses histoires d'amour sensuelles!
De provocantes histoires d'amour passionnées et romantiques qu'on lit d'une seule traite. Aventureuses, parfois humoristiques, et sensuelles, elles mettent en vedette des hommes et des femmes d'aujourd'hui.
ROUGE PASSION... quatre nouveaux titres chaque mois.

COLLECTION HORIZON

La COLLECTION AZUR
Offre une lecture rapide et
stimulante
poignante
exotique
contemporaine
romantique
passionnée
sensationnelle!
COLLECTION AZUR... des histoires d'amour traditionnelles qui vous mènent au bout du monde!
Six nouveaux titres chaque mois.

Composé sur le serveur d'EURONUMÉRIQUE, À MONTROUGE
PAR LES ÉDITIONS HARLEQUIN
Achevé d'imprimer en juin 2002

BUSSIÈRE

GROUPE CPI

à Saint-Amand-Montrond (Cher)
Dépôt légal : juillet 2002
N° d'imprimeur : 22744 — N° d'éditeur : 9390

Imprimé en France